·修订版·

QING YU NIAN

【笑看英雄不等闲】

十三

猫腻/著

人民文学出版社

图书在版编目(CIP)数据

庆余年：修订版.第十三卷，笑看英雄不等闲 / 猫腻著. —北京：人民文学出版社，2023（2024.6重印）

ISBN 978-7-02-018053-0

Ⅰ.①庆… Ⅱ.①猫… Ⅲ.①长篇小说—中国—当代 Ⅳ.① I247.5

中国国家版本馆CIP数据核字(2023)第103645号

选题策划	胡玉萍
责任编辑	黄彦博
装帧设计	李思安
责任校对	王筱盈
责任印制	王重艺

出版发行	人民文学出版社
社　　址	北京市朝内大街166号
邮政编码	100705
印　　刷	三河市宏盛印务有限公司
经　　销	全国新华书店等
字　　数	242千字
开　　本	890毫米×1290毫米 1/32
印　　张	9.125　插页3
印　　数	83001—93000
版　　次	2023年6月北京第1版
印　　次	2024年6月第7次印刷
书　　号	978-7-02-018053-0
定　　价	39.00元

如有印装质量问题，请与本社图书销售中心调换。电话：010-65233595

目录

第一章　回京问君一席话 …… 001

第二章　那又如何？ …… 022

第三章　陈萍萍的复仇 …… 037

第四章　一根手指与监察院的臣服 …… 055

第五章　笑看英雄不等闲 …… 080

第六章　雨中送陈萍萍 …… 100

第七章　长睡范府不愿醒 …… 116

章节	标题	页码
第八章	七日	135
第九章	庆庙有雨	154
第十章	是，陛下	171
第十一章	京都闲人	196
第十二章	北方有变	216
第十三章	冬至，定西凉	234
第十四章	江南乱	255
第十五章	殿前欢尽须断肠	270

第一章 回京问君一席话

"候!"

"候!"

车队里响起无数道清晰而冷厉的呼啸声,紧接着是一连串密密麻麻的金属碰撞声、绷弦声、弩机紧簧的沉闷声、铁钎出鞘的摩擦声……无数令人心悸的呼喊声像波浪一样在车队里传开,带着特有的韵律与节奏,代表着心照不宣的默契与严整的秩序。

不知多少黑色强弩从马车里伸了出来,不知多少强弓隐藏在辕下、马后、车旁,弩尖箭头都闪着令人恐怖的幽蓝色光芒,那是监察院三处研发的剧毒。

史飞的眼瞳急速缩小。他知道监察院的可怕,但没想到这三十辆黑色马车里竟然藏了这么多的弩箭手,田野山林里更不知道还有多少六处刺客隐匿了踪迹,随时等待发出最阴险的攻击。

那些依次响起、不知何时停下的"候"声,就像是雷声般在他的耳中越来越响。他知道那是监察院的号令,一旦"候"声结束,那些喂了毒的弩箭便会射向自己属下这三千多名骑兵。纵使骑兵大队能将马车组成的监察院防御圈冲垮,然而……要死多少人?

蹄声亦是如雷,京都守备师的骑兵疾速靠近,官道上的达州衙役军士早已经吓得四处溃逃,那些内廷太监和刑部高手也是面色惨白。

陈萍萍没有反应，依然微低着头，似乎眼中根本没有即将到来的数千骑兵。几位麻衣剑手不知何时站到了他的身前，面无表情地盯着官道前方。推着轮椅的老仆人也是脸色未变，还有那些马车上握着弩箭、紧紧执弓、举着铁钎、拉着缰绳的监察院官员，也就是说所有的监察院官员，都平静如前。

监察院的官员们似乎拥有铁一般的神经，与普通人完全不同，面对漫山遍野冲杀过来的铁骑，眼睫毛都没有眨一下，抠着弩机的手指头都没有颤抖一下。他们不害怕，不紧张，只是冷静地等待着最后的那声号令，那声在十二声"候"字之后，发起反击的号令。

史飞紧紧握着腰畔的剑柄，紧紧盯着身前不远的陈萍萍，不管守备师骑兵能不能冲破监察院的防线，他都不想看到这一幕发生，因为他不想在余生迎接背后随时刺过来的那把刀。

就在这个时候，陈萍萍忽然抬起头来，对着史飞招了招手，就像是有什么事情要交代给晚辈的一位长者。

史飞在心里犹豫了极短的时间，大喝道："收！"

这一声呼喊如暴雷般响彻原野。军令如山，听到这声暴喝，守备师骑兵们闷哼一声，强行将已经提到了极速的坐骑硬生生拉停，无数双铁手狠狠地拉着坚韧的缰绳，甚至将满是老茧的手都割出了血，最后终于在距离官道不足二十丈时，成功地让狂奔的战马停了下来。可还有十数骑无法稳住，马儿闷哼两声，双腿一软，直接撞到了官道两侧的石围上，肢断血流！

燕京御兵果然是世间一流。只是如此一来，铁骑丧失了速度优势，双方如此之近，守备师骑兵完全暴露在监察院弩箭的面前，就像是脱了衣服的美人儿赤裸裸地站在无数淫荡色鬼的面前。

自那些"候"声后，监察院众人一直沉稳地候着，哪怕守备师骑兵忽然给了如此好的机会，他们依然没有擅自出手，只是继续漠然地看着那些微呈乱象的骑兵。

一片急促的呼吸声，无数紧张的目光对视。

史飞重重地呼吸了数次，胸膛上的甲片微微起伏。他面无表情地下马，在监察院官员的警惕目光及黑暗弩箭的瞄准中，分开一条道路，踏踏踏踏，向着陈萍萍走去。盔甲的重量让他的脚步显得极为沉重，在安静的黑夜里发出嗡嗡的闷响。陈萍萍看着这个勇敢的将领微微一笑，面露欣赏之色。

"末将拜求老院长奉旨。"

史飞单膝跪在了陈萍萍的轮椅前，将头盔取下抱在怀中。

"三千六百四十名京都守备师精锐骑兵，千里追踪而至，难道就是为了传旨？"陈萍萍微嘲道，"高达我是要带走的。至于奉旨……你也清楚，陛下从来没有想过我会奉旨，你这时候劝我奉旨，只怕陛下知道后，会不欢喜。"

这件事情当然不是奉不奉旨这般简单，史飞也只是在监察院众人及达州方面官员的面前表明自己的态度，只是……听到三千六百四十名这个数字后，他的身体再次感到极度的寒冷，知道自己一直藏在内心最深处的恐惧是真的，如果先前果真发起了冲锋，说不定此时第一个倒下的人就是自己。

"陛下严旨，钦犯高达，必须捉拿回京。"史飞深深吸了一口气，吞下所有的不安，望着陈萍萍认真地道，"就算老大人您抗旨，我也必须把他带回去。"

"我会随你回京。"陈萍萍闭上了眼睛。

史飞大惊，站在陈萍萍面前一时间不知该如何言语，怀里抱着的头盔忽然间变得更加沉重。同时大惊失色的还有那位一直自称二处副主办的监察院官员："院长，不能回京！"

陈萍萍没有理他，望着史飞道："先前你为什么不冲过来？想来你也知道，仅凭三千多名骑兵是不够的，能控制一切的只有我，所以我要随你走，你就只能带着我走。"

听完这句话,那几名麻衣剑手也感到了不安,想要说些什么,那位监察院官员的脸更是僵硬到了极点。史飞声音一紧道:"院长大人若随末将回京,敬请吩咐。"

所谓请院长大人奉旨只是一句假话,他当然知道陛下的意思是要把陈老院长活捉回京,这本来是一件不可能完成的任务,眼下居然……似乎马上要成真了。

"我带了三十车的行李与女人。"陈萍萍淡然道,"我知道陛下的旨意会是什么,所以我现在要你做的是,就当没有看见过这些行李和女人。"

史飞不敢相信刚刚听到的话,问道:"您知道陛下的旨意?"

"陛下是什么样的人,我比任何人都清楚,如果不把我在意的东西毁个一干二净,他怎么可能开心?"陈萍萍面无表情地道,"我的生命早就该结束了,那些行李却是不会坏的,那些女子更是青春如花……如果不是要送她们离开京都,我何必离开京都,陪陛下绕这么大一个圈子。"

史飞怔怔地看着陈萍萍,才知道达州发生的一切全在对方计算之中。早就知道陛下会派自己来追他,也知道陛下的旨意是何等样的冷酷无情——除了陈萍萍,这里所有人都不能活下去。

陈萍萍却利用这一点,把所有他想保护的人都集中到了达州,然后掌控全部局面,逼迫史飞默认这个事实,用他的单人返京,来换取这里所有人的安危。问题是,他真能掌控一切吗?三十辆马车里的弩箭是有限的,黑暗里的剑手是有数的,三千六百名京都守备师铁骑冲杀过来,监察院又真的能抵挡多久?而陛下的密旨写得清清楚楚,除了陈萍萍……一个不留!

"陛下大概是让你一个不留。"陈萍萍淡然道,"我是怜惜你和这些守备师的军士,所以才给你这个机会,不然……我也可以让你们一个不留。"

史飞微微挑眉,从他将密旨交给那名亲兵开始,潜意识里便没有奢望过能够完成这道旨意,但他也不相信这句话,哪怕对方是传说中的陈萍萍。

就在这个时候，原野四周的山梁上忽生异变，生出了一些黑线，在银色的月光下，就像是有人用一根很黑的炭笔，给这些并不出奇的山谷线条加粗了许多。

这些黑色的线条是由一个一个的人组成，更准确地说，是由一个黑色的骑兵加上一个黑色的骑兵……无数的黑色骑兵连绵站在山头，便组成了这些黑色的线。

黑骑。

守备师骑兵们都陷入惶恐与绝望的情绪之中。原来不是自己包围监察院，是监察院包围了自己，而且，来的是天下最厉害的黑骑！

史飞脸色铁青。他知道黑骑的实力，如果这些黑骑就这样冲下来，只怕京都守备师的骑兵没有一个能够活下来。更令他感到愤怒和惊骇的是，黑骑被朝廷严旨限制在千人以下，而此时这些山丘上的黑甲骑兵明明超过了四千人！他盯着陈萍萍道："您早就知道陛下会命我在达州伏击？"

"我不用去算这些，我只知道陛下舍不得我走。"陈萍萍淡然道。

史飞愤怒地道："朝廷严令黑骑不过千，这是谋逆！"

陈萍萍面容平静地看着他，道："那又如何？"

史飞被这句话击得信心全丧，道："陛下不亲自出手，世间没有谁能够留住您，您为什么不走，却要等我出现？"

"我说过，我从来没有想过走。"陈萍萍看着山上的那些黑骑，微笑道，"我只是来送人的。"

守备师骑兵没有扎营，有些疲惫无措地分营散立，一股丧败和无奈的情绪笼罩着他们。从京都外已经跟随监察院车队好几天的时间，直到此时此刻，他们才知道，原来在轮椅中那位老人的眼里，自己这些人只不过是个笑话。

史飞答应了陈萍萍的所有条件，在这样的局面下，也容不得他不答应，只是他依然不明白，陈院长既然安排了黑骑前来接应，为什么此刻却愿意随京都守备师回京。

黑色车队前方，几十名监察院官员正跪在那辆轮椅前，拼命叩首，苦苦哀求轮椅上的那位老人家不要回京。皇帝陛下为什么要对付老院长，他们并不清楚，只是下意识里猜测大概是历史的必然，老院长知晓陛下太多阴私。但眼下院长已经掌握了全部局势，那些京都守备师精锐骑兵已经变成了秋后的蚂蚱，根本不敢蹦跶，为什么院长还要回京都送死？

监察院官员内心深处依然忠于庆国、忠于陛下，可是当陈萍萍的生命受到严重威胁的时候，他们本能地站到了陈萍萍的背后，做他那根并不健康的脊梁的替代品。

他们是监察院的人，而监察院是陈萍萍的监察院，这个阴暗的院子早已打上了无数陈萍萍的烙印，如果说世上真有人格魅力这种东西，如果说阴暗人格也有魅力，那陈萍萍无疑是世间最有魅力的那个人，让所有下属都死心塌地。

他轻轻抚摸着轮椅的扶手，轻轻敲打着，发出嗡嗡的声音，欣慰地看着面前跪了一地的下属们，脸上没有丝毫离别时的伤感，有的只是对一生事业的满足——但他要回京都，他从来没有想过离开京都，而这些与他的事业无关，与庆国的将来无关，与监察院无关，只与他自己的人生有关。

"我只是回京和陛下聊聊往事，哭什么哭？"陈萍萍有些疲惫地将这些下属驱走，只留下一直守在身边的那位二处副主办，看着他道，"我算过日子，安之他要回京还需要很多天，按道理来说，没有谁能够提前把消息告诉他。"

那位官员低着头道："您的决定我们无法改变，但或许小范大人能。"

"不，这件事情连他也改变不了。"陈萍萍冷漠地看着他道，"你不要以为自己是世上跑得最快的那个人，就想着要去告诉范闲什么，稍后你随黑骑送这三十辆马车直入江北，要用最快的速度进入东夷城，然后找到我先前对你说的那个人，通过他找到十家村。"

那位官员没有想到老院长一句话便戳破了自己内心深处的想法，那张有些僵硬的脸上浮现出一丝悲哀的情绪。

"别一时哭一时笑，不然这面具也遮不了几天。"陈萍萍面无表情地道，"王启年，当初你自行其是从大东山上逃了下来，自以为是替范闲着想，但你想过没有，这给范闲和我带来了多大的麻烦？"

这位官员正是失踪三年之久的王启年，范闲知晓他在陈萍萍的安排下销声匿迹，暗中想过查探一下，但怎么也猜不到，陈萍萍居然就把王启年安排在了监察院里！

王启年深深吸了一口气，问道："我还是不明白，您为什么要回去？难道您不认为，无论最后您是死是活，小范大人都会陷入您不想让他陷入的麻烦之中？"

京都守备师老老实实让开了道路，二十九辆黑色马车在监察院官员伤心、愤怒等诸多复杂情绪的包围中，在那些陈园美姬哭泣的呼唤声中，继续沿着官道向东方前行。

那个黑色轮椅留了下来，孤零零地留了下来。陈萍萍抹了抹鬓角的飞发，对身后的老仆人道："你的身体比我好，何必陪我回去送死。"

老仆人咧着嘴笑了笑，没有说什么。山丘上的那些黑色线条断成两段，一部分黑骑跟随车队离开，还剩下许多黑骑依然冷漠地驻守在山上，监视着京都守备师的动静。

史飞来到轮椅前，认真地道："末将代守备师谢过老院长不杀之恩。"

陈萍萍笑了笑，没有说什么。

史飞低着头问道："可我还是不明白这是为什么？"

"如果先前我要走，你会怎么办？"陈萍萍双眼微眯，看着远处官道上的点点火光。

史飞沉默片刻后道："我是陛下的臣子，就算明知不敌，也要拼杀至最后一人。"

陈萍萍笑道："所以这样不是很好吗？我留下，你少死几个人，监察院也少死几个人……我是一个老人，命真的不值钱了。京都守备师忠于庆国，监察院忠于庆国，我也忠于庆国。我这一生杀了不少人，却只愿意杀敌，没有杀自己人的习惯。"

史飞不解，忠于庆国？这超制的四千多名黑骑算是什么？抗旨不遵算是什么？

陈萍萍没有解释，从很多年前开始，在他心里庆国与皇帝陛下就不是一回事。他淡然道："回吧。"

"是……院长大人。"百般滋味浮现在史飞心中，他招手唤来了监察院留下的那辆黑色马车，恭敬地对陈萍萍行了一礼，小心翼翼地抱着黑色轮椅进入那辆黑色马车。

就在这刹那，山丘上那条黑骑组成的线条忽然变得有些凌乱。坐在车门处的陈萍萍似乎有所感应，霍然回首望去，眼神凌厉无比！

转瞬间，黑骑无奈而悲哀地平静下来。

银色的淡月在云朵里游进游出，映得夜色中的山丘忽明忽暗，荆戈盯着山下官道上那辆孤零零的马车，半晌后从银色的面具中憋出一声愤怒的冷哼，黑色材质、坚硬无比的那把枪就挂在他的战马旁，然而缰绳上却不止他自己那一双手。

庆历七年秋的那场叛乱后，秦家覆灭，在皇城万人眼前生挑秦恒的银面荆戈，也成了一位颇具传奇色彩的人物。尤其是这三年里陈萍萍刻意放权，为了将这座院子平稳过渡给范闲，身为范闲亲信的荆戈，自然也接替了监察院五处黑骑统领一职。

当年他在军营内备受欺凌，在一次演练中出手自卫，失手挑死秦家长子，被打入庆国的死牢，留在家乡的家人都被秦家暗中杀害报复，不料他本人却被陈萍萍暗中救了下来，并且被安排到黑骑中，从此戴上了一张银色面具。

范闲给了他报仇的机会，所以他对范闲极为感恩。然而陈萍萍给了自己第二次生命，他在心里把陈院长当作再生父母一样看待，当然无法眼睁睁看着陈萍萍踏上回京必死之路。就在先前，轮椅上的老人被抱入马车中，他心里涌起一股戾杀之意，便要带着黑骑冲下去，不料身边伸出来一双手，像铁一般又冷又硬地拉住了他的缰绳。

荆戈愤怒回望，望向那个光头，却没有动手，因为对方在监察院里的资历比他更深，曾经拥有更重要的地位，这光头正是范闲当年在监察院大牢里见过的七处前任主办。

"院长说过，你的任务，就是带着这四千多名黑骑护送车队出境，然后务必保证，将这四千多名黑骑，一个不少地全部交到小范大人的手上。"

此时，七处前任主办显得格外苍老和疲惫，他内心深处何尝不是和荆戈一样，充满了悲伤与愤怒，但他是陈萍萍最信任的老臣子，今天就是奉了院长的命令来弹压黑骑。

"你知不知道，院长若是回京，便再也出不来了。"荆戈冷冷地看着他。

"这是院长的本意。"光头主办的声音有些沙哑。

荆戈怔怔地望向官道，然后看到了陈萍萍在车门处回望过来的那道凌厉眼芒。他的身体颤了颤，缓缓举起右手，微握成拳，束缚住手下儿郎们心中的狂暴情绪。

许久后，那辆黑色马车在京都守备师三千骑兵精锐的包围中缓缓踏上了归京路，荆戈慢慢取下了脸上的银色面具，露出那道凄惨可怖的伤痕，许久没有言语。

光头主办下马，对着官道跪下，十分恭谨地磕了个头，抬起头来时，面色平静，带着微笑，眼里更有一抹不知由何而来的欢喜与决然。荆戈看着他的神情，心头微微一惊，知道这位老前辈一旦完成监视黑骑出境的任务之后，只怕便会随陈老院长而去……他心头微凉，却没有说什么，也下马跪到了地上。黑骑集体下马，在山上跪了下来，向已经无人无车的官道叩首，向陈老院长告别。

片刻后，荆戈戴好银色面具，用沙哑的声音发出命令："收队，往东。"

是的，这四千多名黑骑就是监察院最强大最可靠的武力，皇帝陛下想对付陈萍萍，朝堂想削弱监察院，黑骑都会是重中之重，荆戈必须好好地把这四千多名黑骑，安全地、一个不落地全部送到庆国国境之外，送到范闲的手中。他知道自己的使命很沉重，所以率领黑骑驰下山丘时的背影也很沉重。

如果陈萍萍真想与皇帝陛下正面开战，毫无疑问，这四千多名黑骑可以在庆国州郡上横行如风，割出无数道深可见骨的伤口，再加上监察院这些年在各部衙、边军里安插的密探，让整个庆国陷入动荡之中并不是什么难事。但陈萍萍没有这样选择，因为他只是想回京都问问那个男人，却不愿整个庆国因为自己与那个男人的破裂而陷入动荡，更不愿意朝廷与监察院的战争让无数庆国百姓流离失所。归根结底，这是他与庆帝两个人之间的战争，他们都不希望变成一场庆国内战。

当然，老谋深算如陈萍萍，自然也不可能让监察院因为自己回京而被朝廷、被皇帝陛下玩弄于股掌之间，所以他选择了随车队出京，到了达州，然后很巧妙地集合了自己想保护的这些人、想留给范闲的这些实力，让他们远离京都这个是非之地。

包括王启年，包括车队上的那些行李美姬，包括那些最忠于自己的监察院官员、跟随了自己三十年的七处老主办，当然，更包括他暗中经营多年的四千多名黑骑。

这些全部都是陈萍萍认为必须活下来的人，也是范闲需要的人，这些人此时正在黑夜之中沉默前行，准备越过庆国国境，深入已经被范闲和大皇子掌握的东夷城，从此脱离皇帝陛下的控制，真正成为范闲手中独立而强大的力量。这就是陈萍萍留给范闲与皇帝陛下谈判的筹码。

然而筹码们有自己的情绪，有自己的情义。黑骑在官道四周觅着山路，如幽灵一样前行，荆戈在光头主办的冷漠注视下，消了派兵前去屠尽京都守备师骑兵、抢回老院长的念头，而他们所保护的车队中，那些监察院的官员们却还有着更加深远的心思。

王启年乔装后的面容，此时不仅仅是僵硬，更是苍老了起来。他看了一眼身旁满身污血的高达，沉默半晌后忽然开口道："院长回京……只是求死。"

此时高达还在昏迷中，哑娘子不会说话，她错愕地看了这位大人一眼，不知道这句话是说给谁听的。缓缓行进的马车外忽然有人叹了口气，一个面相普通的监察院官员推开车门，走了进来，坐在了王启年的对面，沉默半晌后道："所有人都知道，但所有人都阻止不了，你应该清楚，院长这么做，都是为了院里的利益，他不想让庆国动荡，也不想让小公爷为难。"

"宗追，你一直跟着我，是不是怕我去通知小范大人。"王启年今天夜里没有丝毫开玩笑的意愿，冷冷地看着对面的伙伴，"院长若是死了，小范大人不想掺和进来也不可能，既然如此，为什么不提前做一些事情？如今这个天下，能够阻止京都里事情发生的人就只剩下他一个了。"

宗追与王启年并称监察院双翼，论千里奔波，隐踪追迹，乃是天下最强的二人之一。他望着王启年平静地道："院长临走前，对我有严命，严禁你通知小范大人。"

王启年的眉头忽然挑了挑，道："据说小范大人已经离开了东夷城，在路途上遭到不少东夷乱兵的追击……那些东夷乱兵怎么知道监察院回国路线的？"宗追没有回答，王启年盯着他又道，"是老院长放的风声？他想阻止范闲提前回京，他想在范闲回京之前，把这些事情都了结了。"

宗追默认了这一点。王启年缓缓地低下头，道："从达州回京还需要些时间。如果这时候我离开车队，赶到燕京东面去通知小范大人，他应该还来得及赶回京都。"

此时宗追的眼里浮现出复杂的情绪，回道："院长大人说得不错，跟随小范大人久了的人都会变得和我们这些人不一样,不怎么考虑结果。我必须执行院长命令,不能让你把小范大人拖进来。"

"你能阻止我?"王启年盯着他问道。

"我们两个从来没有分出过胜负,哪怕前些年你在做文职的时候。"宗追的脸上浮现出一丝奇怪的笑容,紧接着笑容便凝结在了脸上,因为一把刀柄悄无声音地击中他的腰眼,令他半个身体一阵酥麻。紧接着王启年一掌化刀,狠狠地劈在了他的后颈上,他哼都没有哼一声便倒在了地板上。

哑娘子抱着孩子,满脸惊愕地看着这一幕,说不出话来。先前一直昏迷的高达忽然睁开双眼,艰难地呼吸了两声,对王启年道:"走吧。"王启年看了他一眼,道:"小范大人说过,活着最重要,我想他也愿意让老院长活着。"高达咳了两声,咳出了血来,沙哑着声音道:"时间,废话。"

王启年脸色难看地笑了笑,转身掀开车帘,像阵风般掠了出去。

数日后,京都守备师骑兵终于赶回了京都,因为队伍里有一辆速度不可能太快的黑色马车,所以有些慢。然而所有人都没有丝毫异议,甚至觉得越慢越好。守备师统领史飞这些天一直陪着陈萍萍坐在车厢里,就像个孝顺的晚辈,服侍着陈萍萍的饮食用水、起居休息,还时常陪着他说说闲话,讲讲庆国的过去和将来、朝堂上那些引人发笑的政治笑谈,或是那些颇堪琢磨的宫闱传言。这画面真的很像是一位老大臣被子侄辈接回京都养老,然而所有人都知道,实情并非如此。

天时已经入秋,东面的天边有一抹鱼肚白,并不怎么明亮,没有办法将秋日京都清旷的天空展露在众人眼前,众人只能嗅到有那么一丝躁意的空气在自己的口鼻间来回蹿动。

三千六百多名骑兵拱卫着那辆黑色马车,来到了京都景阳门外。

史飞早已经将达州处的情况经由绝密的途径报知了内廷,所以当密密麻麻的骑兵来到京都门前时,十三城门司官兵没有丝毫惊愕,更没有惊起一些不应该有的御敌信号。

城上城下是那样的安静，一片黑蒙蒙中，偶尔能听到两声马儿轻踢马蹄，东方的那抹苍白只映了一抹在高高的城墙上，将最上面那一层青砖照出了一丝肃杀。最努力晨起的一只鸟儿，从城墙的前方快速掠过，发出一声欢愉的鸣叫。吱吱沉重的声音响起，景阳门没到时辰便打开了，沉重的城门在机枢的作用下开启一个通道，将将可以容纳一辆马车通过，里面黑洞洞的，看不清楚藏着怎样的凶险。

十三城门司的官兵们守在城墙之上，警惕而好奇地看着城门处，不知道发生了什么，为什么从顶头上司到那些莫名出现的京都守备师官兵都如临大敌一般。

交接工作在令人心悸的沉默中完成，那辆黑色马车缓缓地进入了京都。

直到此时，这辆马车依然在那位老仆的操控之下，城内城外的军方重臣们，没有一个人敢强行夺下驾夫的位置，更没有人敢掀开车帘，去验明一下里面那位老人的正身。

黑色马车缓缓进入景阳门，厚重城门缓缓关上，几个人缓缓靠近了马车，此时还处于黎明前最黑暗的时候，光线极为昏暗，无法看清楚那几个人的面庞。

在景阳门守候的都是庆国朝廷最顶尖的人物，一位是宫廷派出来的姚公公，一位是手控天下兵马的枢密院正使叶重，一位是门下中书行走大学士贺宗纬。三个人走到黑色马车前，一时间却没有人开口说话。最终还是叶重开口了，他望着马车和声道："院长归来辛苦。"

姚太监卑声道："请院长随奴才入宫见驾。"

贺宗纬在一旁没有开口，保持着他此时最应该保持的沉默。

马车里沉默许久后，那位老人缓缓叹了口气，温和地道："一个孤寡老头儿回京，居然扰了三位安宁，实在是过意不去。"

马车缓缓开动，在内廷太监和军方高手们的押送下，沿着大街向皇宫行去。

大街直通皇宫，两侧没有任何行人，想来早就已经肃清。

监察院似乎并不知道他们的老祖宗已经回到了京都，而且即将面临陛下的万丈怒火，甚至朝廷里的大臣们，以及那些嗅觉极为敏锐的京都百姓们也不知道这一点。

黑暗的黎明，景阳门下大街两侧的树，像无数只船，在微凉的秋风里摇啊摇啊摇，空旷、寂寥，只有那辆黑色的马车，在行进，在孤独地前行。一直行到恢宏的皇城门前，恰在此时，太阳终于挣脱了大地的束缚，跃将出来，将皇城照耀得明亮一片，那如火般的金色温暖光芒，也恰好将那辆黑色马车包容了进去。

厚薄各异的几道卷宗安静地躺在御书房的案几上，在这短短的日子里，不知道被那双稳定的手翻阅过多少次，然后就如同被人遗忘般搁在此处。时光不足以令灰尘落满这些卷宗，初秋的爽淡空气却让这些卷宗的页面翘了起来，就像是被火烤过一般。

那双深邃而灼人的目光缓缓挪离了卷宗，投往外方昏昏沉沉、直欲迷人眼目的晨前宫殿熹光中。东方来的那抹光，已经照亮了京都城墙最高的那道青石砖，却还没有办法照入被城墙和宫墙深深锁在黑暗里的皇宫。

庆帝面无表情地端起茶杯饮了一口，茶是冷茶，惯常在身边服侍的小太监们没有胆量像平常一般进来换成热的，整整一夜，他喝的就是冷茶。然而如鱼饮水，冷暖自知，这些冰冷的茶喝入他的腹中，却化成了一道灼伤自己的热流——是难以抑止的愤怒，是被信任的人欺骗后的伤痛，还是一种从来没有过的屈辱感？

那条老狗居然瞒了朕几十年！

越愤怒，越平静，庆帝早已不像数日前那般愤怒，眼神平静得有若两潭冰水，冷极冽极平静极，不似古井，只似将要成冰的水，一味地寒冷。

这股寒意散布在御书房四周，令每个在外停留的人都感到了一种发自内心深处的恐惧。

远处隐隐传来熟悉的声音，那是轮椅碾轧过皇宫青石板的声音。

特制的轮子与那些青石板间的缝隙不停摩擦，青石板的宽度是固定的，轮椅一圈的距离是固定的，所以轮椅碾压青石板声音的节奏也是固定的。这种固定的节奏，于这数十年里不知道在皇宫里响起了多少次，每当庆帝有什么大事要做的时候，或者仅仅是想说说话的时候，这声音便会从宫外一直传到宫内，一直传到御书房里。

最近这些年轮椅的声音响得少了些，那条老狗躲在陈园里享清福，把朕一个人扔在这冷冰冰的宫里受折磨。不过三年前，要处理云睿和那三个老怪物的时候，轮椅还是进了两次宫……庆帝的表情漠然，在一瞬间想起了许多往事，然后他缓缓抬头。

当他那平静而深邃的目光落在御书房紧闭的木门上时，轮椅与青石板摩擦的声音也恰好停止在御书房前，他的目光忽然变得复杂起来。

姚太监颤抖的声音自御书房门前响起，不是他刻意要用这种惶恐的声音来表达对轮椅中老人的重视，而是此时皇帝陛下以大宗师心境自然散发出来的那股寒意，已经笼罩了所有人的心神。

御书房的门开了，几个太监小心翼翼、诚惶诚恐地将那辆黑色轮椅抬了进来，然后在姚太监的带领下用最快的速度离开，一直走过石拱门，到了侧园通往太极殿的通道处，才停下了脚步。

姚太监抹了把额头的冷汗，看了眼等在园门外的叶帅和贺大学士，没有说什么，连一点表情上的暗示都没有。叶重和贺宗纬同样沉默，他们都知道，陛下与轮椅上的那位所说的每一字每一句，都不想有任何人听见，当然不会愚蠢地靠近御书房。至于安全问题，没有人担心，虽然天下皆知陈萍萍的恐怖，但陛下是位大宗师，世间又有谁能伤到他？

御书房的门紧紧关着，把外面的空气、声音、光线、气息、秋意等都隔绝在外，只剩下笔直地坐在榻上的皇帝陛下，和随意坐在轮椅上的陈萍萍。

君臣二人躲进了小楼，便将庆国的风风雨雨阻隔在了外面。

庆国这几十年来的风雨，本来就是这两位强者掀起来的。

皇帝静静地看着他，不知道看了多久，直到要将陈萍萍脸上的皱纹都看成了悬空庙下的菊花，才幽幽地道："贺宗纬暗中查高达，想对付范闲，朕早知此事，内廷派了三个人过去。前些天你路过达州的时候，何七干应该也在那里，有没有见到？"

如果有旁人看到这一幕，一定会非常吃惊。皇帝陛下用如此多手段才将陈萍萍请回京都，谁都知道君臣之间再无任何转圜之机，然而他对陈萍萍说的第一段话，却是说出了一个非常不起眼的名字。

陈萍萍不意外，他太了解自家这位皇帝陛下了。只见他微微一笑，用微尖的声音道："见着了。我被派往诚王府的时候，何七干年纪还小，想来他根本记不得我。"

"并不奇怪，陈五常这个名字在皇宫里已经消失了太多年。"皇帝点了点头，身上龙袍单袖一飞，一杯茶缓缓离开案几，飞到了陈萍萍的面前。

陈萍萍接过点头行礼，握着滚烫的茶杯，舒服地叹息道："茶还是喝热的好。"

皇帝用手指拈着冰凉的茶杯啜了口，平静道："人走茶就凉，不然何七干怎么会认不得你？"

陈萍萍摇头道："除了洪四庠，没几人知道我在宫里待过。"

皇帝眼帘微垂，透出一丝嘲讽的意味，道："后来你还自己做些假胡子贴在下颏之上，当然不想让人知道……你本来就是个太监。"

陈萍萍面色不变道："我也是很多年之后才想明白，自己本来就是个太监，何必要瞒着天下人。"

"可你终究还是瞒过了天下人。"皇帝将冷茶杯放在案上，看着陈萍萍道，"当年你被宫里派到王府监视父皇，然而宫里没有想到，你暗中向朕表露了身份，并且愿意助朕……甚至连宫里的洪老太监都被你说服站在了父皇一边。所以说，当年宫里常守太监的身份，对于你，对于朕来说，是有大功劳的，你何必总是念念不忘此事。"

"先皇能登上皇位，与奴才的关系并不太大。"陈萍萍口称奴才，然而与过往不同，这声奴才里并没有太多的自卑自贱味道，只是依循着往事很自然地说了一声，他盯着皇帝的眼睛道，"那是因为有人杀了两位亲王，所以才轮得到诚王爷坐上龙椅，陛下才能有今日的万里江山，不世之功……"

皇帝的眼神忽然变得锐利起来，明显不想听到任何与此事有关联的话语，道："可当初为何，你背叛宫里的贵人投向王府，效忠于……朕？"

陈萍萍似笑非笑地望着庆帝，缓声道："陛下您当时尚是少年郎，心性清旷广远，待人极诚，待下极好，奴才偏生是个性情怪异的人，只要人待我好，我便待他好。"

皇帝笔直地端坐于软榻之上，似乎在品味着陈萍萍说的这番话，锐利的眼神变得有若秋初长天，渐渐展开高爽的那一面。他唇角微翘着嘲讽道："原来你还知道朕对你不差。"

"当年老王爷没有什么地位，在朝中没有任何助力，诚王府不大也不起眼，我是宫里最没有用的常守小太监，才会被派到王府去。洪四庠这种厉害人物当然一直是守在宫里的贵人身边。"陈萍萍似乎也想起了许多往事，悠悠地叹道，"然而小有小的好，简单有简单的妙，那时节三个大小子，加一个小不点儿，尽着力气折腾，范妈时不时在旁边吼上两句，似乎也没有人觉得这样不好。"

"那时候靖王年纪还小，就算是范建和他联手，最后还不都是被你拦了回去，你我二人联手，向来没有对手……哪怕今日依然是这样。"皇帝挑眉道。

这话一出口，二人同时陷入了沉默，许久后，陈萍萍轻轻地摸了摸轮椅扶手，道："范建毕竟是陛下的奶兄弟，而奴才终究只是奴才，护着主子天经地义。"

庆帝的面部线条渐渐柔和起来,眼神飘向远方,似乎是飘到了君臣二人间绝无异心、彼此携手的那些时光。"必须承认,那些年里你保护了朕很多次,如果没有你,朕不知道要死多少次。"说完这句话,他瞥到了几上的那几封卷宗,眼神微变,取出第一封缓缓掀开,看着上面所说的一幕一幕,包括他的妹妹,他的儿子,还有许多许多的事情。

"大庆最开始拓边的时候并没有惊动大魏铁骑,所以你我都有些大意,在窥探当时小陈国,也就是如今燕京布防时,在定山被战清风麾下第一杀将胡悦围困,那人的箭法好……这么多年过去了,能比胡悦箭法更好的,也只有小乙一人。"

说到曾经背叛自己的征北大都督燕小乙,皇帝的语气里没有恨意与怒意,有的只是可惜。他是位惜才之人,更是自信绝顶之人,根本不畏惧燕小乙,但在他心中,陈萍萍是个完全不一样的角色。他看着陈萍萍微微挑眉道:"当日胡悦那一箭如果不是你舍身来挡,朕或许当时便死了。"

陈萍萍平静地应道:"这是奴才的本分。"

庆帝自嘲地一笑,又看了一眼手中拿着的那封卷宗。这卷宗上写的是三年前京都叛变之时,陈萍萍暗下纵容长公主长兵进犯京都,最终成功围困皇城。虽然监察院做的手脚极为细密,没有实证,但以他的眼力,自然可以看出里面包藏的天大祸心。

他很随意地将这封卷宗扔在一旁,不再管它,另外拿起了一封,眯着双眼又看了一遍,问道:"悬空庙上,你为什么会想着让影子出手行刺?"

先前还是和风细雨地回忆往事,此时却忽然开始问罪,血雨腥风味道渐渐弥漫,陈萍萍却像是一无所知,恭敬地答道:"奴才想看看,陛下最后的底牌究竟是什么。"

"想看朕的底牌。"皇帝的目光盯着陈萍萍脸上的皱纹,沉默许久后才平静地道:"看来要朕死……是你想了很久的事情。"

陈萍萍没有回答,只是温和地笑着,默认了这一条天大的罪名。

"影子真是四顾剑的幼弟?"皇帝问道。

"陛下目光如神,当日一口喝出影子的真实来历,奴才着实佩服。"陈萍萍口道佩服,心里却不知是否真的佩服。

庆帝闭上双眼想了想,把这封卷宗扔到了一旁,道:"当初第一次北伐,朕神功正在破境之时,忽然走火入魔,被战清风大军困于群山之中,已入山穷水尽之地,如果不是你率黑骑冒死来救,沿途以身换朕命,朕只怕要死个十次八次。"

陈萍萍的目光随着皇帝的手动而动,看着他将那封关于悬空庙刺杀真相的卷宗扔到了一旁,眼中的笑意越来越盛,盛极而凋,无比落寞,落寞中又夹着一丝嘲讽。

"陛下,不要再这么算下去了。用一件救驾的功劳来换一件欺君或是刺君的大罪,不论是从庆律还是从院务条例上来说,都是老奴占了天大的便宜。"说着,陈萍萍的眼神平静下来,"这数十年间,奴才救了陛下多少次,奴才记不住,但奴才也没有奢望过用这些功劳来抵销自己的死罪。用天大的功劳去换天大的罪过?那是她当年讲过的故事里的那个小太监,然而奴才不是那个小太监,陛下也不是那个异族的皇帝,何必再浪费这么多时间?"

"你认为朕是在浪费时间?"皇帝的声音冰冷下来,眼神却炽烈起来,盯着陈萍萍,就像是盯着一个死人,不,就像看着一条自己养了很多年的狗,"在天下人心中,你就是朕身边的一条老黑狗,然而狗养久了,也是有感情的。"

"陛下对老奴当然是有情有义,这些年来,陛下给予老奴的已经不是一般的臣子能够享受的。"陈萍萍微靠在轮椅之上,冷漠地回望着皇帝,"只是这时候再来说这样的话,陛下大概是想为自己杀狗寻找到一些比较好的理由,能够抚慰你自己的心情罢了。"

"难道你不该杀？"庆帝怒极反笑，仰天大笑。这笑声穿透御书房，直冲整座安静的皇城上空，笑声里带着难得一见的愤怒。他转身抓起案上的那些卷宗，猛地摔了过去，厚薄不一的卷宗摔打在陈萍萍的身上、轮椅上，发出啪啪的声音。

他盯着陈萍萍的脸，一字一句地道："你要杀朕，你还要杀朕的儿子，至为可恶，居然逼着朕杀自己的儿子……你这个无耻的阉人，难道不该杀？"

一位人间至尊、武道大宗师，终于在陈萍萍面前，显露出凡人的一面。因而只能说，这数十年君臣间的交往信任早已经成了他无法摆脱的某种精神需要，而当这种精神需要忽然间成为镜花月影，纵使是他也难以承受这种情绪的冲击。

陈萍萍缓缓拂去身上的纸页，带着快意欣赏着这幕画面。这位天下最强大的君王此生大概都难得像此刻这般失态吧？这本来就是他此行回京最大的愿望之一。纠缠于心底数十年的阴暗复仇欲望以及那一抹谁都说不清楚的失望之情、难过之情，瞬间糅合在了一起，变得无比复杂，他看着皇帝叹道："陛下您若没有动意杀自己的儿子，奴才怎么可能逼您去做这些事情？所以归根结底，奴才只是想杀了陛下而已，至于宫里的这些人，奴才只是想让他们给您陪葬。"

"朕最愤怒的，并不是你想杀朕，也不是你想杀死朕所有的儿子。朕最愤怒的是，你既然已经离开了京都，为什么还要回来？哪怕到了此等境地，朕依然给你留了一条活路，只要你愿意走，朕不留你。"皇帝的眼里满是怒意，"朕若真要杀你，朕会亲自出手，不会让那些没用的军士去做这件事，然而……你为什么要回来？你为什么非要逼朕亲手杀死你？"

这是很妙的一句话，这是很奇的一句话。此时待在园中的那些大人物，包括已经回到守备师营地的大将史飞都无法猜清陛下的心意，他们都不知道所谓达州之变，依然是皇帝和陈萍萍这对君臣之间的心意试探，最后的一次试探。

世上只有陈萍萍能懂，如果在定州的时候，他随着黑骑走了，说明他的心里对陛下有愧意，无法面对。而他没有走，他回到了京都，冷漠而无怯地望着皇帝陛下的脸，心中坦荡无愧，逼着对方动手杀死庆国有史以来被认为最忠诚的一位大臣。

陈萍萍双眼如刀，盯着皇帝，一字一句地问道："那么当年你可曾给过她任何一条活路？我为什么要回来？因为我要来问你一句话，你为什么要杀她？"

第二章 那又如何？

灰蒙蒙的天，昏沉沉的宫，东方的朝阳初初跃出地平线不久，还没有来得及将温暖的光芒洒遍整个庆国的土地，便已经被那一团不知何时生起、何处而来的乌云吞噬了进去，红光顿显清漫黯淡，天色越发暗了。

后宫里，晨起洗沐的宫女开始烧水，杂役太监拿着比自己人还要高的竹扫帚打扫地面的灰尘，没有人知道前殿正在发生什么，只是日复一日重复着自己的使命与生活。那些贵人们也不例外，虽然这些天京都的异状隐隐约约传入了她们的耳中，但那件事情只局限于庆国极有限的数人知道，所以她们并不清楚发生了什么。

在园门处远远望着御书房的那几位大人物，自然是清楚此事的人们之一，他们的眼窝深陷，面容肃静，就像是泥胎木雕一般木讷，没有丝毫的反应。

陈老院长已经进入御书房很久了，却一直没有什么动静，众人隔得远，并没有听到陛下愤怒的吼声。叶重和姚太监或许有这种实力，却不会愚蠢地凝聚功力去听御书房内的声音，关于那些事情，能少听到一些，就少听到一些，最好不要听。

但陈萍萍想听。

他想听一个原因，一个解释，所以他回到京都，坐在轮椅上，静静地看着自己侍候了数十年的主子,想从他的嘴里,听听当年究竟是怎么一回事。

人之将死,所执着的不外乎是人生历程当中最愤怒、最不可解的那些谜团。

庆帝没有回答,只是静静地看着陈萍萍,自从听到陈萍萍的那句话后,他就一直保持着站立的姿势,冷漠而戏谑地看着对方,一直看了许久许久,眼里的利芒渐渐化成一丝淡淡的嘲讽。还有诸多的不解,然后眼角微微眯了起来,就像是一只雄狮,看着自己的国度上面经过的一只游魅,在徒劳地拨动实体的树丫,向自己宣告着什么。

过了很长时间之后,他奇怪地笑了起来,微微偏头,双唇抿得极紧,看着陈萍萍失望地道:"竟然……居然……是因为这些,就因为这些!"

直到此时,他才终于明白这条跟随自己多年的老黑狗为什么会背叛自己,为什么不惜一死也要回京。当年伙伴对那个女子的喜爱,他十分清楚,但他怎样也想不到,陈萍萍竟然会因为死去多年的她,站到了自己的对立面。

陈萍萍的双手扶在轮椅的扶手上,沉默又冷漠地看着他,一言不发,等着答案。

庆帝轻声喃喃道:"为了她……你竟然背叛……朕?"

这句话里所蕴藏的意味很怅然,很悲哀,还有一种发自内心最深处的愤怒与烦躁。

"竟然?这个词是什么意思?"陈萍萍面无表情道,"我这一生再也未见过像她那样的女子,不,应该是再也未见过像她那样的人,她像仙女一样降落到这片凡尘,拼尽自己的全力改变她所想要改变的,拯救她所认为应该拯救的。她帮助了你,拯救了我,挽救了庆国,美好了天下……而你,却毁了她。"

这句话的语音里没有惊叹号,没有愤怒,只有一股子沧桑与悲伤。

庆帝沉默许久,双手缓缓在膝头摩挲——这一世从来没有人当面问过他这个问题，更准确地说，根本没有人敢问他这个问题，也没有几个人知道这个问题。

"我没有杀她。"他本来不需要解释什么，但不知道为什么，内心最深处有一丝被他强行压抑了二十多年的隐痛，缓缓地渗透了出来，占据了他的身心，也许是解释给陈萍萍听，也许是解释给后宫小楼那幅画像中的黄衫女子听，也许……他只是想解释给自己听。

"我没有杀她。"皇帝的声音提高了一些，语气坚定了一些，口气冷漠了一些，对着陈萍萍眯着眼睛，用力地再次重复了一遍。

"您没有杀她？那她是怎么死的？不要说什么西征未归，不要说什么王公贵族叛乱，不要说什么天命所指，恰在那时，我、范建、五竹、叶重……所有人都恰好不在京都，恰好她又刚刚生下孩子，处在最虚弱的时候！"

陈萍萍看着皇帝陛下，用一种冷漠到了极点的声音道："陛下以孝治天下，最好还是不要把这些罪孽都推到太后娘娘身上。皇后那个蠢货以及她的家族已经替您背了二十年的黑锅，难道您又想让您自己的亲生母亲接着去背？

"西征草原是您的旨意，范建当时只是太常寺司库兼户部员外郎，负责一应军需供应，按当年旧例，大庆铁骑在外，他该留在京中处理事务，为什么那次您非要让他同行？您在怕什么？您怕范建留在京中，他手下的虎卫会坏了秦业的大事？"陈萍萍的唇角泛起一丝冷笑，"是啊，又提到秦家这位老爷子了，谁能想到，这位三朝元老是当初陛下您留在京都的杀招。叶重去了定州，整个京都都在秦家控制之下，皇后想攻入太平别院，秦业若不点头，这谁能做到？

"三年前京都谋叛，秦业跳出来的时候，陛下您是不是很高兴，终于有机会、有借口把当初唯一知道您在太平别院血案里扮演角色的人除掉，杀人灭口？当然，您是不屑于杀人灭口的，就算秦家说什么，您也不会在乎，只是范闲终究长大了，您不得不接受，您和她的儿子是您所有后代当中最成材的一个人，相处越久，你越看重范闲，也就越不愿意让他知道他的亲生母亲是死在您的手上,所以秦业……他不死怎么行?"

陈萍萍尖中带沙的声音在御书房里不停响起,庆帝没有说话,听着这些字字句句,表情略微有些怪异,似乎有淡淡悲哀,又似乎有淡淡的解脱。

"说回二十二年前的太平别院。"陈萍萍隐忍了十余年,这些话与推论在心里不知说了多少遍,今天终于有机会在皇帝面前说出来,而且越说越激动,语速越来越快,不由得咳嗽起来,脸上浮现出两团不健康的红晕。喘息了一阵后才得以平息。他接着又说:"再说说我吧,当时你决定向太平别院动手,当然不会允许我还留在京都,所以北方防线忽然告急,不时有风声传来,北军即将全力南攻。我身为监察院院长,陛下忙于西征,只好代圣驾北狩,亲身前去查探情况。如今想来,能让整个军方都配合此次演出,甚至还能调动异国力量,除了陛下您之外,还有谁能够做到?然而我的心里一直有个疑问,能让北朝配合,莫非您当时与苦荷那个死光头暗中有勾结?可惜他已经死了,我没处去问。"

"朕没有找苦荷。"陈萍萍指控到此时,庆帝终于冷漠开口说出了第一句话,"朕不需要找任何人,也没有找任何人。"

陈萍萍微嘲道:"是吗?那我们来说说五竹,此人是最不可能离开她身边的人,而他当时却偏偏离开了京都。毫无疑问,这是我这些年来最想不明白的事情。"

"直到很多年以后,五竹告诉我,他在范府外的小巷子里遇到了一个人,他杀了那个人,自己也受了重伤,我才想明白了一件事情。

"这个世上能够伤到五竹的人太少,除了四位大宗师,所以我判定神庙又有使者来到了人间。既然神庙中人能在那个时刻来,那么二十二年前,他们也能来。"

说完这些话,陈萍萍沉默了一段时间又继续说道:"只有神庙来人,才能让五竹如此警惕,甚至会离开她的身边,以求神庙来人务必不靠近她。"

皇帝面无表情地问道:"你就因此疑了我?"

"神庙来人在范府外面发动的那次刺杀,针对的是范闲,伤害的却是五竹,那是因为陛下您一直想知道五竹究竟在哪里。而第一次神庙来人的出现,针对的是她,调走的却依然是五竹。五竹似乎就是一面墙,一面只有神庙才能撼动以及调动的墙。虽然只有两次,但两次都太巧了,都出现在陛下您有动机的时节。陛下,我知道你一直忌惮老五。"陈萍萍的眼神显得淡漠起来,静静地望着庆帝道,"范闲入京后,你就一直想知道五竹的真实下落,好在范闲他一直连我都瞒着,所以陛下您自然也不知道。您为什么这么忌惮老五?因为您怕老五知道当年的事情,拿着那把铁钎闯到皇宫里来杀您?您身为九五至尊,难道还是依然有害怕的人?"

皇帝陛下笑了起来,摇头道:"不,像老五这样的人,本不应该存在于这个世界,自何处来便应归何处去。你或许还不知道,当初安之在澹州的时候,朕就请流云世叔去看过老五一次,只要老五没有完全醒过来,他对朕,便没有任何威胁。"

"像大宗师这种怪物,本来就不应该存在于这个世界上,这是你一贯以来的看法。"陈萍萍认真地问道,"所以我很好奇,你为什么还活着,不以自杀做了结?"

这句话很恶毒,然而皇帝的面色没有丝毫变化,或许那种情绪正在他的内心酝酿,此时依然没有爆发出来。

"当年你调走了我们所有人,又挑得皇后那个蠢货发疯,再让秦业在一旁注视操控,太平别院血案就此发生,这看上去虽然简单,实际上却是无比困难,当中的环节只要一处出问题,她或许依旧不会死,陛下你确实很了不起。"陈萍萍轻轻抚摸着轮椅扶手,感慨道,"尤其是关于神庙来人的事情,直到现在,我依然没有想明白是为什么,为什么神庙会按照你的计划行事。"下一刻,他又自言自语道:"或许是因为你们的目的本来都是一样的,就是想抹杀她在世上的痕迹?"

庆帝没有反驳这个推论,道:"你这老狗,一生都在想着如何害人,要想清楚这些事情,并不是什么难事,朕只是从来没有想到,你会对此事一直念念不忘。"他加重语气道,"然而,朕……没有杀她。"

"是的,你没有杀她。"陈萍萍笑了起来,笑得极为怪异。"我们伟大的皇帝陛下,当然不会亲自动手杀死对庆国有再造之恩的那个女子,当然不会杀死帮助老李家坐上龙椅的大恩人,当然不会杀死自己心中最爱慕的女人,也当然不会杀死自己儿子的亲生母亲。你当然没有杀她。因为你从来没有动过一根手指头,你的双手永远洁白如新,手上有血的只是龙椅下面那些愚蠢的人……我们替她报仇,扫荡干净了所有的顽固王公贵族,那一夜京都流了多少血?那个夜里,皇后和太后所有的亲族被杀光,你是不是笑得很快意?所有的光耀注入你的身体,所有的黑暗与无耻归于你的臣下和亲人,世界上再没有比这更美好的事情了。

"尤其是老秦家的人死后,世上再没有任何人知道当年黑暗中的一切,没有人有证据,说是陛下你亲手操控了太平别院血案。然而……你永远说服不了你自己,也说服不了奴才我,更改变不了这个事实。二十二年前,你亲手杀死了她,杀死了一个伟大的……不,就是一个刚刚替你生了儿子,处在人生最虚弱时刻的孤独的女子。

"人世间最卑劣与无耻的事情,莫过于此。"说完最后这句话,陈萍萍整个人都显得无比疲惫,靠坐在黑色的轮椅上,缓缓闭上了双眼。

皇帝也缓缓闭上了双眼,平静的面容有些苍白,沉默许久后,他轻声道:"不错,是朕杀了她。"旋即,他睁开了双眼,眼眸里一片平静与肃然,问道,"那又如何?"

那又如何,仅四个字,从君王薄而无情的双唇里吐露出来之后,就像给整间御书房加上了一层又一层的冰霜气息,无尽无度的寒冷就这样无由而生。

玻璃明窗、红木矮几、青色室内盆栽上面似乎都有肉眼看不见的白霜正在蔓延，然后一直蔓延出去，将整座皇宫都笼罩了起来，以至寒意直刺上天，袭向东方遥远天边的那几团灰灰乌云。云朵就像是受惊的小动物一样，受此寒意一激，急速缩小，打着寒战，颜色渐深，不得已地挤出了一些云雾间深藏着的湿意。

湿意凝为水，落为雨，缓缓自天上来，京都醒来的人眯着眼向着天上那朵云望去，这才知道，初秋的第一场雨终于落了下来，天气马上就要转冷了。

陈萍萍坐在轮椅上，没有咳嗽，只是静静地看着自己服侍了数十年的主子——如果陛下真的是心如千年寒冰，那又何必说出那四个字？他只是不服，在陈萍萍心中，在很多人心中，自己永远比不上叶轻眉，所以才愤怒。

"对于陛下您来说叶轻眉永远不可能是一位路人啊……"陈萍萍叹着，双眼掠过皇帝陛下的肩头，望向御书房后的那堵墙，直似要将这堵墙望穿，一直望到那张画像。

皇帝笑了起来，笑容很清淡，很冷漠，很自嘲，很伤痛，很复杂。

"朕不想提过去的事情。"

"为什么不提呢？"陈萍萍眯着眼睛看着他，"是觉得她太过光彩夺目，完全压过了陛下你的骄傲，所以你一直从心里就觉得不舒服？"

皇帝挑眉道："小叶子从来就不是一个喜欢抛头露面的人。"

"原来您也知道。"陈萍萍哑声笑了起来，尖沙的声音里挟着一丝渐渐浓起来的怨毒，"你究竟有什么容不得的？"

"朕容不得，还是这个天下容不得？"皇帝直视着陈萍萍的双眼，神情十分冷漠肃然，"或许你们这些人，从来没有想过这个问题。"

冷漠的声音戛然而止，他不想谈论任何有关当年的事情，哪怕是面对着陪伴了自己数十年的伙伴，哪怕是在这样的局面下，他依然不愿意去触碰内心的那一块地方。

然而陈萍萍今日归京赴死，为的便是要撕开这个看似强大到不可战胜的男人心中那处伤口，他盯着庆帝的双眼道："是太后的大不喜？是王公贵族对新政的反弹？还是你的骄傲，让你做出了这样一个冷血无情的决定？"

皇帝没有回答他的问题，视野渐渐空蒙，焦点不知飘向了哪里，他强行转了话题："那是因为什么促使你做出了如此大逆不道的决定？你是个阉人，难道也会喜欢女人？"

"阉人啊……"陈萍萍缓缓垂下眼帘，"先前就说过，谁对我好，我便对谁好，她对我的好，我一直牢记于心。她死得悲哀，想必也死得疑惑，我守了这几十年，就是想替她来问陛下你。"

"莫非朕对你不好？"皇帝的目光从陈萍萍苍老的面容上拂过，"朕赐予你无上荣光，朕赐予你一般臣子绝不会有的地位，朕赐予你……信任，而你，却因为一个已经死了二十几年的女人……要来问朕？"

陈萍萍似笑非笑地望着皇帝："她待我好，是像朋友一样；陛下待我好，是像奴才一样。这能一样吗？我只是诚王府里的太监，她却从来不因为我的身体残缺而对我有丝毫鄙夷、歧视，她以诚待我，以友人待我……啊，这是老奴这一生从来没有享受过的待遇，在她之前没有，在她之后也没有……啊，只有范闲有点像她。"

安静的御书房内，范闲这个名字显得格外刺耳，皇帝眉头微皱。

人生的遭逢总是极为奇妙，尤其是庆国当年的这些伙伴，彼此间的纠葛只怕再说上三天三夜也说不清楚。陈萍萍有些疲惫地叹了口气。是的，过往的事情不需要说，其实都深藏在这些伙伴的心里脑间，谁都不会刻意记起，但谁都不会忘记。

"当年你初初登基，朝政不稳，要推行新政，着实反弹太大，我掌着的监察院监督吏治，京都还是有些不稳。再者，太后一直忌惮这个不肯入宫的女人，尤其是当发现小叶子对陛下的影响力，更远在她之上时……

皇后那个蠢女人刚刚嫁给你不久,更是不清楚,为什么你天天不在宫里待着,却要去太平别院爬墙!

"叶轻眉该帮你的都帮到了。在澹州的海边,她曾经许过的画卷也渐渐展开,老叶家已经在闽北修好了三大坊,庆国的根基已经打得牢牢实实,她似乎对于陛下再没有任何作用,相反……她自己却成了朝廷宫廷里最不稳定的那个因子。如果按照她的规划走下去,庆国将不会是今日的庆国,而陛下你却并不喜欢那样的一个庆国,不可能允许这样的事情发生,更遑论在这个过程中,你可能要得罪全天下的官员士绅。

"要立不世之功,便需有不世之魄力,你却没有这种魄力,也根本不想舍弃已经拥有的一切,那么就只能让她死了。只要她那时候死了,你便可以享有她赠给你的一切,却不需要承担她所带来的任何危险。好吧,就算你有无数个理由,因为这把龙椅,因为这个国度,因为你自己的野心,去杀死她,但你不行……"

说到这里,陈萍萍不屑地摇着头又道:"你没有资格去做这件事情。"

庆帝的眼神依然一片空蒙,就像是根本没有听到陈萍萍直刺内心的句句逼问,缓声道:"靖王府里还留着当初的文字,想必你还应该记得清楚,似她那样背离人心的奇思异想,虽则美妙,却是有毒的花朵,一旦盛开在庆国的田野里,只怕整个庆国都将因之而倾倒。朕最惜她,但朕……身为庆国之君,必要为天下百姓负责。"他转头望着陈萍萍,认真地重复道,"你应清楚,朕比天下任何人,更惜那女子。"

"和百姓有什么关系?小叶子从来不是一个空有想法而无力付诸实践的人,她所说的话、留下的字句只是她想留下来的东西。而你,却是被那些想法所惊住了,你忽然发现她的想法对这把椅子有太大的伤害,就算她现如今不做,但她留下的火种,说不定什么时候就会把这把外表光鲜,实则腐烂不堪的椅子烧成灰烬。"陈萍萍微嘲道,"陛下,您何必解释那么多,还不若先前那四个字。您只是贪恋这把椅子,你有太多的雄心壮志，或者说野心要去践酬，怎么能够容许有人可能危害到这个过程？又说回最先前，您只是不可能永远让一个女人隐隐约约地压制着你。"

听完这番话，皇帝沉默了许久，不知道这算是默认，还是在回思当年最隐晦的内心活动，许久后，他忽然冷笑道："朕便有任何野心雄心，难道不是她给朕的？

"朕当年只是诚王府的一个不起眼的世子，虽然心有大志，怜民生艰苦，想改变这战乱纷争的世界，但朕又有何德何能去实现这一切，甚至去梦想这一切？是她，是你，是范建，是你们所有人让朕一步步走到龙椅前，拥有了梦想这一切、实现这一切的可能。"庆帝的目光尖锐了起来，声音沉稳了起来，大了起来，"朕既然坐上了这把龙椅，就要完成当年的想法，不论是谁都无法试图阻止这一切！"

"当年的想法？"陈萍萍望着他冷漠道，"陛下您还记得我们当年的想法？"

"朕知道你这老狗想说什么。"皇帝两袖龙袍如广云展开，身上浮现出一股强大而庄严的气息，如云间的神祇，"朕要打下一个大大的江山，一统整个天下，让三国亿万百姓再不用受战乱之苦，千秋万代……难道这不也是她的意愿？"

庆帝的声音渐渐高了起来，带着一丝阴寒冷冷地看着陈萍萍："你不要忘了，朕才是庆国的皇帝，朕根本不在意当年的约定，也不在意曾经背离了什么，但朕……在意她，答应她的事情，朕一件一件都在做，所以……不论是你还是范建，哪怕是她从阴间回来，问朕这数十年的作为，朕都可以不屑地看着你们说，只有朕才能做到这一切！"

陈萍萍微微眯眼，沉默不语。

"她是一个神秘的女人，但她毕竟是个女人，她很幼稚，只是朕没有想到，原来你也很幼稚。"皇帝缓缓闭上双眼，话语寒意十足，"治国不是扶花锄草，不是靖王那个废物天天自怨自艾就能行的。身为君王，为天下计，死任何人都可以。"

"所以……她死了。"陈萍萍在轮椅上佝偻着身子，沉默了一会儿又道，"所有人可以死，比如皇后，比如长公主，比如太子，比如很多很多人。为了天下，你可以牺牲一切。那我想知道，如果有一天轮到你被牺牲，你会不会愿意？"

"朕是天下之主。"皇帝面无表情地回道，"有朕一日，这天下便会好过一日。"

"不错，陛下你精力过人，明目如炬，庆国吏治之好，前所未有，但你死后怎么办？而人……总是要死的。"旋即，陈萍萍摆了摆手，苦笑道，"你死后哪怕洪水滔天……我忽然想到这句话，才明白此话问得有些多余。陛下，我还是高看了你一层，就算你是大宗师，是一代帝王，但本质上还是一个被野心占据了全部身心的俗人。"

皇帝并不愤怒，沉声道："至少朕当年答应她的事情，一件一件地在做了。"

"是吗？老奴临死前，能不能听陛下讲解一二，让我死得也安心些，就当陛下给老奴最后的恩典。"

皇帝注意到了陈萍萍唇角的讥讽之意，心底生出无数的怒意，像他这样的帝王，最不能忍受的，便是被人无视或者刻意轻视自己在这片大陆上所造就的功业。

"朕不需要向你这阉贼解释什么，待朕去后，自然会一件一件地讲给她听。"

"陛下百年之后有脸去见她？"陈萍萍今日完全不似往日，人之将死，其心也明，其言也刻薄，"听说在澹州海畔，你曾经向范闲解释过这所谓一件一件的事，您是想安慰自己，还是想通过范闲，得到冥冥之中的她的谅解？"

皇帝睁开双眼，眼中依然是那片怪异的空蒙，面色却微微发白，他冷声道："朕为何不敢见她？当年在澹州海畔，在诚王旧府，朕曾答应她的事情，都已经做到，或将要做到，朕这一生所行所为，不都是她曾经无限次盼望过的事情？

"她要改革，要根治朝堂上的弊端，好，朕都依她，朕改元、改制，推行新政。

"她说明君要听得见谏言，所以朕允了都察院风闻议事的权力。

"她说建立国度内的邮路系统，对于经商民生大有好处，好，朕不惜国帑，用最短的时间建好了遍布国境内的邮路。

"她说宫里的宦官可怜又可恨。"皇帝冷冷看了一眼陈萍萍，"所以朕废了向各王府国公府派遣太监的惯例，散了宫里一半的太监，并且严行禁止宦官干政。

"她说国家无商不富，朕便大力扶植商家，派薛清长驻江南，不让朝廷干涉民间商事。

"她说国家无农不稳，朕便大力兴修水利，专设河运总督衙门修缮大江长堤。

"她说要报纸，朕便办报纸。

"她说要花边，我便绘花边。"

皇帝越说越快，眼睛越来越亮，到最后竟似有些动情，看着陈萍萍大声斥道："她要什么，朕便做什么，你，或是你们，凭什么来指责朕！"

陈萍萍笑了，很快意、很怪异地笑了起来。

"这一段话说得很熟练，想必除了在澹州海畔，您亦经常在小楼里对着那张画像自言自语，这究竟是想告慰天上的她，还是想驱除您内心的寒意呢？"

庆帝的面色微变。

陈萍萍坐直身子，看着他一字一句地道："推行新政，不是把年号改两下就是新政！改制更不是把兵部改成老军部，然后又改成枢密院就叫改制。陛下您还记得太学最早叫什么吗？您还记不记得有个衙门曾经叫教育院？同文阁？什么是转司所？什么又是提运司？什么狗屁新政！让

033

官员百姓都不知道衙门叫什么就是新政？你这究竟是在欺骗天下人，还是在欺骗自己？

"都察院风闻议事，最后怎么却成了信阳长公主手里的一团烂泥？允他们议事无罪？庆历五年秋天，左都御史以降，那些穿着赭色官袍的御史大夫，因为范闲的缘故，惨被廷杖，这又是谁下的旨意？

"更不要提什么邮路系统！这纯粹是个笑话，寄封信要一两银子，除了官宦子弟，谁能寄得起？除了养了驿站里一大批官员的懒亲戚，这个邮路有什么用？

"严禁太监干政？那洪四庠又算是个什么东西？刺客入宫，牵涉朝事国事，他一个统领太监却有权主持调查。好，就算他身份特殊，那我来问陛下，姚太监出门，一大批两三品的官员都要躬身让路，这又算是什么？

"朝廷大力扶持商家？朝廷不干涉民间商事？"陈萍萍的声音越来越尖厉，竟鄙夷道，"明家怎么有那么多权贵的干股？如果陛下您不干涉商事，范闲下江南是做什么去了？商人……现如今只不过是朝廷养着的一群肥羊罢了。

"兴修水利，保障农事？"陈萍萍笑得愈发荒腔走板起来，"……呵呵，河运总督衙门便是天底下最黑的衙门，老奴多少年前便要查了，但陛下您帝王心术，知道这个衙门里藏着半个天下的官员瓜葛，你不想动摇朝政，只好任由他腐坏下去，可结果呢？大江崩堤，淹死了多少人？庆历五、六年之交的冬天又冻死了多少人？就算是这两年范闲夫妻拼命向里面填银子，可依然只能维持着。

"还有那劳什子报纸、花边。"他尖锐的声音就像是一根鞭子辣辣地抽在了皇帝的脸上，"她所说的报纸是开启民智的东西，却不是内廷里出的无用狗屁，上面不应该只登着我这条老黑狗的故事，而是应该有些别的内容，陛下您认为我说得对不对？"

皇帝的脸色越来越白，白得似快要透明起来，根本没有听到陈萍萍最后的那句话。

"你或许能说服范闲，能说服自己，这些年来，你为了当年澹州海畔、诚王府里的事情，在努力做着什么，在努力地弥补着什么，实践着什么。"陈萍萍望着皇帝刻薄地道，"但你说服不了画像中的她，只不过如今的她不会说话而已。但陛下你也说服不了我，很不凑巧的是，我现如今还能说话。"

皇帝苍白的脸色配着微微发抖的手指，可以想见他已经愤怒到了极点。盯着陈萍萍的脸，他寒声道："朕这一生，其实做得最错的事情，就是当年还是太子的时候，听她说朝廷百官需要一个独立的衙门进行监督，所以朕不顾众人反对，上书父皇，设立了监察院这个衙门。朕更不应该听她的，让你这条怎么也养不熟的老黑狗，这个浑身尿臊味的阉人做了监察院的第一任院长。"

陈萍萍摇了摇头，平静地道："遗憾的是，就连我这条老黑狗死命看守了数十年的监察院，只怕也不是她想看见的监察院。监察院应是监督百官的机构，而不是如今这个畸形强大的特务机构，尤其是这个院子实际还是陛下您的。"他双眼直视着皇帝的那张脸，接着道，"你还记得监察院门前那个石碑上写的是什么吗？"

那段金光闪闪的大字永远闪耀在监察院阴森的方正建筑之前，不知道吸引过多少京都百姓的目光，却永远没人真的把这些字看清楚。监察院的官员都背得很熟练，却并不知道这段话背后所隐藏的意思。最关键的是，当年的那些人或许知道这段话的全文，但不论是皇帝还是别的人都下意识里遗忘了这一点。

整个天下，只有陈萍萍以及监察院最早的那些人一直记得。

"我希望庆国的人民都能成为不羁之民。受到他人虐待时有不屈服之心，受到灾恶侵袭时有不受挫折之心；若有不正之事时，不恐惧修正之心；不向豺虎献媚……"

这是叶轻眉留给监察院的话，然而这段话并没有说完，后面还有两句不知道因为什么原因,就这样湮没在了历史的尘埃之中。陈萍萍漠然地望着皇帝陛下,枯干的双唇微微颤动,一字一句地道:"我希望庆国的国民,每一位都能成为王,都能成为统治被称为'自己'这块领土的,独一无二的王。①

"陛下,我的王。"陈萍萍的目光里带着一抹灼热,以及愿意为之付出一切的执着,"监察院……从一开始的时候,就是用来监察你的啊!"

① 这段话引自日本《十二国记》。

第三章 陈萍萍的复仇

此刻,御书房又安静了下来。从黎明前最黑暗的那一刻,到朝阳跃出大地,再到暖暖的晨光被乌云遮住,淅淅沥沥的秋雨飘絮似的落下,在这段时光中,御书房里的声音不停地变化,时大时小,时而暴烈,时而像冰山一样安静。里面的气氛更是如此,一时剑拔弩张,一时沉默铁血,一时忆往事而惘然,一时说旧事而寒战。

皇帝陛下与陈萍萍本就不是一般君臣,二人间的战争也与一般的战争有太多形势上的差别。直到此时,陈萍萍只是用言语,或许说言语所代表的心意,在那里举着稻草刺着、扎着,盼望着能将对方赤裸的心脏扎出血点、刺出鲜红的伤口来。

一抹并不健康的苍白在庆帝的脸颊上久久盘桓,不肯散去。他的眼神空蒙,不,应该说是十分空洞,微显瘦削的脸颊,配上此时的神色与眼神,显得格外冷漠。谁也不知道此时他的心头究竟有怎样的惊涛骇浪,沉默许久之后,他缓缓说道:"你凭什么来监察……朕?朕舍弃了世间的一切,所追寻的是什么,你们何曾懂得?"

陈萍萍的双手很自然地搁在黑色轮椅的扶手上,淡淡地看着他,眼神中有的也只是冷漠:"陛下您再如何强大,庆国再如何强大,可依然改变不了您最不愿意承认的事实。庆国之强大始终靠的是她的遗泽,如果不是她留下了内库源源不断向朝廷输送赖以生存的血液,如果不是她留下了监察院帮助陛下控制着朝堂上的平衡,在连年征战中,您如何能够让庆国支撑到现在?

"您想证明,没有她,您一样能够把事情做得最好,甚至比她活着的时候更好。您想掀开她盖在您头顶上的那片天,可事实却证明,您必须依靠她。

"您不如她多矣。"

陈萍萍平静自然的话,刺中了皇帝心脏的最深处。

他忽然想到三年前的那个雷雨夜,自己在后方不远处的广信宫里,亲手掐着李云睿的咽喉,对美丽的妹妹说:"你怎么也比不上叶轻眉。"此时他面色微白,薄而无情的双唇抿得极紧,说道:"历史终究是要由活人来写,朕活着,她死了,这就已经足够了。"

"所以陛下何必解释什么?你只需要承认自己的冷血、无情、虚伪、自卑……"陈萍萍的脸上浮出一丝笑容,"这样就足够了。"

"那她呢?她就真的是一位仙女?不食人间烟火,大慈大悲?"皇帝忽然道,"还是说在你的心中,只允许自己把她想象成这样的人物?不,不只是你,包括范建,包括靖王那个废物,恐怕还包括安之在内,你们所有人都认为朕冷酷无情,却放肆地凭由自己的想象,在她的身上描绘了太多的金边。

"她不是一个人,也不是一个仙女,更不是一个来搭救世间的神祇。"皇帝幽幽地叹息了一声,眉头皱得更紧,而后缓缓地说道,"她只是你们这些人,不,以往也包括朕在内,她只是我们这些人的想象罢了。朕常常在想,这个女子是不是根本就没有出现过,只是任由我们的想象汇聚在一起,才有了这样一个人?"

陈萍萍冷冷地摇了摇头:"你知道这不是事实。"

"可依旧是想象!你们这些废物,把对世间一切美好的想象都投注在了她的身上,所以她在你们的心中光辉无比,甚至连一丝暗影都找不到。冰雪聪明,却无谋人的心机,悲天悯人,却不是一个不通世务的幼稚女子,而是有实际手段的实干家。这是一个怎样的人？一个没有任何缺点和漏洞的人。这样的人……还是人吗？"皇帝悲哀而戾气十足地笑了起来，"可惜世上没有这样的人。她一样是个凡人，是个有喜有怒有光彩有阴暗有心机有阴谋的普通人，说到底，她和朕又有什么区别？朕直至今日才知道，原来你这老黑狗竟然是她留下来监视朕的！"

"错了，陛下。"陈萍萍面色木然地道，"不论是谁坐上龙椅，我监察院便要监督他，这并不是她从一开始就提防您、想要对付您的证据。她若真是您所想象的那种人，或者说像您这样的人，又怎么会死在您的手上？"

"那霸道功诀呢！"皇帝空洞的眼神里闪过一抹阴寒，声音忽然变得极为阴暗幽深，让人感觉不到丝毫暖意，"当年她传朕霸道功诀，朕感激至深……凭这霸道功诀，朕带着你，带着叶重，带着王志昆，纵横沙场，横扫四合，难得一败。然而谁会料到，这所谓的无上功法背后却隐藏着巨大的祸心！当年初次北伐，朕便察觉体内的霸道真气有些蠢蠢欲动，不安分起来，然而事在必为，朕领军而进，与战清风在北部山野里连续大战，却在这个时候，隐患爆发，朕体内……经脉尽断！"

陈萍萍默然，他对这段历史最为清楚。当年北伐艰难，战清风大师用兵老辣，大魏兵员尤盛，南庆数万之师冒险北进，着实是九死一生的选择。然而大魏已然腐朽不堪，民不聊生，若想改变天下大势，开创出新的局面，南庆发兵是必然之事。

时为太子殿下的庆帝领兵北征，陈萍萍却是留在了初设的监察院中，一方面是要保证京都的安全，二来也是与战场保持着距离，以保用冷静的头脑决策。

本来便是敌强我弱之势，恰在大战最为激烈、战清风率大军于崤山外围包围庆军之时，庆军统帅太子殿下忽然受了重伤，全身经脉尽断，僵卧于营中不能动！

时为副将的叶重以及亲兵营少年校官王志昆在最关键的时刻站了出

来，但统帅不能视事，终究没能支撑太长时间，南庆军队被打得四分五裂，被困在了群山之中。

陈萍萍带着监察院黑骑完成了他们震惊天下的第一次千里突进，冒着巨大的风险，几乎全军覆没，才将太子，也就是今日的皇帝陛下救了回来。

在那时，陈萍萍心头就有极大疑惑，究竟是出了什么事情？太子殿下的身体并没有什么大的伤口，内里的经脉却全部碎断，竟是变成了一个废人。

这些年里，他隐约猜到了一些，加上范闲也曾经面临过一次经脉尽断的危险，他渐渐确定了当日皇帝陛下诡异而可怕的伤势由何而来——那就是霸道功诀。

"朕身不能动，目不能视，口不能言，体内似有数万把锋利的小刀不停地切割着腑脏、搅动着骨肉。"皇帝眼神漠然道，"那种痛苦，那种绝望，那种孤独，那种黑暗，不是你能想象的。朕心志一向强大，在那时却也忍不住生出了自尽的念头……但是朕当时连一根小指头都动不了，想死……居然都死不成。

"这是何其可悲又凄惨的下场。"皇帝的唇角微翘，自嘲地笑了起来，然后又淡淡地看了陈萍萍一眼，"当日若不是你不惜一切代价地救朕，朕或许当时便死了。"

陈萍萍沉默不语。

"好在上天未曾弃朕，在这样的痛苦煎熬数月之后，朕终于醒了过来，而且不仅醒了，朕还终于突破了霸道功诀那道关口。"皇帝的声音微微颤抖，已经数十年过去，他想到那可怕的、非人类所能承受的折磨与痛苦，强大的心脏依然止不住在收紧。

"那你说……她传给朕这个要命的功诀，究竟是想做什么呢？朕问过她，怎样能够突破关口，她却说不知道。她不知道！她造就了苦荷，造就了四顾剑，造就了朕，她居然说……她不知道！她想拿着朕这个要害，要朕一生一世都听她的，应允她的。"说着，皇帝的唇角怪异地翘了起来，嘲讽道，"但……朕怎是这样的人，朕过了这生死大关，也将这世间的一切看淡了，也终于明白你们眼中这个光辉夺目的女子其实也有最残忍的一面。既然天不弃朕，朕如何肯自弃？那便只能弃她了。"

听完庆帝的这番话，陈萍萍摇了摇头，叹道："多疑啊多疑……陛下你这一生大概没有办法摆脱这一点了。借口永远只是借口，范闲如今也练了，如果不是有海棠帮他，只怕他也会落到那个地狱一般的关口之中，难道这也是她的手段？"

"天一道的心法，她的手上本来就有。"

"可那有可能永远停留在九品的境界之中。你甘心吗？"

不等皇帝回答，陈萍萍摆了摆手又道："过去的事情，再提也没有什么必要，你连她都能疑，自然能疑天下所有人，只是……这种疑也未免显得太可笑了些。"

既然可笑，当然要笑，所以他笑了，在黑色轮椅上笑得前仰后合，浑浊的眼泪似要从他那苍老的眼缝里挤出来。

皇帝面无表情地道："朕只是要让你这条老狗死之前知道，你所记得的只是一个虚无缥缈的幻象罢了。你所忠诚守护的那个女主子，不是一个纤尘不染的仙子。"

陈萍萍停了笑声，双肩微微下沉，沉默片刻后应道："老奴不是以天下为己任的圣人，也没资格做圣人。先前指摘陛下不是为这天下苍生，也不是对苍生有何垂怜，但这是她的遗愿……是的，陛下，今天相见，为的不是天下苍生，只是私怨。你杀了她，我便要替她报仇。此乃私仇，不是什么狗屁大义，这是件很简单的事情，不需要承载什么别的意义。我根本不在乎她是个什么样的人，究竟是谪落凡尘的仙子，还是一个小魔女，那有什么关系？她叫叶轻眉，这就足够了。"

皇帝望着轮椅上的他，沉默良久后轻轻地叹了口气，脸上浮现出一丝微笑，这抹笑代表着更深一层的意思——在他的眼中，这条老黑狗已经死了。

"这是一种很畸形狂乱的情绪。监察一国之君？一个阉人对一个女人念念不忘？原来很多年前你就已经疯了。当然，朕必须承认，朕被你蒙蔽了很多年……监察院在你这条老狗手里，确实有些棘手。监察院到了今日，只知有陈萍萍，却不知有朕这个皇帝。这是朕对你的纵容所致，却也是你的能耐。只是朕不明白，你凭什么向朕举起复仇的刀，你又有什么能力？"

皇帝带着淡淡的不屑看着陈萍萍，自身边取起那杯许久未曾饮的冷茶，缓缓啜了一口。

陈萍萍也自轮椅扶手前端取起那杯犹有余温的茶水，润了润自己枯干的双唇，片刻后轻声应道："想必此时言冰云已经在替陛下整肃监察院了。"

皇帝的眼睛看着茶杯里橙黄的茶水，微微一凝，然后又恢复了自然。"我既然单身回京，自然是不愿意整个庆国因为老奴的复仇而陷入动荡之中。"陈萍萍又道，"所以言冰云那里，我并不会理会。"

"慷慨赴死，就是为了骂朕几句？"皇帝的唇角泛起嘲弄的笑意。

"陛下了解我，才会陪要死的我说这么久的闲话。"陈萍萍微笑道，"因为你也不知道我最后的后手是什么，所以必须陪我说下去，直到我把自己想说的话说完。"

"此时话已经说完了，朕想看看你究竟有什么底牌还没有掀开。"皇帝已经从先前的心神摇荡与往事带来的情绪中摆脱出来，恢复了平静而强大的帝王模样。

陈萍萍没有回答，只是意味深长地看着皇帝陛下问了另外一个问题："这二十年里，我已经做了这么多事，难道陛下现在还不了解？"

皇帝的手指缓缓地转着青瓷茶杯，然后将目光又缓缓地落在了地上，那里躺着几份卷宗，上面记载的都是这些年里，陈萍萍是如何一步一步地将他所有的亲人都赶到了对立面。

"回春堂的火是院里放的,那位太医是老奴派人杀的,那位国亲也是如此下场。至于太子殿下用的药,是费介亲手配的,当然,费介如今早已经离开了这片大陆,陛下就算要治他死罪,想必也是没有办法。"陈萍萍微笑道,"长公主与太子私通一事,是我在一旁冷眼旁观,稍加帮助,然后想尽一切办法让陛下您知道的。"

皇帝转动茶杯的手指头停了下来。

"那夜下着雷雨,陛下在广信宫里应该有所失态,虽然老奴没有亲眼见到,但只要想到这一点,老奴便老怀安慰。"陈萍萍满脸的皱纹都化开了,显得极为开心,"陛下,长公主与太子私通,您为何如此愤怒?是不是您一直觉得这个胞妹应该是属于您的?然而碍于您心中自我折磨的明君念头,只好一直压抑着?"

"谁知道太子却做了。"陈萍萍笑了起来,"你不能做、无法做的事情,却被太子做了,您如何能不愤怒?他们如何能不死?太子死了,长公主死了,皇后死了,太后死了,老二也死了。您所有的亲人都等于是死在您的手下,您是天底下最自私最狠毒的君主,我便要让您的亲人因为您的自私死去。"

皇帝捏着茶杯的手指头微微颤动,轻轻击打着杯身,发出脆脆的清音。

陈萍萍的声音比这个声音更脆、更冷更洌:"老奴没有什么底牌,只是要回宫来告诉您一声,您当年如此冷酷地让她孤独地死去,我便让您也嗅到那种孤独的滋味……或许我无法杀死您,但让您这样活着,岂不是最美妙的复仇?"

皇帝微微挑眉道:"你居然连老三那个小子都想杀,太狠了!"

陈萍萍面无表情地道:"这宫里姓李的人,都该死。"

"安之呢?"皇帝敲打着青瓷茶杯的手指忽然停顿了下来,微嘲道,"他是朕与轻眉的儿子,你对她如此忠诚,又怎么会三番五次地想要杀死他?只怕安之直到今日还以为你是最疼爱他的长辈,却根本想不到,山谷狙杀、悬空庙刺杀，全都是你一手安排的。"

陈萍萍用一种戾寒到了极点的语气低沉道："你没有资格成为她儿子的父亲，范闲……就是个杂种，对她来说是耻辱的烙印，我看着他便觉着刺眼。"

"果然是个变态的阉货……朕如果就这么杀了你，岂不是如了你的意？"

"怎么死，从来都不是问题。我只知道我的复仇已经成功，这便足够了。"

"朕还有三个儿子……"

"我既然回京，你那三个儿子只怕都不可能再是你的儿子。我死在陛下的手中，范闲会怎么看你？老大会怎么看你？你该如何向范闲解释？难道说我是为了替他母亲报仇？那你怎么向他解释当年的事情？"陈萍萍轻描淡写表达了自己的最后一击，那就是他自己的死亡，"陛下，你必将众叛亲离，在孤独之中，看着这天下的土地，却……一无所有。"

看着天下的土地却一无所有，这是何等样恶毒的诅咒与仇恨！皇帝的身子微微一震，用噬人的威势盯着陈萍萍，寒声喝道："你敢！"

"你敢"这两个字从皇帝的口里吐出，就表示他已经知道陈萍萍这绵延二十年的复仇，已经踏上了一条不可逆转的成功之路，不论范闲还是大皇子都与陈萍萍关系极为亲厚，而他若想向这两个儿子解释什么，却又要触及许多年前发生的事情。然而他根本无法开口，难道只能在儿子们带着愤怒与仇恨的注视中，渐渐地苍老，走向死亡？

御书房里陷入一片死寂般的沉默，外面的秋雨依然在缓缓地下着，润湿着皇宫里有些干燥的土地以及青石板里的那些缝隙。御书房装着内库出产的玻璃窗，窗上那些雕花像极了一个个的人脸，正看着庆国这对君臣之间最后的对话。

"你求死，朕便允了你，但你不要想死得太轻松。朕要将你押至午门，朕要让你赤身裸体于万民之前，朕要让天下人都知道，你这条老黑狗是个没有阳具的阉人，是个令祖宗先人蒙羞的畸货！朕要让无数人的目光盯着你的大腿之间，看看你这个怨毒的阉贼，是怎样用双腿之间的那摊烂肉，构织了这些恶毒的阴谋！"

皇帝表面上冷漠而平静，实则无比怨毒地继续说道："朕要将你千刀万剐，凌迟而死，朕要让庆国子民一口一口将你身上的肉撕咬下来，然后把你的头骨埋到三大坊旁，让你眼睁睁地看着朕是如何先杀了她，再杀了你，再利用她留下的东西打下这片江山，一统天下，成就不世之基业。朕要让你，让你们知道，朕可以杀了你们，朕还要让你们眼睁睁地看着这一切却一点办法也没有，让你们在冥间哭泣、挣扎、后悔……"

他的脸色越来越苍白，眼神越来越迷茫、空洞，声音却越来越轻，再也找不到半点人类的感情，就像是云端上的一座无情的神祇。

君臣二人，用各自恶毒的言语割裂着对方的心，割得彼此血淋淋的，浑身上下没有一处完好的地方，就像两个苍白的鬼，在互相吞噬着对方的灵魂。

陈萍萍缓慢地、艰难地佝身将茶杯放在了地上，然后两手握住了轮椅的扶手前端，双肘为轴，两只小臂平稳而熨帖地搁在黑色光滑的扶手上。

这个动作并无深意，只是重复了一遍这些年里的习惯动作。

他的目光再次掠过了皇帝陛下苍白的脸、瘦削而强大的双肩，穿过御书房的墙壁，落到了后宫那座小楼上，看到了那幅画像——画像上那个黄衫女子的背影无比萧索寂寞，她看着山脚下大江万民的修堤景象，久久无语。

陈萍萍久久无语，他在心里自言自语地说着，这样就好，这样就好。

"小叶子？"陈萍萍的唇角泛起了一丝诡异的微笑，似乎看到了御书房后的空中浮现出了那个可爱的小姑娘。那个小姑娘就像当年那样，看着自己光滑的下颔，小脸上满是愁苦，问道："你真是太监？那咱们到底是以姐妹相称，还是有更合适的称呼呢？"

小叶子。

皇帝陛下听见了陈萍萍说出的这个名字。

这三个字藏在他的心里很多年了，就像是个诅咒，始终让他不得解脱。虽然可以许久许久不曾想起，然而一旦发现自己没有忘记，那张脸、那个人便会凭空浮现出来，带着一丝疑惑、一丝悲伤、一丝不屑看着自己。

他下意识里顺着陈萍萍的目光转首望去。

毫无疑问，陈萍萍是一位高手，更准确地说，他曾经是一位高手。

当年，宫里常守小太监之一的陈五常，虽然比不上天才绝艳的洪四庠公公，但毕竟也是排在序列里的强者，不然怎么能在动荡的天下与北方的肖恩抗衡，又怎么能率领黑骑完成那几次震惊天下的千里突袭，又如何能打造出这座恐怖的监察院。

然而时光和经历是世上最能折磨人的武器，年月太久，他已经老了，最可惜的是，当年捉拿肖恩回京的那次行动让他身受重伤，半身瘫痪，腰部以下再也没有任何知觉，一身修为自然被风吹雨打去，不曾留下半分。

这是天下百姓都知道的历史，是他们或惋惜或喜悦的事实。所以当皇宫里发出捉拿陈萍萍回京的旨意后，不论是叶重、宫典、姚太监、大将史飞，包括最后知晓这个秘密的贺宗纬，都没有警惕轮椅里的这位老人，而畏惧的却是他掌控的监察院。所以他们不担心陈萍萍会在御书房里对陛下不利，即便陈萍萍还是当年那位强者，又如何能够威胁到陛下这位大宗师？

至于那辆黑色的轮椅，陈萍萍已经在上面坐了很多年了，所有人都习惯了轮椅的存在，甚至将这轮椅看成与陈萍萍一体的存在。

习惯的力量很强大，强大到可以让人们无视，所以陈萍萍坐着黑色轮椅进了御书房，那些重臣们都没有什么反应，没有生出任何警惕，继而竟犯下了这个错误。

同样，皇帝也犯了一个错误。

当面色苍白的陈萍萍看着身后御书房雪白的墙壁，轻声唤出那个女子的名字时，他的心神微松，顺着对方的目光向后望去，而忽略了对方扶在轮椅扶手上的双臂动作。

很多人小时候或许都玩过这种幼稚而可爱的小把戏，假装看见小伙伴的身后走来了一位严肃的长辈或是厉害的师长，惊呼出声，对方心头大惊，扭头一看，自己便偷偷上前打了一记拳头，待对方醒过神来，便开始在院子里笑骂着追逐开来。这样幼稚的手段，却用在天下最强大的男人身上，不得不说，陈萍萍的想法很奇妙，却很有效果。

也许是今天这场御书房谈话太过消耗心神，提到了太多往事，皇帝陛下的心神有些不稳；也许是苦荷四顾剑已死、叶流云出海的如今，皇帝陛下太过自信，就算是范闲、海棠、王十三郎、云之澜、狼桃、影子这六名九品上强者同时出现在御书房内，又能如何？于是他真的被陈萍萍骗到了，向后面转了转头，然后发现了问题。

御书房白墙上什么都没有。

皇帝霍然转身，看见了陈萍萍一直扶在轮椅扶手上的那双手……

陈萍萍握紧了扶手，小臂猛地向后一缩，就像是扣动了扳机。

咔的一声脆响，轮椅扶手向两旁一散，发出一连串金属机簧的美妙声音。

随着两声巨响，两道强大的气流从扶手前端的两个空洞里喷了出来。

砰砰！

无数的铁屑钢珠，在强大的火药喷力加持下，挟着强大无比的威力，轰向了皇帝。

黑色的轮椅开出了两道艳丽的、夺人魂魄的火花！

这个世上没有谁能伤到皇帝陛下，但并不代表没有事物能够伤到他。至少皇帝和陈萍萍都知道，有个黑箱子一定能对皇帝造成威胁。

今天，陈萍萍坐了数十年的轮椅也发挥了极为相似的作用。

这辆黑色轮椅是数十年前内库和监察院三处精心打造的，而那对蕴藏了无数年怒火的火器，则是由那位已经死去多年的女子亲手替陈萍萍打造。

那时候陈萍萍跛了，她担心他的安危，所以调动了自己所有的智慧与资源，极为隐秘地为他安排了这样一个保命的法宝。

这些年，黑色轮椅的椅圈、靠背不知道换了多少次，只有这对扶手从来没有换过。

很多人知道陈萍萍有一个习惯性的动作，他喜欢轻轻抚摩这一对光滑的扶手，而像范闲这些亲近的人更知道，每当安静独处之时，他喜欢用指节轻轻地敲打扶手。在这时轮椅扶手会发出嗡嗡的响声，就像是中空的竹子一般。

竹有节，有劲。

陈萍萍也有。

两朵火花在轮椅扶手前一爆即逝！

几乎同时响起的两声巨响之后，无数钢珠铁屑火药喷击在那位九五至尊的肉身上，噼噼啪啪，似雨打沙滩，似雹落大地，击出千点坑，打折无数芭蕉叶。

御书房内烟雾弥漫，又迅疾散去，露出榻上皇帝陛下的身影。

皇帝是大宗师，但终究不是神，依然是凡人肉身，也无法做出神的反应。双方距离极近，轮椅扶手前端喷射出来的霰弹却是覆盖面极广，如何能避开？

墙壁已经被打成了烂疮一般，灰石碎砖在簌簌而降，几块破损的墙皮悬在半空之中，他身下的矮榻已经碎了一半，身前的案几更是被击成了一地碎木。

明黄色的龙袍上出现了许多洞，细微的、撕裂的，以不同形状出现，洞口略有焦煳。

一双手覆盖在他的面容之上，左手食指微屈，拇指微跷，那个青翠欲滴的小瓷茶杯，正在虎口之中，丝毫未动。

连茶杯都未碎，天子的容颜自然无碍。

下一刻，皇帝陛下浑身上下的劲气有若实质，如风一般呼啸起来，而他手指间的那只青瓷茶杯，嗤的一声破空飞了出去。

其时，黑色轮椅正在枪火的反作用力下向后滑去，吱吱吱吱与御书房地面摩擦，像是要擦出火花来一般，最终狠狠地撞在了墙上，发出一声闷响。

一抹翠绿映入陈萍萍的眼帘。

咔的一声脆响，那个青瓷茶杯落在老人瘦弱的胸膛上，不知有几根胸骨就此断裂。

无数碎成粉末一般的瓷屑，就像无数根毛针，扎入了他的身体。

其痛其痒，非凡人所能承受。

陈萍萍喷出一口黑血，湿了胸前的衣襟。

空中一股无形无质的磅礴真气汹涌而来，瞬间制住他体内残存的三经六脉，控制了他每一根肌肉的运行，令他不能言语，不能动作，无法了结自己的生命。更可怖的是，那道真气竟是沿着经脉行走四方，转瞬间将他早已服下的剧毒逼了出去。

空中就像有一只无形的巨手，紧紧握着陈萍萍枯老的身躯，将他从轮椅上提了起来，悬停在半空之中，画面显得格外诡异。

陈萍萍花白的头发早已散乱，缭乱不堪地散落在额前，覆在那深深的皱纹上，衣衫上也全是东一道西一道的裂口，整个人的生命气息被压制到了死亡的边缘。

沉重的脚步声在御书房内响起，皇帝缓慢而沉重地踏着地面的碎砾，向他走了过来，眼里满是狂怒的血红之色。此时他的双手微微颤抖，上面布满鲜血与恐怖的伤口。

龙袍上的那些小洞口开始向外流血，冲掉了铁屑和焦糊的残留火药，看上去异常凄惨。那些可以击穿青石的钢珠应该还停留在他的体内，但他终究……没有死。

皇帝走到陈萍萍身前，胸膛微微起伏，伸手扼住陈萍萍的咽喉，盯着他的眼睛，一字一句地说道："朕不让你死，你就不能死。"

陈萍萍的身体被青瓷杯的碎片打出无数小洞，身体也在流血，流淌的速度虽不快，却在瞬间打湿了他那件破烂的黑色监察院官服。

此时此刻的君臣二人看上去竟有几分相似。

这时，窗外数道灰影闪过，几个人猛地撞开御书房的木门，冲了进来。

叶重、姚太监等人远远地避着御书房，听到了那两声巨响，心知不妙，用最快的速度冲了进来护驾，但还是迟了。当他们进入御书房后，看到浑身是血的皇帝陛下扼着浑身是血的陈老院长，震骇得不知如何言语。

皇帝松手，任由陈萍萍的身躯从自己手间颓然堕下，摔在地板上发出一声闷响。

他用一种怪异的眼神看着脚下的老战友、老伙伴、老奴才，用冷郁而怨毒到了极点的声音说道："押往监察院的大牢，明日将这逆贼凌迟处死。若在三万六千刀之前，让这老狗死了，你们和太医院的废物就给他陪葬！"

叶重和姚太监如堕冰窖，而刚刚一脸惶急跑到御书房外的贺宗纬听到这句话，更是吓得身体颤抖了起来——不仅仅是因为眼前这令人震惊的一幕，更因为这道旨意。

凌迟，这是最羞辱、最残忍的死法。

国朝三十年来，从未有极品大臣被凌迟处死，更何况，这道旨意所指……是陈萍萍。

然而三人根本不敢进谏，他们跪到皇帝陛下的脚下，连话都不敢说一句。

陈萍萍浑身是血躺在地上，他没有说话，更不会求饶，只是用讥诮的眼神看着皇帝，仿佛在说，果然如此，毫无新意。

皇帝看着他的眼神，忽然觉得胸腹处火辣辣的痛，有些莫名地想到：朕已经有多少年没有受过伤了？忽然，他的身体摇晃了一下。

"陛下遇刺，快传太医！"

御书房里响起了贺大学士惶急而焦虑的叫唤声，叶重此时正满心惊惧地扶住了陛下玉山将倒的身躯，下意识里微微侧首，看了一眼这位用心阴毒的大学士。

皇宫中一片慌乱，太医在宫殿内鱼贯而入、鱼贯而出，还有脸色苍白的宫女、太监端着金盆不停进出，那些盆里的水都被血染成了红色。

姚太监在殿内服侍受伤的皇帝陛下，宫典带领着禁军和内廷高手将整座皇城死死包围，叶重在对枢密院发下几道手令之后便守在了殿外。太医院医正满头大汗地走出殿外，叶重冷冷看着他问道："陛下如何？"

太医院医正看到是他，颤声应道："回叶帅，陛下虽然受伤，但是脉息浑厚有力，应该无碍，只是……"

叶重的眉头一皱，喝问道："只是如何？"

"那些扎在陛下肌肤血肉里的铁屑已经被除了，可是下臣观陛下身上伤口，应该有些锐物还留在陛下的身体内，伤了腑脏，如果不将这些锐物取出来，只怕……"

"只怕什么？陛下难道会有危险？"

"陛下洪福齐天，本就不是凡人。"太医院医正颤着声音，换了一种方式描述了陛下大宗师的境界，"想必不会出大问题，可谁也不知道将来会不会有什么影响。"

"那还不想办法取出来！"叶重身体矮胖，给人的感觉向来温和，但此刻脸上的煞气却是无比恐怖，产生极大的威压感。

"臣没有这种手段。"医正看着叶重的脸色更难看了，赶紧抢着道，"不过小范大人当年曾在宫中主持过类似的医案，请大人速召小范大人回京。"

"澹泊公？"叶重听到这个名字，心里不由咯噔一下。今日自晨间至此时，发生了太多的事情，他还没有完全消化，此时才想到接下来的事情只怕会更麻烦。他的嘴唇有些发干，哑声道："小范大人一时回不来，还有别的法子没有？"

"范家小姐，如今在澹泊医馆行医，她师承青山，又有小范大人亲手……"

"速速传她入宫！"

待医正领着侍卫走后，叶重觉得后背上全都是冷汗，衣裳湿了一大片，此时他才有时间来分析一下眼前的局势。再过不久，范闲便挟着吞并东夷之功赫然回京，到那时候，这位年轻的权臣发现陈萍萍已经被陛下凌迟处死，他会做出什么样的反应？

陛下受了重伤，陈老院长也命在旦夕，待被太医院救治后，便要押入监察院的大牢。他清楚陛下为什么命令将陈萍萍押入监察院。

帝王心术，在这样的时刻，依然不忘要看一看自己的臣民究竟是怎么想的。

如今整座京都的防备武力全部在叶重的手里，他当然没有反抗陛下旨意的意思，只是感到了难以承担的重量，如果监察院真的反了，自己应该怎么做？

好在陛下只是受伤，并没有真正的昏迷。

不用理会陛下和陈院长之间究竟发生了什么事情，但是在御书房内，陈院长行刺了陛下，没有人能，也没有人敢替陈老院长说情，而刺驾，这本就是凌迟的死罪。

叶重心里的寒意更重，他很了解陛下与陈萍萍之间的关系与情谊，心知若不是愤怒和失望到了极点，陛下绝不会赐陈院长如此凄惨的下场。

皇帝陛下御下极严，施罚却不重，尤其是这数十年来，庆律几经修订，已经废了无数酷刑，便是对谋逆之辈往往也就是斩首灭族。哪怕三年前京都谋叛，最后也只是剐了十三城门司统领张德清一人，然而与陈院长相比，张德清又算是什么？

叶重想到陛下倒在自己怀里时，贺宗纬高声凄厉唤出来的那句话，不由眉头一皱。

皇帝陛下事后可能念及范闲和整座监察院官员的态度，或者说……念及这些年来陈老院长为庆国立下的无数功劳——不，叶重了解皇帝陛下的性情，就算他要赐陈老院长一个光彩些的死法，也不可能是因为这些。在御书房里那声巨响之后，陛下对陈萍萍有的只是愤怒与怨毒，而没有其余——唯一可能让陛下收回凌迟旨意的，只能是为了庆国的朝堂平稳，为了范闲以及在东夷城的大皇子，为了这片江山的顾忌。

要知道死也有很多种死法，无比屈辱和残忍的凌迟与一条白绫、一杯毒酒相比，前者肯定会让监察院、范闲、大殿下生出更多的怨怼。

然而这一切，因为贺大学士那"恰到好处"的一声惊呼，变成了不可能的事情。

因为所有人都知道了陈院长行刺陛下。

陛下再也不可能收回这道旨意，因为天子有天子的尊严，有天子的愤怒。

叶重怔怔地看着秋雨之下的皇城，心里百般滋味杂陈，不知道今夜的监察院内会发生多少变故，自己与史飞奉命押在监察院外的那上万精兵，会不会真的需要大杀一场。

微寒的雨缓缓落下，他轻轻地咳了几声，知道陛下于暴怒中下的旨意不可能改变了，只希望范闲回来时，事已成定局，不然谁知道庆国会乱成什么样子。

监察院那座方正的建筑之外也在飘着秋雨，言冰云面无表情地站在窗边，他静静地看着皇宫的方向，平静而有力地发出一道道命令。

那幅一直蒙在窗上的黑布已经被他撕了下来，扔在脚底下。

凭借陈萍萍和范闲的信任，他已经在监察院里掌握了很多力量，然而凭这些力量，他依然无法压下监察院内部正在幽幽燃烧的鬼火，这些穿着黑色官服的官员心中所生出的黑色的鬼火。

好在事前言冰云已经做了足够充分的准备，老资格的官员、对陈老院长无比忠诚的那些官员，已经被他提前支到了西凉还有江南东夷诸地，不然事态更难控制。

宫里的消息已经传到了院中，陈老院长行刺陛下的消息也已经变成了事实。陛下受了重伤？言冰云不知道这是陛下的借口，还是自己一直无比崇拜的陈老院长，真的做出了所有人都无法完成的事情。然而这一切都不重要，他冷冷地转动着双眼，望向监察院外那些街巷中并没有遮隐的庆国精锐军队，不禁皱了皱眉。

自己必须保住这座院子，尤其是在陈院长必死、范闲未归的时候——没有人能够和陛下，和庆国强大的国家机器对抗，哪怕监察院是这个机器里最强大的一环。

他转过头来，看着屋内的六位主办大人，面无表情地道："准备接手……"他的眉头皱了皱，略顿了顿之后，颇为困难地说完了这句话，"钦犯陈萍萍。"

第四章 一根手指与监察院的臣服

钦犯陈萍萍。

这五个字从言冰云薄薄的双唇里吐了出来,密室里所有的人脸色依然平静,眼里却生出戾寒的味道,他们狠狠地盯着言冰云的脸,似乎想用目光将言冰云撕成一片一片。

监察院八大处,除了六处临时主办是临时负责人,五处的荆戈此时正在带领缓缓地向庆国东方行进的车队,所有高级官员都聚集在这里。他们是监察院真正的实权人物,一处头目沐铁,二处头目那位老人,三处头目是范闲的师兄,七处、八处头目均是启年小组的成员,包括兼任四处头目的言冰云,这密室里所有的人其实都是范闲的嫡系。

当然,范闲的嫡系也就是陈萍萍的嫡系,如同监察院里每位官员密探一样,老院长就是他们的老祖宗,在他们心里拥有着无比崇高的地位,甚至……高过一切。

一处主办沐铁那张满是黑铁之色的脸庞愤怒无比,只听他问道:"言大人,你想做什么?"

言冰云毫不退让地回视着这六个人。自北齐归来后,陈萍萍和范闲都懒得处理繁杂的院务,实际上这几年里,监察院的事宜都是由他在打理。他是言若海的公子,少年时便被派到了异常凶险的北齐进行间谍活动,事后被长公主反手卖出,那些年不知道经受了怎样残酷的折磨,在院里的资历极老，名声也极高。

尤其是范闲接手监察院大权后，他身为范闲的伙伴和最亲密的下属，不论是处理江南明家，还是在与二皇子及长公主的对战、平叛京都谋变中，都表现出极为周密的梳理、分析情报的能力，以及强悍的决断能力。有资历，有经历，有付出，有牺牲，有背景，他很顺利地在监察院里获得了二人之下、万人之上的地位。

言冰云看着面前这六个人，没有一丝退让，一字一句地道："陈萍萍行刺陛下，明日凌迟处死，我院奉旨接收此钦犯，你们想抗旨吗？"

宫里关于陛下遇刺的消息已传了出来，监察院的这些高级官员更是第一时间就掌握了这个情报。他们在震惊之余，才知道原来老院长并没有随着那三十辆黑色的马车回乡养老，而是令人意外地再次出现在皇宫之中，而且……居然行刺陛下？

没有一个人相信这消息是真的，他们冷冷地看着言冰云。

沐铁道："院长回乡养老，怎么会又出现在皇宫里，行刺陛下？这是谁造的谣？宫里到底发生了什么事？"

一直沉默的三处主办缓缓地开口道："我以为现在最关键的是查清楚……"

言冰云一掌拍在长桌上，震得四处嗡嗡作响。只听他厉声道："陛下亲口下旨，叶帅、姚公公、贺大学士众人亲眼所见，查？查什么查！"

玻璃窗上的黑布没了，所有人都感觉不习惯。外面渐渐西沉的太阳，将暮光打在皇宫朱红色的宫墙上，又映入这间密室，让房间包裹在一片血红色的光芒里。

此间资历最老、辈分最高的二处情报主办忽然耷拉了一下眼帘，嘶哑着声音道："亲眼所见又如何？我看……陛下只不过是想对我们这个破院子动手了。欲加之罪，何患无辞？陛下想杀人，什么样的理由找不出来。只不过这事涉及老院长，除了谋逆刺君的罪名，还能有什么别的罪名能制他？"

言冰云盯着他问道："你想说什么？"

二处情报主办眯着眼睛，看着言冰云道："言大人，提司的最终任命还没有下来，你没有资格指使我们做什么，你……更没有资格把这块黑布拉下来。"

言冰云也眯了眯眼睛，又接着问道："你到底想说什么？"

二处情报主办面无表情地回道："院里所有的情报都要经过我的梳理，前些日子京都守备师异动，禁军与宫防忽然加强，枢密院暗中调兵……这些情报我都送到了你的案头。如今看来，这自然是陛下对付老院长的手段，可你为什么一点反应没有？"

顿时密室变得沉默起来，这里的人都压抑无比。言冰云先前的愤怒在一眨眼的工夫不见了，他冷着脸，浑身上下透着一股冷冽的寒气，整个人就像一块冰一样。

"就在这半个月里，你把处里的人调了一大半去了西凉、去了东夷，此时大部分人恐怕还在路上。如今院里的实力不及往日的三分之一，你究竟想做什么？是不是你早就知道今天要发生的事情，所以提前在替宫里做准备。"二处情报主办继续寒声说道。

"就在前些天，六处的剑手与刺客也被调了一大半离开京都，"六处临时主办是自影子以下监察院最厉害的刺客，他的目光就像剑一般钉住言冰云，似要把这块冰钉在暮色之中，任他渐渐融化，"你必须给我们一个解释。"

监察院的武力集中在四、五、六处，五处的黑骑一向不能停留在京都左右，而且如今的黑骑一部分走了，一部分在燕京附近接应范闲的归来。四处本身就在言冰云的控制之下，而且分散在各州郡异国之中，也不可能集于京都中发力，所以当言冰云下令抽空了六处的剑手刺客，监察院的武力便被削弱到了最极限的程度。

沐铁打理着京都一处，所以这些天的命令调动并没有牵涉他，直到此时他才知道，原来言冰云竟然已经在暗中抽空了院中如此多的力量！

联想到今日皇宫里的惊天之变，联想到陈老院长，他的心不由寒冷起来，看着言冰云时一脸的失望与愤怒。

"我是庆国的臣子，是陛下的臣子，是监察院的官员。"言冰云被这些官员直接揭破自己做的事，脸上不仅没有丝毫愧疚之意，而是冷冷地看着长桌两旁站立的人们，"不要忘了，入院之初，你们学会的第一句话——一切为了庆国！忠于陛下，是现在我们唯一要做的事情，你们先前的话已经有些大逆不道了，我不想再听第二次。"

是的，先前这些监察院高级官员对皇宫的怨怼之心表现得十分充分，如果被院外的人知道，和欺君之罪并没有两样。他寒冷的声音从牙缝里渗了出来："陈萍萍行刺陛下，你们若一意孤行，想与这个逆贼勾结起来做什么事，休怪本官无情……"

六处临时主办握住腰侧的铁钎把手，看着言冰云面无表情地道："虽然你调走了我手下的大多数人，但我想，我六处要杀你，并不是一件很难的事情。"

"杀了我又能如何？"言冰云面无表情地回道，"你的家人，你手下剑手们的家人，能逃到哪里去？外面有一万大军，就算救了老院长，你能杀出去？"

暮色打在他满是霜意的脸上，现出十分复杂的血色："我有院长手令，从现在开始，本官便是监察院第三任提司，你们必须服从，否则以院务条例处置。"

"言大人，我不知道你的心里是怎样想的。"沐铁忽然开口诚恳地道，"是的，六处刑大人仅凭那些剑手刺客，顶多能在院内将老院长救出来，却没办法将老院长送出京都，但是，"这时，他的眼睛亮了起来，在那张黝黑的脸上格外晶莹，"我一处还在！八大处配合起来，在这京都里，不论要救任何人，都不是做不到的！"

"一处在各要害衙门里都藏着人，四处也一定还有后手……如果大人你不行，老言大人一定有这种手段。"二处情报主办紧接着说道，"八处马上去挑动太学闹事，不论用何种理由，只要让京都乱起来。三处马上出手，将京都内部的水源下毒污了，逼得明日京都必须开门。四处火起，一朝发力，只是救老院长一个人，轻松得很。"

果然不愧是监察院最老的那一拨人，随口一说，便将援救陈萍萍的几个步骤梳理得清清楚楚，更是轻轻松松地说出了如此恶毒的计划。

言冰云一听，眼瞳微缩道："在京都水源下毒？你是想让整座监察院官员的亲眷、整座京都的百姓……替他去死？"

"我监察院有能力让京都变成一座死城，如果真能下这个决心。"二处情报主办冷着一张脸，就像在说一件很寻常的事情，"只要老院长能活着，死几十万人又算什么？"

言冰云的内心一震，直至今日，他才真正确认自己为之呕心沥血，甚至付出生命的监察院，果然早已忘记了皇帝陛下的存在。所有的官员都是疯子，他们为了陈萍萍，真的可以不惜一切代价，做出无数疯狂的事来。

"我不会给你们这个机会。"言冰云深吸了一口气，敲响了长桌上的小铃。密室外传来一阵急促的脚步声，官员们的脸色霍然一变，知晓事情有异，沐铁声音微颤，痛苦地道："难道你想眼睁睁地看着老院长明日受刑屈辱而死？"

言冰云冷着脸一言不发。密室的门被推开了，他的亲信官员鱼贯而入。

监察院很可怕，但是这座方正的阴森建筑只是一个大脑，真正的实力都隐藏在各个分理衙门，只要控制住这几名主办，监察院官员们群龙无首，再难凝成一股巨力。

显然，言冰云为今天准备了许久，守在监察院外的军队分出了一个千人列，向着监察院靠拢过来。方正阴森建筑的四周响起了一连串密集的脚步声和轻甲碰撞的金属声，令人十分压抑。楼下大厅里隐隐传来几声呼喊，接着似乎有人在宣读旨意。

密室里的人们没有在意这些声音，只是愤怒而怨毒地盯着言冰云的脸。

言冰云看着脸上充满不敢置信神情的沐铁，平静地道："在京都之中，你一处能掌握的人手最多，本官不能放你出去，你先在大牢里委屈一段时间吧。"

一听这话，沐铁的双眼似要喷出火来一般，他和言冰云都是范闲的亲信，二人交情不错，怎么也不能相信，言冰云竟然会为了荣华富贵，背叛了老院长与范闲。

六处临时主办握着铁钎的手更紧了。二处情报主办则是闭上了眼睛，细细听着四周的响声，大脑快速地转动着，不停地分析着此时的局势。片刻后，睁开眼睛叹息了一声，知道言冰云在军方的帮助下，已经成功地将监察院的头脑与手脚分离了开来，更准确地说，言冰云只要控制了这座建筑，监察院便等于是成了半个废人。

"不要动手。"二处情报主办轻轻拍了拍六处主办的肩膀，让他把手松开。在这里，他辈分最高，六处临时主办纵使不甘，也知道眼下局势已定，不由仰天闷哼一声，松开了手。

二处情报主办转头望向言冰云，道："大概我们都要死了。"

言冰云微垂眼帘道："陈萍萍行刺陛下，你们并不知情，只要你们不行差踏错，本官保你们一命。"

二处情报主办摸了摸自己已经花白的头发，此刻不知道想到了什么，自嘲地笑了笑，开口道："不知道若海兄知道今天的事情后，会有怎样的反应。不过言大人，我劝你最好把我们这几个老家伙全给杀了，不然只要我们活着，你就不可能睡得安稳。"

这不是威胁，只是很诚恳、很赤裸的宣告。今日监察院内变的详情终有一日会流露出去，若这些八大处的主办没有被灭口，言冰云必将迎来忠于陈萍萍、因陈萍萍之死而愤怒的监察院官员的怒火。那些官员有多少？没有人知道。那些人的怒火需要言冰云死几次？也没有人知道。

二处情报主办说完这句话后，便在几名官员的押送下向着门外行去，背影有些佝偻，有些黯然，却不是因为即将下狱的缘故，而是他想到了明日就要死去的陈老院长。

六处临时主办身上的铁钎、弩箭、匕首、毒粉，所有可以用来杀人的武器全部被搜了出来。这位主办冷着一张脸，没有进行任何反抗，被押送着自言冰云的身前经过时，噗的一声喷了一口唾沫到他的脸上。

言冰云用如雪一般白的袖子轻轻揩拭掉脸上的唾液，没有说话。六处临时主办望着他，就像看着一个死人："我不会自杀，因为我想看你这个叛徒最后是怎样的下场。"

沐铁也被押了出去，他扭头看了言冰云一眼，帮那名六处临时主办补充解释道："我们很想知道，当小范大人回来后，你会死得多么难看。"

言冰云的脸色变了变，却依然保持着沉默。

一千名定州军、禁军、守备师混编而成的先锋军，在几位朝中大臣与太监的带领下进驻了监察院。所有的监察院官员被集中到了楼后的平地上，不是没有人想反抗，而是很多人不知道发生了什么，在陛下的旨意面前，没有收到命令，他们只能沉默。

这是监察院建院以来第一次被占领，被屈辱地占领。在今日之前，不论是枢密院还是门下中书的大臣们对这个院子都没有任何影响力，更没有军队能够进入到这里。因为这座院子有那位坐在黑色轮椅上的老跛子，只要他活一天，这种事就不可能发生。

楼梯上响起密集的脚步声，一队人来到院坪上。监察院官员发现八大处的长官都成了阶下囚，再如何坚毅的神经也禁不住动摇了起来，下意识里往前拥去。

然而正如先前所言，五处不在京中，六处被言冰云调离太多，监察院的武力此时已经被掏空了。这座建筑里大部分是文职官员，比如二处那些常年伏案进行情报工作的官员，他们的腰椎或许都有问题。再比如三处里那些精于制药制毒的工艺家，他们都有很久没有见过太阳了。而七处和八处的官员，擅长的也不是这些。

言冰云走在最后，向着禁军前的太监大臣们行去。领大军进驻监察院的是贺宗纬，他看着一脸冰霜的言冰云，微微点头致意。

一位老太监佝偻着身子，对言冰云开口道："可以宣读旨意了？"

言冰云皱着眉头道："让这些军士把手里的刀枪放下，不然我不敢保证，待会儿他们会不会全部被毒死。"

那位老太监微微一怔，请示过贺宗纬之后，对着那支千人队的将领摆手示意，那名将领心头稍寒，却是依言命令军士放下了手中的刀枪。

场间的气氛缓和了一些，然而言冰云没有给监察院官员们任何反应的机会，那支押送着八大处头目的队伍已经出了院子，向着大牢方向前行。

顿时场间一哗。

言冰云向那位佝偻着身子的老太监点头致意。

老太监颤抖着身子，走到了监察院两百余名官员面前，清了清嗓子，开始宣读有关监察院前任院长陈萍萍谋逆、行刺陛下的罪名。

场间的气氛越来越压抑，监察院官员们的表情越来越震惊，眼里的情绪越来越复杂，怀疑和愤怒的情绪也越来越浓，直至最后竟变成毫不掩饰的敌意与强烈的战意。

在这数百道阴冷目光的注视下，老太监的声音越来越低，越来越慌乱，竟有些快要说不下去了，而那位混编精锐庆军的将领心里也是越来越紧张。

这些监察院本部的官员虽然都不以武力见长，但谁知道当年他们转为文职之前是怎样厉害的角色？要知道监察院双翼之一的王启年，也曾经躲在这座建筑里当了好些年的文笔吏，这些人如果真是愤怒得反抗起来，会有怎样的结局？比如那些三处的官员虽然没有带着武器，但谁知道他们怀里的毒药能毒死多少人？

大院里的气氛越来越紧张，越来越紧绷，似乎随时都有可能绷断，好在那位老太监终于将旨意宣读完毕了，只见他抹了一把额上的冷汗，心中大呼侥幸。

是的,监察院的官员们虽然目露深深的怀疑、震惊、愤怒,随时准备出手,却没有一个人擅动,因为这是一支真正的铁军,铁打的队伍,只要上级没有发令,他们绝对会一直等下去,直到等到不能再等。

无数双眼睛看着站在最前方的言冰云,因为如今他是监察院的最高级别官员,虽然这些目光里也有怀疑,但是他们依然等着言冰云开口说话。言冰云沉默着,没有向这些监察院官员解释什么,而是直接望向了大院入口处的那个通道。

几位太医,几个太监,数十名大内侍卫抬着担架从那个通道处走了进来,一个满头花白、头发乱飞的干瘦老人躺在担架上,身上的血已经止住了,人还在昏迷中。

监察院的老祖宗、这片黑暗的皇帝陈萍萍,又一次回到了他的监察院,然而今天没有熟悉的轮椅吱吱响声作陪,他只是孤单地躺在担架上。初秋的院坪,那方白沙清池里的鱼儿还在游动,他却无法睁开双眼往那边看一眼。

言冰云像支标枪一样直直地站立着,看着越来越近的担架,负在身后的双手微微颤抖了一下,他马上恢复平常,知道最关键的时刻已经到了。

他很清楚,陛下非要把陈老院长送回监察院看押,是因为他要用将死的老院长、必将被凌迟的老院长,刺激监察院里所有人的心。陛下要知道,这座监察院究竟是陈萍萍的还是自己的。如果一旦确认院子已经不再是自己的,冷酷无情、果断强大的陛下,绝对会动用无数的军队冲进这个院子,冲进监察院在各州郡难以计数的分理处,彻彻底底地将这个机构清扫得干干净净,不在世上留下任何痕迹。

担架缓缓地移动着,在太医们的抢救下,失血过多的陈萍萍终究还是活了下来。皇帝不让他这么轻松地死去,他便无法死去。随着担架的移动,院内监察院官员们的眼睛也在移动着,他们的目光极为复杂,悲伤、激动、绝望、愤怒……担架上是他们所有人爱戴的老人,此时却只能无助地躺在担架上,准备迎接明日十分凄惨的下场。

那位老太监和贺宗纬,包括言冰云,可能还有隐在暗处的很多人,都在注视着院内监察院官员的反应,就像此时身在皇宫的陛下亲自在看一般。

无比强大、深入人心的皇权与陈萍萍在监察院的崇高威望,一旦碰撞,谁会胜?

有人凄楚地唤出声来,对着担架跪到了地上。

"院长!"

"老院长!"

所有监察院官员都跪了下来,虽然旨意里说得清楚,陈老院长是刺君的十恶不赦的钦犯,可他们仍然忍不住跪了下来。

是的,终究是忍不住了。

几道人影从监察院官员的人群中飞掠而起,直扑担架!

空中几道寒光划过,几声闷响连绵响起,秋风大作,呼啸一片。

尘烟落时,四位监察院官员被击落在地。

同时出手的军方高手,外加那几名内廷高手,束手而回。

言冰云冷漠地看着这一幕,开口道:"押下去,依院例处置。"

无数道愤怒的目光同时投向了言冰云,如果目光可以杀人,言冰云的身体已然千疮百孔。然而此时的他只是面色微白,衣袖纹路都没有颤动一丝。他看着院子里的下属们,冷声说道:"记住你们的使命,你们是庆国的臣子,莫非想造反不成?"

就在此时,站在他身旁的贺宗纬忽然轻声说道:"最好当场杀了,以震人心。"

言冰云睬了睬眼睛,冷冷地丢了一句:"我做事,什么时候轮到你来多话?"

他的话可以让贺宗纬沉默,却无法让监察院官员们沉默,他们缓缓地站起身来,用冷漠的目光看着言冰云,就像看着一个死人,也许下一刻,他们就会集体出手。

监察院的局势已经到了一种极为危急的关头。

言冰云清楚地知道,只凭自己,根本无法压制这些官员们对陈萍萍的忠心。

就在这个最关键的时刻,一根苍老的手指,忽然伸了出来。

场间一片死寂,所有监察院官员的目光都投向了那根在担架旁边伸出来的手指,接着手指微变,做了一个监察院所有官员都铭记在心的手势。

"候!"一名二处官员心头大悲,悲愤地大吼了一声,双膝沉重地跪了下去。

"候!"

"候!"

那根苍老的手指似乎有某种魔力,只是轻轻地摇了摇,院子里便响起了无数声"候"。

候是沉默,候是等待,候是隐忍,候是不得已的放弃。

候是停留在原地。

所有监察院官员都停留在了原地,一声"候"字出口,两行虎泪流下,膝下并无黄金,却如山般沉重,砸在地面上,目送着那副担架缓缓地行过自己的面前。

所有的内廷高手,军方将领看着这一幕,都无比动容,贺宗纬的脸色变得更是异常惨白。

用尽一切方法都无法压制住的监察院官员的怒火,就因为那一根苍老的手指,便暂时熄灭了,这是何等样的威信……不,应该说是何等样的信仰!

言冰云的身体微微摇晃，脸色异常凝重，他知道这场皇权与老院长的对抗，虽然以监察院的被迫臣服而告终，实际上却依然是老院长胜了。

担架缓缓地在众人面前行过，向着监察院大牢的方向行去。

当监察院内上演着背叛、臣服、崩溃到边缘的戏码时，整座京都也都笼罩在诡异而压抑的气氛中。今日的小朝会自然不可能再开，各部各寺衙门虽然例行办公，可是从皇宫里传出来的惊天消息，早已让官员们没有心思在政务上。当然也没有人敢议论此事，只是偶有些私交极好的官员，会在隐僻处互相通传一下彼此掌握到的消息。

陛下遇刺！十恶不赦的逆贼是陈老院长！这个消息让所有人都感到震惊和不可思议。然而事实就在眼前，荒谬震惊之余，官员们都把目光投向了监察院，心里生起隐隐担忧，不知道在这种情况下，朝廷能不能控制住那个院子。

好在稳定人心的好消息不断地传来，至少眼下似乎不用担心太多。各部尚书、各路国公以及门下中书里的几位老大人在第一时间赶到了皇宫。又过了些时辰，这些大人们退出了皇宫，开始处理朝政，只留下了胡大学士守在宫里。

眼前朝堂上的首要大事自然是审理陈萍萍谋逆一案，于是各部衙门都发动了起来。这是文官系统第一次审理与监察院相关的案子，只不过皇帝陛下的旨意是那样的清楚急迫而酷烈，所有人都知道，所谓审理不过是走个过场罢了。

两个时辰不到，以大理寺为首的各衙门便拟出条陈送到了宫里，然而马上又被打了回来，很明显，暴怒难止、伤重未愈的皇帝陛下对文官们所拟的罪名极不满意。

——陈萍萍认为自己是站在光彩而正义的立场上质询并且复仇，皇帝便要让他身败名裂，带着无穷的屈辱罪名而亡。

罗织罪名不是一件难事，然而这个对象是陈萍萍，文官系统憎恨这个老跛子数十年,依然心下不安,不知如何处置。不过陛下有严旨,官员们只好不停地翻着故纸堆,将各式各样、史书上曾经出现过的大奸臣的罪状往老跛子的身上推。

当十三条大罪终于被梳理出来,陈萍萍终于成为历史上最罪大恶极、最十恶不赦的大奸臣后,宫里终于传来了认可的声音,由此,陈萍萍再也无法逃脱凌迟的罪名。

所有动作都非常快,朝廷官员们震惊之余也不免生出些许猜疑,如果是真的谋逆大案,依惯例调查起来,只怕要查上好几个年头。陈老院长若是主犯,更不会如此简易地被处死,而且牵涉这件谋逆大案的官员只怕要以千人计。

陛下为何只将怒火发泄到陈萍萍一个人的身上?这明显是不想此案牵扯面过大。终于有官员猜到了陛下的心思,不由感到一阵寒冷,陛下恨陈萍萍已经恨到了极点,所以必须明正典刑,将陈萍萍剐杀在千万百姓的眼前。而陛下之所以逼迫整个朝廷将处置的流程加快,则是因为——那位监察院的新任院长,权势熏天的小范大人,此时正在由东夷城赶回京都的道路上。

如果是别的臣子,皇帝陛下根本不会在意,甚至会冷漠残忍地等着他回来,然后让陈萍萍死在他的面前,从而再次触碰他血淋淋的心。然而范闲不是一般的臣子,他已权势滔天掌控力巨大,甚至大到皇帝陛下为了庆国的将来都必须考虑的地步,而且最关键的是……他是皇帝陛下的亲生儿子。

不虐杀陈萍萍,无法宣泄陛下心中积压的怨毒情绪,然而陛下必须在范闲回到京都前,了结该案,从而让其成为无法逆转的事实。

整个朝廷因为皇宫御书房凌晨时的惊天刺驾大案而忙碌得不可开交,而在京都南城,那座门有石狮、冷眼不屑看着世人的范府,却陷入一种奇异的沉默之中。

日头刚刚过午,陛下遇刺的消息刚刚传出宫外,陈萍萍还没有被送入监察院大牢,而一位宣旨太监,已经在大内侍卫和禁军士兵的陪伴下直接进了范府中门。

没有香案,没有接旨的仪式,小花厅里正在用着午膳的范府诸人听着那位太监的话语,脸色顿时变得惨白。林婉儿盯着那个太监一字一句地说道:"你再说一遍。"

那位太监明明知晓陛下此时正在宫里等着疗伤,然而对着晨郡主寒声的追问,却是不敢动怒,用急促的声音重复了一遍。

顿时,林婉儿的眼里闪过一抹惊恐之色,下意识里回头望了身边的小姑子一眼。范若若的脸色也露出苍白,任是谁听到了这个消息都会如此,尤其是她们。

不论是皇帝陛下,还是眼下生死未知的陈萍萍,与范府的关系都太深太紧,无论如何也撕扯不开。尤其是林婉儿,她知道自己的夫君对陈萍萍拥有怎样的感情,但陛下又毕竟是范闲的亲生父亲,是自己的亲舅舅。

范若若轻轻地咬着下唇,一言不发,手指微微颤抖。

林婉儿渐渐冷静下来,问道:"陛下可有危险?"

太监并不知晓内情,根本说不出个所以然。他们此行只是受叶帅之命,听了太医院医正的建议,来请……或者是押送范家小姐入宫救治皇帝陛下。

范若若没有思考什么,直接站了起来,道:"我这就入宫。"

说完这话,范若若便离了饭桌,随着太监和那些军士走出范府,她的医箱还留在东川路的澹泊医馆里,必须要往那边绕一道。

看着范若若的身影消失在府门口,林婉儿眼里又重新浮现出浓浓的忧虑与不安,对藤大家媳妇儿说道:"派几个机灵的去宫外候着,有什么消息,赶紧报回来。"

"是。"藤大家媳妇儿也知道今天事情大发了,神情凝重,应了一声,准备转身去安排。这时她又听到主母紧接而来的第二个吩咐："让藤子京过来，有事交代他。"

林婉儿紧张之外，更多的是忧虑：今天皇宫里究竟发生了什么事情？陈老院长为什么会忽然回到京都？在御书房内，皇帝舅舅和陈老院长之间究竟发生了什么？

从三年前的京都谋叛中她就知道，陛下不会给陈老院长任何活下去的机会，但她更清楚，如果范闲此时在京都，一定不会眼睁睁地看着这一幕发生。

正因为她知道范闲的态度，所以知道范府在该案中的位置十分危险，一个不慎，只怕便是万劫不复的下场。

她看了一眼身旁的思思，轻声吩咐道："待会儿藤子京到了，我让他安排你们先出京。你带着淑宁和良子，先在京外的田庄里躲一阵子。"

思思毕竟是范闲亲手培养出来的大丫鬟，遇到这种情况还算冷静，而且对这种安排也不陌生。当初她怀着第一个孩子的时候，正遇到京都叛乱，随即被安排躲进了陈园……她看着婉儿，有些不安地道："陈老院长对少爷是有恩的。"

林婉儿叹了口气，道："可是出了这么大的事情，谁又能有办法扭转过来？你赶紧去收拾一下，待会儿马上离府。"

"城门应该已经关了，如果是藤子京带着，只怕出不去。"思思提醒道。

林婉儿微微蹙眉道："所以要抢时间。"

这时，一名穿着黑色官服的监察院密探出现在花厅外，是林婉儿先前暗中通知的启年小组成员。她没有犹豫，直接安排道："发生的事情你都听到了，你马上派人去监察院外围，查看周边的动静，然后安排一下，让藤护卫带着她们离开。"

那名密探身为监察院一属，此时的心情也是异常惊骇、沉重。

林婉儿接着又道："派人疾驰燕京，如果在路上遇到范闲……"她的眉头皱了起来。那名密探微显紧张地看着她，等待着她的最后决定。

"告诉他实情。"林婉儿的脸上闪过决然,"就说陈院长……要死了。"

那名密探松了一口气,感激地看了她一眼,便去安排相关事宜。

范府内部有秩序地忙碌起来,花厅里只剩下林婉儿一人。想着今天突然发生的异情,忽然觉得四周吹来一阵寒风,让她打了两下哆嗦。

已经主持范府家事三年整,加上操持杭州会和族务,正值青春的林婉儿已然有了当家主母的气势,没过多长时间,事情都按照安排开始推进了。在后宅花园侧门处,她从嬷嬷手上抱过大丫头和小儿子,在两个小家伙的脸上狠狠亲了亲,又叮嘱了思思几句,便让马车开动起来。藤子京低声道:"这时候出京,只怕有些扎人眼。"

林婉儿知道他认为自己的反应有些过于激烈,摇头道:"虽然有些扎眼,但能早些出去就出去,京里这边你不要管,我待会儿亲自入宫去看一看。"

她没有向藤子京解释,虽然启年小组已经派人去向范闲通风报信,但是路途遥远,只怕范闲赶回来时,陈萍萍已经死于法场。她深知范闲温柔外表下所隐藏的凶狠,谁知道到时候他会做出怎样激烈的举动?正因为预料到范闲会有激烈的反应,所以此时的她才显得如此紧张和急迫。

藤子京叹了一口气,行了一礼,向着不远处的马车追了过去。

林婉儿反身回府,召集范府的所有护卫家丁和人手,慎重地交代了最近要注意的事项,接着又缓缓扫了一遍周遭,盘算了一下府里能调动的力量。启年小组留在府上的人手不多,更多的是六处的剑手,这些人要保证范府的安全,也不便派出去。大宝昨儿个去老林府那边葬蛐蛐儿去了,一会儿还得派人把他接回来。

她马上又想到一件事,轻轻挥手招来那名启年小组的官员,轻声道:"一处那边也派个人过去,什么事也不用做,只是保持着联系。"

监察院那边的消息还没有传回来,想必那个方正的阴森建筑,此时一定处于强大的军力压制之下,而第一分理处地近大理寺,反而可能会有些漏洞。

她做的这一切，都是在为对付范闲发疯做准备。

她知道范闲回京后最需要知道的便是真相，虽然她打心里并不愿范闲冒险或者发疯，可是如果相公真的要发疯，自己这个做妻子的，也只好陪着。

盼咐范府紧闭大门，除了旨意亲至之外，严禁内外交通。做完这一切安排，林婉儿才坐上早已准备好的马车，驶出了京都南城大街，向着此时格外肃杀的皇宫驶去。

今日的皇宫戒备森严，禁军巡查的密度与力度与往常不可同日而语，所有人的脸上都带着紧张，虽然逆贼已经身受重伤被擒，却依然没有人敢放松。因为那个逆贼叫陈萍萍，而且还没有死，就算有人说陈萍萍已经死了，可谁又敢相信呢？

林婉儿下了马车，直接来到宫门前。她自幼在宫里长大，深受太后和皇帝的疼爱，乃是宫廷里的异数，往日里进出宫闱无碍，今日却也是被迫停下。

禁军大统领宫典，用复杂的眼神看了她一眼，行礼道："陛下有旨，今日封宫。"

林婉儿眼眸平静无波，毫不退缩地道："本郡主要入宫探望，难道不行？"

宫典微微皱眉，所谓封宫并不是全然隔绝内外，按理来讲，晨郡主是陛下最疼爱的外甥女，此时入宫乃是天经地义。可问题在于，今日动乱的源头乃是监察院，而天下人皆知晨郡主乃是监察院现任院长范闲的正妻，此时对方要入宫……

"本官不知道此时陛下想不想见郡主。"

林婉儿心头微微一紧，知道宫典暗中提醒的是什么意思。对方是担心自己入宫替陈萍萍向陛下求情，反而会惹得陛下大怒，尤其是自己身份复杂，说不定反而会激化矛盾，让陛下对监察院，甚至是对不在京都的范闲生出怨气。

林婉儿强作笑颜道:"听说几位大学士在宫里,靖王爷也进了宫,我想进去看看。"略顿了顿之后,她又轻声对宫典道,"您放心,我有分寸。"

宫典叹了一口气,吩咐身后的士兵让开了道路。

林婉儿走得很快,待她来到皇帝寝宫前时,几颗细细的汗珠已经浮现在鼻尖上,双颊已是微红。然而也只能走到寝宫了,此时谁也没有办法进去。

宜贵嫔携着三皇子的手,忧心忡忡地看着紧闭的殿门。大皇子生母宁嫔的面容却是格外冷漠,一个人孤单地站在另一边。靖王爷站在殿门口正和叶重在说着什么。石阶的右手边,文官首领胡大学士一脸沉重,他身后是门下中书的另外两位大学士,贺宗纬此时押送陈萍萍往监察院去了,并不在此。最令林婉儿感到意外的是,已经辞官三年、只在家中抱孙为乐的前任大学士舒芜先生,此时也来到了场间,深陷的双眼看着紧闭的殿门,保持着与他平日暴躁性格完全相反的沉默。

众人见林婉儿来了,各自见礼,胡大学士瞧着她的眼神里也有与宫典相似的忧虑。看来这些庆国朝廷的大人物们,现在最担忧的事情都是一样的。他们担忧陛下处死陈萍萍之后,那座监察院的反应,尤其是……范闲的反应。

林婉儿自幼就时常在宁才人的院子里住着,二人很是亲近,今日看她的面色有些怪异,暗自有些不安,向几位大学士行过礼之后,先去了靖王爷身边。

"若若已经进去了半个时辰。"靖王爷知道自己这位看似憨喜,实则像她母亲一样精明的外甥女想问什么,因而面无表情地道:"除了她之外,陛下没有见任何人,你也不要想凭着陛下宠你,就在这时候闯进去替那条老狗求情。"

林婉儿苦笑了一声,轻声问道:"陛下可有大碍?"

"祸害活千年,哪有这么容易死的。"靖王爷皮笑肉不笑,用极低的声音说了一句。

林婉儿心头一惊，没想到靖王爷居然在皇宫里说出这样大逆不道的话来。她轻咬下唇，又问道："先前入宫的路上收到消息，听说拟的是凌迟？"

靖王爷看了她一眼，挑眉道："看来监察院今日虽然被暂时废了，范闲还是给你留了些人。不错，皇兄的意思很清楚。"

林婉儿声音一颤赶紧说道："就不能法外开恩？老院长毕竟……不是普通人。"

"我知道你在担心什么，那些人在担心什么。那条老狗得罪了这么多文臣，为何大家还想着替他求情？其实不过是都在担心范闲会不会发疯罢了。"他看着林婉儿，略显悲哀地摇了摇头，"可陛下现在是所有人都不见，很明显已经下定了决心。"

其实这些现在还能进出皇宫的大人物并不怎么太在意生死，这种情况他们见得多了，也早就具备相当的觉悟。然而死有很多种，怎样死却是一个极重要的事情。

如果陈萍萍最后果真落了个身败名裂、千刀万剐的下场，那股蕴藏在监察院内部的怨气与怒气受此血光一冲，谁知道庆国会乱成什么样。

陈萍萍行刺陛下，毫无疑问是死罪，可是如果赐他自尽，哪怕是斩首、绞刑，都会在表现陛下宽宏的同时，最大可能减弱此事所带来的狂暴反应。

然而没有人知道御书房内，那一对君臣究竟进行了怎样的对话，以至于皇帝陛下展露了极其罕见的怨毒与愤怒，务必让陈萍萍以人间最凄惨的形式死去。

林婉儿听着靖王爷的话，沉默了很长时间，又看了一眼站在远处面色漠然的宁嫔，有些不安地道："宁姨今天……有些奇怪。"

靖王爷没有说什么，上一代的事情何必和晚辈们说呢？是的，他相信宁才人那些年对皇帝陛下是有真情意的，但他也相信宁才人直到今日都没有忘记那个老跛子。

太阳渐渐西下，已到了暮时，晨间落了一场雨，青石板间还留着水渍，光线渐渐暗了下来，那些水渍却亮了起来，就像是点燃的灯火。皇宫里的灯火也亮了起来，虽然及不上西天的朵朵红云耀眼美艳，却也星星点点格外漂亮。陛下寝宫里的灯火亮得最早，盏数最多，明亮无比，透至窗外，将四周照耀得清清楚楚，纤毫可现。

包括林婉儿在内，好些人都想到了几年前范闲被刺成重伤，险些丧命，似乎也是在这座宫殿里医治，当时的灯火也是如今日这般明亮，当日主刀的也是那个姑娘。

一滴汗水险些从额上那绺湿发上滴落下来，幸亏旁边一个宫女伸出手帕接住。这个宫女紧张万分地退下，范若若却是面色不变，在明亮灯光的照耀下，轻轻地移动着手里锋利至极的手术刀。

这一整箱外科医疗器械，是内库集中了最先进的工艺打造而成，凝结了当年叶轻眉、费介，到后来范闲所有人的智慧。

而在青山上的数载苦修，对外伤医治的研究，让范若若终于成为一位真正的良医，而不是当初那个在自己哥哥身上颤抖着手拉开血口的清稚小姑娘了。

赤裸着上身的皇帝陛下平躺在硬榻上，双眼微闭，范若若站在他的右手方，谨慎而平稳地用小刀在他的身上划动，刀锋指处，光滑的皮肤裂开，焦煳的洞口破开，血水渗了出来，然后稳定的手用镊子探了进去，镊住一颗硬物，用力地拔了出来。

当的一声，一颗喂了毒的小钢珠放到了旁边的平盘上，此时盘上已经有七颗钢珠，而手术进行到此时，已经过去了半个时辰。

范若若深吸了一口气，缓缓地运行着体内初显的天一道真气，帮助自己平心静气，然后轻声道："还有几颗很深，待会儿或许很痛，陛下需不需要用些哥罗芳？"

哥罗芳是范闲联合三处配制出来的最成功的迷药，用在外科手术上确实有效。范若若的这句话令人震惊，难道手术至此，皇帝陛下一直未用麻药，而是任由那把锋利的刀在自己的身上割裂？

尤其是先前用镊子取出那颗钢珠时，范若若用的力量极大，可平卧在榻的皇帝陛下连眉头也没有皱一下，就像是根本感觉不到身上的痛楚一般。

皇帝陛下缓缓睁开双眼，看了范若若一眼，道："继续。"他的语气很淡漠，就像是被刀割开的身体不是自己的，那些噬人性命的钢珠并不是深深地揳在自己的骨头里。

范若若微微点了点头，似紧似松地握着锋利的小刀，低下头认真地继续手术，动作是那样的自然，似乎没有一丝担心，更没有什么畏惧。

皇帝陛下既然开了口，她也就不再担心皇帝是否受不住痛楚，仿佛自己的刀下，只是一个木头人，而不是一个反掌间可以令亿万人死亡的强大帝王。看着范若若平静的面容，皇帝也有些诧异，问道："这些都是安之教给你的？"

范若若专心于刀，没有理会他的询问。

皇帝的眼神深幽，问道："你似乎并不怎么畏惧朕？"

这时范若若又取出一颗钢珠，处置了一下伤口处的残余铁砂，才轻声应道："陛下是个病人，我担心陛下承受不住这种痛，扰了医治。"

"放心吧，当年沙场上刮骨去毒的猛将多了。"皇帝的目光渐渐放远，此时不知想到了什么，"朕这一生经历过无数伤痛，有的比今天惨烈得多。"

这句话自然指的是当年第一次北伐，他体内经脉尽碎，所经受的那一段非人类所能承受的痛苦煎熬。范若若不知此事，心有所思，没有接话。

皇帝忽然道："这刀割在朕的身上，明日必十倍百倍于那个阉奴的身上。"

听到这话，范若若手中的刀尖未颤，身体却是略略僵了一下。

"莫想着稍后替那个阉奴求情，你有这心思，便是大罪。"皇帝神情漠然，忽然提起了另一个人，"靖王那个废物、宜贵嫔、宁才人、胡舒二位学士，都与范闲关系不错。叶重女儿认他为师，宫典一向欣赏他，依晨就更不用说了……你，又刚好是他的妹妹。朕很好奇，什么时候朕身旁所有的人，都和这小子扯上了关系。"

"这些都是陛下赐给他的。"事涉范闲，范若若终于停住了手中的手术刀。

"我知道你们这些人在想什么，在担心什么。"皇帝赤裸的上半身到处都是伤口，不停地流着血，令人可怕。但他似乎根本不担心自己的身体，冷漠的眼神望着殿外，"朕却极为鄙夷这种担心，他是朕的亲生儿子，难道会为了一个奴才反朕不成？"

红烛微摇，宫灯却长明，范若若沉默了一会儿，再次拿起手里锋利的手术刀，专注而平静地继续在这位九五至尊的身上割裂着什么，撕扯着什么。

不管哪个衙门都可以收押囚犯，只在京都城里便有七处。那些牵涉朝政的犯官、罪大恶极的犯人则往往押在刑部大牢、大理寺夹壁以及监察院的大狱中，这便是百姓们视若地狱、说书故事里经常会出现的所谓天牢。而监察院大狱的地位尤为特殊，那些高级官员以及像肖恩这样的异国大敌，都被关押在这里。

天牢就在离监察院不远的地方，而监察院内部自然也有直通天牢的密道，只需要从后面那座大坪院继续往深处走，经过一扇小门，便可以直抵。

不论是从哪个方向进入监察院大狱，看到的第一个场景便是深深的甬道——负责关押重犯的牢舍深在地下，看守极严，根本不用担心会有劫囚之类的暴力发生。

随着甬道往下，空气越来越凝滞，灯光越来越昏暗，虽然下方有不错的通风设备，但数十年的阴污气息交杂，总会让人生出一种莫名的恐怖和窒息感。

地底湿暗，石阶墙壁上却没有青苔的痕迹，看来负责此间的监察院七处打理得非常用心。淡黄的特制明油火燃烧着，将幽冥一般的监狱照得清清楚楚。

今天，这些监察院七处官员们的心情都极为复杂，或者是因为大狱里来了很多别的衙门的人，比如禁军、定州军方面的高手，比如内廷的高手。更令人感到心悸的是，通向最下一层石阶上有四个戴着笠帽穿着麻衣的陌生人，散发着极其强大而危险的气息。没有人知道这四个人是什么身份，只知道他们是皇帝陛下派过来的。

最下一层只有两间囚室，乃是生生从地底花岗岩上开凿而成，墙壁不知厚几许，囚室的正前方是厚重的铁门，较诸天牢门口的那两扇铁门也不会轻薄多少。

这是庆国最阴森的地方，没有几个人有资格被关到这里。从监察院修起这数十年算起，这里只关过一个人，那个人叫肖恩，被关了几十年。

今天，陈萍萍也被关在了这里。

不知道他在修建这座大狱的时候，有没有想到某一天自己也会被关进来。

囚室的铁门并没有关上，火光照进去，可以清楚地看到囚室内的所有布置。一张床、一盆水、些许物件，并不是如人们想象的那样只有杂草、老鼠、污泥，相反，这间囚室极为干净，只是过于干净简单了些，甚至连潮虫、蟑螂都看不到一只。

陈萍萍躺在床上缓缓地呼吸着，双目紧闭，花白的头发胡乱地搭在脸旁，胸腹处的伤口已被太医包扎治好，但由于流血过多，他的脸色极为惨白。他呼吸似乎很吃力，每一次吸气都会让他有些干瘪的胸膛起伏数下，喉咙里发出如破风箱般的声音。

在囚室外的长木凳上依次坐着四个人，言冰云、贺宗纬、太监、太医。

他们会一直看着这位老人，保证对方不会死去，保证对方不会逃走，保证对方一直保持着现在这种无论是想死想活都不能的状态，一直熬到明日开了朝会，定了罪名，在皇城之前，在万民目光的注视之下，接受皇帝陛下的怒火。

贺宗纬看着床上垂死的老人，绷着脸沉默不语。天牢已经完全被军方控制，就算监察院内部有什么不安的因素，但要想杀到最下面这层把陈萍萍救出去，那是完全不可能的事情。尽管如此，他依然无法放松，紧绷的心弦让身体感到无比寒冷。

这件事情因他对范闲的忌惮而起，这件事情的结局却和他没有任何干系。他有些茫然，不知道自己在这条黑洞洞的道路上继续往下走，一直要走多久才能到头；就算到了头，会不会就像是面前这个老跛子一样，依然没有办法落个全尸的下场？

可他必须走下去，从皇帝陛下看中他，让他站在范闲的对立面开始，就已经无法再退了，所以他才会在宫中惊呼了那一声，务求将陈萍萍和监察院的罪名坐实，如此方能令不日后归京的范闲，因为陈萍萍的残酷死亡而发疯。

庆国朝堂所有的文臣武将都在担心范闲发疯，只有他希望范闲发疯。如果范闲真的凉薄如斯，根本不在意陈萍萍的死亡和监察院所遭受的羞辱，那么他依然还是那位一人之下万人之上、不可一世的澹泊公。这样一位狠毒冷漠、绝不澹泊的澹泊公，不是他想面对的敌人，他只希望范闲热血犹在，就此和陛下翻脸。只有这样，他站在陛下的身后，才有可能获得一世的荣华富贵。

言冰云也在看着床上的老人，他脸色苍白，不知道心里在想些什么，忽然开口道："贺大学士，外面那四个人是谁？"

贺宗纬摇了摇头，他知道对方说的是那四个穿着麻衣、戴着笠帽的神秘人，这四人手持圣旨，专门负责看守陈萍萍，权限极高，但他并不知道对方的底细。

看着言冰云，他忽然有些不自在。当年陛下为朝廷换新血，擢拔了七位年轻大臣，史称"七君子入宫"，除了秦恒因叛乱故惨被黑骑银面荆戈挑死，其余六人已经渐渐在朝堂上发光发热。六人当中，贺宗纬名望最高，地位最高，隐然为首。然而今日陈萍萍刺君，言冰云的表现太完美了，天性凉薄、格外冷酷之处，与他有几分相似，甚至更胜于他。而陛下对此人的信任也隐隐在自己之上，那日后又该怎么办？

言冰云没有注意到贺宗纬的眼神，只是继续静静地看着那位将死的老人。

那位老人一生为庆国殚精竭虑，耗了太多心血，加上早年在沙场上拼命厮杀，不知受了多少重伤。这些年他半身瘫痪，气血不通，种种事由加在一处，平常那满脸皱纹银发的模样，显得格外苍老，体内的生命真元已快要枯竭。今日在御书房内，皇帝陛下含恨出手，一记青瓷杯已经断绝了他的生息，若不是有宫里的珍贵药材提着命，只怕等不到明天开法场，他便会告别这个人世间。

此时，一直昏迷的陈萍萍忽然动了动，太医赶紧上前为其诊脉、施针、灌药。过了许久陈萍萍十分困难地睁开了双眼，环顾四周，似乎首先是要确认自己身在何处。过了会儿，他大概清醒了些，干枯的双唇微翘，不知为何，竟是笑了起来。

言冰云缓缓地站起身来。

陈萍萍看了他一眼，眼神很浑浊，已经没有什么光彩，只有冷漠。

言冰云静静地看着他，眼神同样冷漠。

第五章 笑看英雄不等闲

　　山中不知岁月，地下亦不知岁月，不知过去了多久，那些明油火把还在不惜生命地燃烧着。一夜未睡的人们，在度过了最紧张的黑夜后，都感到了难以抑止的疲惫。

　　贺宗纬揉了揉眼睛，下意识往窗外望去，却看见一方石壁，这才想到自己此时身在地下不知多少尺的地方，不禁自嘲地笑了起来。便在此时，囚室后方的石阶上传来一阵脚步声，宣旨的小太监来到了囚室。贺宗纬面色一肃，太医表情一松，守候在此的太监神情一紧，言冰云依然面无表情，但所有人都知道——时辰，终于到了。

　　东方一抹红日已然跃出云端，和暖地照耀在京都所有的建筑上。行出天牢的一干人等站在晨光中，各自下意识里眯起了眼睛。一夜紧张，最后没有任何事情发生，无论是贺宗纬还是言冰云，以及那些负责看防的禁军，精神都已经疲惫到了极点。

　　贺宗纬挥了挥手，在数百名全身盔甲的禁军的拱卫中，一辆黑色马车停在了天牢门口，躺在担架上的陈萍萍又被抬了上去。

　　言冰云看着皇城，知道朝会已经开了，很多人想必正在太极殿里义愤填膺地痛斥着，文臣们准备了很多年的罪名终于有机会套在了那条老黑狗的脖子上。

　　就在刚才，他听到了一个消息。

一直陪在陈萍萍身旁数十年的那位老仆人，即驾着马车送陈萍萍返京的那位老仆人，昨夜也被关押在监察院天牢中，此时撞墙自尽于囚舍之中，鲜血涂满墙壁。

听到这个消息，言冰云的眼中微现湿意，却是强行忍了下来。他仰起脸，不再去看那座皇城，以免混着复杂情绪的泪水，当着这么多人的面流了下来。

然后，他看见无数雨云无由而至，迅疾堆至京都上方的天空里，将初起不久的红日严严实实地遮在了后面，任由一片阴暗笼罩着城内的建筑、青树。

一场秋雨又将落下。

京都街巷两旁的青树还没有来得及将自己的叶片染黄，只能甩落几片落叶，以证明秋雨的冷、秋风的劲。宫墙无知无觉，不知冷暖，只是沉默而漠然地迎接着雨水的冲洗，明艳的朱红色变得越来越深、越来越暗，就像是快要凝结的血。

宫门在吱吱声中缓缓打开，门上新修不久的黄铜钉闪耀着光芒，百余名官员表情复杂地鱼贯而出，沿着御道走到广场的深处，分列两侧。黄门小太监三声响鞭起，皇城角楼里隐鼓咚咚敲击，发出嗡嗡颤抖的声音，击打在所有人的心上。

皇城四周的街巷里渐渐走来了许多百姓，百姓们穿着颜色不一样的衣饰，身上带着贵贱不同的气味，被皇宫响起的鼓声召唤，缓缓向着宫前的广场行来。人越聚越多，渐渐聚满了整座阔大的广场，密密麻麻，有如蚁群一般。

清晨天未亮，京都府及各个衙门的官员，还有各坊市的里正便开始敲锣打鼓，贴出告谕，通知所有百姓今天会发生什么事情。

只要刀尖不是落在自己的身上，百姓们总是有看热闹的兴趣，尤其是今天要被陛下处以极刑的大官是陈萍萍，百姓们的兴趣自然更大。

监察院这几十年来一直以神秘和阴森著称，虽然针对的是庆国官场，然而得罪了文臣便是得罪了天下的士大夫，不可能有什么好的评价，自然在民间的名声一向极差。

在民间的传说里，监察院是一个吃人不吐骨头的阴森衙门，严刑逼供，杀人如麻，虽然这些年监察院出了位光彩夺目的小范大人，稍微冲淡了一些黑暗气息，然而他主持院务的时间毕竟还短，还不足以改变监察院在民间已经根深蒂固的印象。

那位坐在轮椅上的陈萍萍，在民间传说里，更是神秘阴森可怕至极，仿佛三头六臂，满身带着黑雾，有如魔鬼。尤其是知道这个监察院的魔鬼，竟然不忿陛下处置，丧心病狂地于宫中行刺咱大庆朝英明神武、仁爱万民的皇帝陛下，所有百姓都发自内心地愤怒无比，他们一定要来亲眼看看这个万恶的魔鬼怎样被皇权的光辉灼成一缕黑烟。

而且能有机会看到一位传说中的大人物惨死在自己的面前，为将来无趣的人生多些酒后的谈资，或许本来就是一种见识。就像几年前春闱案发，在盐市口，那些礼部官员的头被砍了下来，在法场上骨碌骨碌滚着，还险些被野狗叼走，仅这一幕便不知填满了多少人苦哈哈的无聊时光，送下了多少杯浑浊的劣酒。

再比如三年前京都叛乱，同样是在盐市口，不知有多少参与叛乱的将领被斩首，那血涂红了半条长街，十三城门司统领张德清，被凌迟处死的时候叫声那个惨啊……

然而，这些近年来京都发生的大事都及不上今日，因为处置的是监察院院长，是世人皆知的陛下最忠诚的那条老黑狗，这条黑狗居然疯了，要被屠了，哈哈！而且今天行刑的地点不是盐市口也不是刑部前的杀场，而是皇宫之前的广场上！庆国开国以来在皇宫前被明正典刑的官员只有这一位，百姓们想到这点，不仅震惊而且还兴奋，那个叫陈萍萍的大官，不知道做了多么大逆不道的事情，才会死在这种地方。

不是没有人想到小范大人，但没有在意，因为他们不认为小范大人和那条老黑狗之间有任何关联。他们只是普通市井百姓，不知道统治这片国土的那些人物之间的纠葛，有些小聪明的人甚至会往另一个方向去想——陛下刚刚将监察院交给小范大人，便要杀死前任院长，难道是替小范大人清洗监察院里的阻力和罪恶？

不能怪这些百姓，因为他们已经习惯了知道自己能够知道的，放弃去问自己无法知道的，享受自己能够享受的，愤怒于被允许愤怒的。陛下要杀一位大臣，无论这位大臣是否真的罪有应得，只要君要臣死，那臣自然有死的道理，罪该万死，万死不辞……

百姓们拥入了殿前的广场，就像是一片大海，荡漾在皇城前方的广场上。临近宫门处被空了出来，搭着一个极为简易的木台，这便是所谓法场了。

在浩瀚人海与巍峨皇城的包围中，这个法场就像是可怜的孤舟，似乎随时都有可能沉没在人海中，又有可能随时撞到皇城这片千年撼不动的巨岩上，粉身碎骨。

一列队伍沉默而肃杀地走了过来，走过御道两侧下意识里低着头、保持沉默的百余名官员，在京都百姓们好奇紧张的注视下，来到了小木台下方。

囚车里抬出了一个担架，担架上躺着一个老人，老人昏迷不醒，不知生死。贺宗纬抬头望了皇城城头一眼，眼角微微抽搐，轻轻挥手，担架便被抬到了木台上。

终于看到今天就要被处极刑的大官，看到这个传说中的魔鬼，站在最前方的那些京都百姓满足地叹息了一声，又马上变得沉默起来，在心里想着，这人是不是已经死了？

黑洞洞的皇城门洞里走出来三个太监，左手边的小太监手中案上放着的是今天朝会上拟定的罪名，右手边的小太监手中高高举着木案，案中是陛下处死陈萍萍的旨意，中间脸色漠然的太监是姚公公，他的手也没有空着，而是拿着一个小瓶子。

木台上一切皆已准备好，陈萍萍似乎已经没有气息的瘦弱身躯摆放在被雨水打湿的木板上。姚公公走到他的身边蹲了下来，在太医的帮助下喂他吃了一粒药丸，又将瓶子里的汤汁小心翼翼地喂进他枯干的双唇之中。不知过了多久，陈萍萍从昏迷中醒来，由于失血过多，命元将熄的他，脸色苍白如纸，眼神浑浊无神，望着身旁的姚太监，枯干的双唇微微启合，沙着声音缓缓道："千年老参……浪费了。"

姚公公的身体颤抖了一下，却不敢说什么，也没有做什么，似哭似笑地看了这位老大人一眼，佝偻着身子退到了木台的一边。

陈萍萍睁开浑浊双眼的那一刻，法场后的言冰云身体也颤抖了一下，但又马上平静了下来，他缓缓低下头去。先前一扫眼，他便知道法场的看守何其森严，且不论四周那些密密麻麻的禁军，也不说那些散布四周的内廷高手，见到那些穿着麻衣、戴着笠帽的高手，他便知道今天没有任何人能够改变这里的丝毫。

昨夜在监察院大狱中，那四个戴着笠帽的高手令他和贺宗纬都感到怪异，直到先前秋雨飘下，清光微漫之际，他发现这些高手的笠帽下都没有头发。原来……是庆庙散于世间的苦修士，只是庆庙大祭祀于南疆传道归来不久便离奇死于庆庙中，而二祭祀三石大师则是投身君山会，最后惨死于京都外的箭雨中，被长公主殿下灭了口。

皇帝陛下一向对这些苦修士不屑一顾，也不怎么理会庆庙，为什么今天这些苦修士却忽然集体出现在京都，出现在众人面前，出现在陈萍萍将死的法场旁边？

言冰云低头思忖着，忽然间一阵如山般的呼喊声，惊得他抬起了头。

只见一个木架立在了法场上，陈萍萍被紧紧捆在上面，衣衫已经被全部除却，胸腹以下因为多年残疾的缘故显得格外瘦小，此刻被寒冷的秋雨冲洗，看着极为可怜。

先前那阵呼喊，便是观刑的京都百姓看到了立起来的刑架，看到了被绑在刑架上的那个罪大恶极的奸臣时爆出来的，如山如海，响彻广场。

然而，这片呼喊声很快便变成了震惊的议论声，离法场最近的人群开始议论起来，然后议论声从前向后延展，没用多长时间，便成为如隐雷般的暗潮。

最后，所有声音都消失了。

不知是不是天上有哪位神仙发出命令，皇城上下所有人同时沉默起来，千万人所在的广场，竟然死寂一片，甚至可以听到捆着陈萍萍身躯的草绳与木桩的摩擦声。

不只百姓，包括禁军、监刑的官员、宫里的太监、监察院极少量的官员，都满脸骇异地看着刑架上那个老人的身躯。

数千数万双眼睛都看着那个老人的大腿之间。

那里什么都没有。

让整个世界都无比畏惧的监察院院长陈萍萍……竟然是个阉人！

从那些目光里透出的情绪很复杂，有震惊有不解有鄙夷有不耻。

言冰云觉得那些目光不只是投向老人的腿间，也是望向了自己，望向了所有监察院官员，身体止不住地颤抖起来。他死死低着头，紧紧握着双拳，指尖深深扎进掌心。

他并不知道老院长的隐疾、不知道这个秘密，直到此时才终于明白那位九五至尊为什么一定要在众人面前凌迟院长，原来不仅仅是肉体上折磨，更是精神上的羞辱。

皇帝陛下这是在向天下宣告，陈萍萍在他的眼里只是一个奴才、一条狗，他想如何羞辱便如何羞辱，他就是要将陈萍萍的尊严、监察院的尊严踩在脚下。

想明白了这一切，言冰云缓慢而强硬地抬起头来，余光里瞥见那些朝廷官员十分震惊又有些鄙夷的神情，内心深处也不由生出无尽的鄙夷。

人类的情绪总是这样奇怪，先前朝会定罪、出宫观刑，官员们一片肃然，依然对将死的陈萍萍保持了一分尊敬和畏怯。此时这些情绪却都不见了，就因为皇帝陛下脱掉了陈萍萍的衣裳，让他们看见平日里最害怕的那个人原来是已等最瞧不起的阉人。

姚公公强行忍着不去看那位刑架上的老人，颤着声音开始宣读朝会上拟定的关于陈萍萍的十三大罪。秋雨打在法场上，他的心里也是无比寒冷，一种难以抑制的同类的悲伤在心里升腾，但他却必须要继续自己的工作。

"一、庆历七年四月十二，逆贼密递淫药入宫，秽乱宫廷……

"二、逆贼屡行挑唆，以媚心惑上，以利诱诸皇子，使朕父子反目，此为大逆……

"三、逆贼于悬空庙使监察院六处主办阴谋刺朕，事后于京都刺提司范闲……

"四、逆贼勾结叛逆秦业，自内库私取军弩，于京都外山谷狙杀钦差大臣……

"五、逆贼使刺客入宫，刺三皇子……"

……

十三大罪里的前七项是陛下御笔亲勾，也正是因为在朝会上宣读了陈萍萍的这几条罪名，大臣们才知道原来陈老院长居然做出了如此多大逆不道的恶行，便是先前准备拼死求情的舒、胡二位学士也只好住口不言。后面的六项罪名则是六部拟定，是一些占有田产、欺男霸女之类的罪名，与前面的七大罪相较，着实显得太过寻常。然而这十三项大罪，无论哪一条都是死罪，十三项加在一起……

姚公公以内力逼出来的宣读罪状的声音很大，在秋风秋雨里飘到了所有观刑者的双耳里，奇异的沉默被打破了，人海里响起了无数嗡嗡的议论声、愤怒的责骂声。

本来或许还有百姓带着复杂情绪来观刑，随着这些罪名响彻宫前，投向陈萍萍的目光变得暴烈起来——这样丧心病狂的罪人，陛下当然要将他凌迟处死。

"杀了他！"有人喊了一声，顿时群情激奋，喊杀之声响彻天际。

千年老参汤让陈萍萍醒了过来，却救不回他的性命。秋风秋雨愁煞人、冻煞人，他面色苍白，双唇乌青，像是根本听不到身前震耳欲聋的喊杀声，困难地转了转头，似乎想最后再看一眼皇城头那个一直胜利、永远胜利的男人。

似乎感受到了他的心意，木架微转，可以看到高高的皇城上，一身黑色金带龙袍的庆国皇帝陛下，正孤独地站在檐下，站在最正中的地方。他的身旁没有一个人，太监、宫女们都被远远地赶走，被旨意强行绑来观刑的三皇子脸色苍白地站在不远处。

皇帝陛下站得极高、极远，身形极小，在陈萍萍浑浊的眼中却依然是那样的清晰。

他昨夜体内大部分的钢珠已经被取了出来，伤口还在流血，血水染在黑色金带的龙袍上，表面上看不出来什么，脸上也没有痛楚流露。他漠然地看着法场上被人海包围的曾经的老伙伴，眼里没有一丝情绪，这种漠然却比怨毒更加令人恐惧，令人毛骨悚然。

不知道过了多久，皇帝点了点头，约十丈外双手扶着宫墙的三皇子面色苍白，双手抓紧城墙，许久之后，才颤着声音对下方喊道："行刑！"

三皇子极为早熟，自幼性情便阴冷狠辣，此刻却险些被这声喊逼得落下泪来。因为他非常清楚这意味着什么，更明白为何父皇一定要自己来喊这一声。

姚太监开始宣读最后一道旨意，那是陛下昨夜亲手写的："朕与尔相识数十载，托付甚重，然尔深负朕心，痛甚，痛甚。种种罪恶，三司会审，凌迟处死，朕不惜。依律家属十六岁以上处斩，十五岁以下为奴，今只罪及尔一人，余俱释不问。"

旨意清清楚楚地传遍皇宫里每一寸土地、每一道雨丝、每一缕秋风，淡然而决然，陛下未言罪名，只言朕心被负，痛而不惜，末又法外开恩，不罪阉贼亲眷，其间沉痛令人闻之心悸情黯。然这些虚伪的话语落在陈萍萍的双耳里，他只是微微地笑了笑，任由雨水渗进自己枯干的双唇，低下头去，不再看那城头的皇帝。

行刑开始。

渔网紧紧覆在陈萍萍干瘦的身躯上，极为困难地用网眼突出了躯干上的皮肤与肉，一把锋利特制的小刀颤抖着落了下去，缓缓地割下，将这片肉与老人的身体分离。

这是第一刀，法场下传来一阵如雷般的喝彩声！

刀锋离开网眼，一片肉落在地上，立刻被刑部官员捡入盘中。奇异的是，那片网眼里的伤口有些发白、有些发干，并没有流出太多的血水，似乎这个瘦弱的身躯里的血已经流光了。是的，老人的精血早已为了某些事情全部奉献了出去，哪还有残余呢？

执刀的刽子手是刑部老官，刚才虽然喝了两罐烈酒却依然止不住手抖。他觉得今天刀下的这个干瘦老头和自己曾经"服侍"过的官员都不一样，老头的身体里似乎没有血，甚至没有真实的肉，只有一缕幽魂，冷得他禁不住发抖。

第二刀下去，血肉分离，淡淡的几道血丝在渔网上流淌着。

又是一阵喝彩声。

后面还有几百几千几万刀？

陈萍萍闭着眼睛，脸色苍白，身体微颤，似乎是在享受这非人类所能承受的痛楚。下一刻他缓缓睁开双眼，看着刽子手喘着气说道："你的手法……有些……差。"

刽子手此生未见过这样的人物。这已然超脱了所谓硬气，有的只是漠然，对自己生命与痛楚的漠然，或许这位老人体内有些东西已经超越了现世的一切？他的手再次颤抖了起来，险些把刀落在了被秋雨打湿的木台之上。

一刀，一刀，又一刀，又一刀，又一刀，一阵一阵喝彩此起彼伏。

然而这些喝彩声终究不受控制地渐渐变小，变得越来越微弱，直至消失，所有观刑的官员、百姓们闭上了嘴，用一种极为复杂的情绪看着受刑的那位老人。

没有惨嚎，没有悲鸣，没有求饶，没有求死，没有乱骂，秋雨中，法场上那位被千刀万剐的老人，只是一味地沉默，死一般地沉默。

所以，皇城上下所有人也沉默了。

数日前，大陆还残留着最后的暑气，第一场秋雨还没有来得及落下，只有晨与暮时，日头黯淡下的风有了些清冽的秋意，在山丘、野林、田垄之间穿荡。

秋风渐起人忧愁，但那时候的范闲并没有太多的忧愁，他坐在黑色马车中，随着马车起伏而渐起睡意。他闭着眼睛，放开心神，任由体内那两道性质完全不同的真气在上下两个周天循环中暗自温养流淌。

天一道的自然真气被运于上周天中，温柔纯正，已得要念。那道强大的霸道真气，行于体内各处，强壮着他的身体，锤打着他的心意。

四顾剑临死时转赠给他的那本小册子，也被牢牢记在了脑内。一路向西归京，他尝试着放开心神，去感悟四周虚空之中可能存在、可能莫须有的元气波动，却是一无所获，唯一带来的好处，大概便是对外界的感知更加敏锐。

一阵风吹进了车帘，他微微眯起了眼，不知为何心尖颤抖了一下，感到了一阵寒意，似乎觉得天底下会影响到自己的事情将要发生。

会是什么事呢？他看着外面的昏沉山野，沉散真气，将心神收敛。东夷城的事情基本上定了，父亲离开了十家村回了澹州，京都一片平静。老跛子也应该踏上了归乡的路程，一切都依循着他所企望的美好道路前行，为什么会有那种不祥的感觉？

离开东夷城后，东夷城属国义军沿路狙击刺杀，但范闲的防卫力量太强，大皇子还派了一支千人队护卫，连着数日的攻击，那些义军只能丢下一些尸首便溃散了。

问题在于，他返京的路线十分隐秘，要沿路布下这些狙击阵势，也需要有强大的情报系统作为支撑。他心头一动，得出了一个令人寒冷的判断——监察院内部有人在向这些义军通传情报，而且这次行动是在自己拟定离开东夷城日期后便开始了——看来有人想拦自己回京，更准确地说，那些人要的是拖延他回京的速度。

京都会发生什么事？是什么事情与自己有关，而对方坚决不让自己在事情结束之前赶回京都？他的眼眸冷了起来，身子也冷了起来，随手紧了紧套在身体外的薄氅。

能够让监察院内部出现问题的人只有两个，一位是皇帝陛下，一位是陈萍萍。能拖延自己回京的人也只有这两个，不想而知，京都里发生的事情也一定与他们有关。

范闲将目光从车窗外的景色里收了回来，沉默了片刻，向沐风儿吩咐道："变阵，以锋形开路，沿途不要和那些人拖延，用最快的速度前进。"

沐风儿一惊，心想若是强行一路冲杀回境，只怕要多死许多人，要知道速度所带来的弊端便是损伤。但他知道大人一定是嗅到了某些诡异的味道才急着回京，此刻不敢相询，赶紧向队伍发出全速前进的命令。

如雷的马蹄声响起，车队开始狂暴地向前奔驰。然而行了不过半个时辰，速度又被迫放缓，因为前方响起示警的响箭。这些日子，众人已经习惯了无处不在的偷袭与伏击，并不慌乱，不过今天这示警的响箭有些怪异，只响了一声便停了。

"安全！"

喊声从车队前方不停地传来，短促而快疾，因为担心后面的同僚会误伤了传信之人……那人太快，快到监察院众人除了看一眼腰牌，来不及做任何反应。

"安全！"当最后一声在范闲的黑色马车旁响起时，一个淡灰的身影也如闪电一般飞掠到车上，此人的身法竟然与监察院传讯的速度差不多，实在是令人瞠目结舌。

沐风儿警惕地握着刀柄，看着那个风尘仆仆、满脸憔悴、刚刚落在马车上的监察院官员。这个官员的脸看上去很陌生，所以他不敢大意，然而当他看到了那个官员一直用右手高高举着的腰牌，心头大震，赶紧让开了道路。

那个衣衫破落得不像样子的监察院官员，掀开车帘进了车厢，直接对着范闲跪了下去，嘶哑着声音道："陈院长回京，生死不知！"

当这个官员如闪电如轻风的身影出现在前方时，范闲的眼睛亮了起来，而且越来越亮，因为他看出了拥有如此迅疾身法的官员正是很久不见的王启年。

"老王头……"范闲脸上现出喜色，正准备说些什么，却听到对方的这句话，喜色迅疾凝结，变成了一团灼热的冰，寒得可怕，热得可怕："从何地回，何时？"

王启年从达州向着东北方向斜插而来，昼夜不休，完全是凭仗着心头那一口气在支撑着疲惫至极的身躯，已经坚持不住了，但他知道，范闲的问题非常关键，涉及老院长何时抵达京都、范闲还有多少时间的问题，他赶紧说出了答案，然后昏迷了过去。

范闲面无表情地闭目，然后睁开，脑子里已经算出陈萍萍被押送回京大概的日期，以及自己从这个地方赶回燕京，再赶回京都所需要的时间。

赶不上了吗？他眼里的那团寒火愈来愈盛，面无表情地看着昏倒在身旁的王启年，一言不发。久别重逢的喜悦早被强大的怨气压了下去——陈萍萍返乡的护卫力量是范闲亲手安排布置，在黑骑的看防下，老跛子怎么可能被皇帝老子再抓回去！

可他根本想不到，是陈萍萍自己要回京，因为他要回去问皇帝陛下几句话。时间急迫，如同山火已经烧到了眉毛，范闲对窗外的沐风儿沉声道："全队返回东夷，告诉大殿下，除非有我的亲笔书信，永远不要回来。"

说完这句话,他从马车格板里取出一袋清水绑在腰上,然后长身而起,深深地吸了口气。

马车忽然间解体,正前方没有覆盖钢板的厢板瞬间被震成碎木,一道身影如黑色闪电掠出了马车,脚尖一点马头,向着正前方射了出去,空气中传来一阵割裂的响声。

他的霸道真气被提升到了最顶峰,刚刚悟得的些许法术也帮助他变得更像一只鸟儿,借着空气的流动疾速向前,踏在监察院众官员的头顶,瞬间便来到了队伍的最前方。

他一脚将大皇子派过来的那位将军踹落马下,抢过坐骑,手指自发间一抹,一枚干净的钢针扎到了这匹战马的脖颈里。紧接着他又手指一弹取下战马的抹嘴,喂了一颗麻黄丸,施出了黑骑的控骑之术,然后双腿一夹马腹,骏马如箭般驶出,脱离了大部队,转瞬间成了官道上的一个小黑点,前后仅用了十余息的时间便从众人视野间消失。

众人目瞪口呆地看着这一幕,不知前方究竟发生了什么事。沐凤儿震惊地看着这一幕,隐约猜到,这大概是一场接力的赛跑,或许,这是一场与死神进行的赛跑。

冰冷强劲的秋风,如刀子一般呼啸着击打在范闲的脸上,他眸里的寒火已经退去,透出一股令人心悸的平静。他知道自己需要的是什么,京都里的那个老跛子需要的是什么,是时间,只是时间。

他无法理解,为什么自己完美的布局忽然会在达州发生急转,但他知道老跛子如果回了京都,一定是为了当年的那件事情——老跛子是赴死去了。

时间,还是时间,只是时间,急迫感如山火一般焦灼着范闲的心,如沙漏里的细沙一般冲刷着他的心。身下的战马蹄如踏云,气如奔雷,在药物的刺激下,保持着最快的速度,在山林间的官道上疾驰,一路穿山破雾,一夜踏溪乱月。

整整一夜，范闲不曾下马，不曾减速，除了用清水皮囊为他和马儿补充些许水分，再没有任何多余的动作，天色刚刚破晓，燕京雄城已在眼前。

只用了一夜的时间，便赶回庆国国境，范闲已经拼命了，速度快到不可思议，甚至连埋伏着的义军也来不及反应，只有看着那一路烟尘孤独壮勇狂奔而去。

范闲要珍惜每一秒时间，当然不会进入燕京城，不论燕京方面有没有得到皇帝老子的任何旨意，他都不会去冒这个险。就在雄城映入眼帘的第一瞬间，他单脚钩住马镫，自怀中取出令箭，手掌真气微运，直指天空。

嘭的一声，一道美丽的烟火划破了燕京雄城外安静的清晨，远方淡淡的月钩都被这支烟火压下了风采，东方初升的朝阳，也还来不及追逐这一丝一现即逝的光芒。

燕京城内大部分人还在酣甜睡眠，但毕竟是面向北齐东夷的雄城要关，守城士兵的反应极快，在第一时间内敲响了城头角楼里的示警锣鼓。城上的军士们集结了起来，紧紧握着兵器，看着远方冲来的那匹战马以及马上的那个人。

范闲清清楚楚地看到城上士兵们手中兵器反射的晨光，脸上却没有丝毫动容，他用力一扯马缰，在疾行中强行转了方向，沿着燕京城的古旧厚实城墙再向东去。

城上的守城士兵目瞪口呆地看着这一幕。

一阵马蹄如雷声般密集地响了起来，燕京城外临时驻地里一片躁动，当范闲转行向东的同时，那片营地里五百名全身黑甲的骑兵也斜斜杀出营地，去往东门。

在国境内准备接应范闲返京的五百黑骑，在清晨时看到了那支象征监察院最急迫院令的令箭，在最短的时间内反应了过来，接应到了范闲。

范闲速度不减，与黑色的洪流汇合在一起。

没有任何命令，没有任何言语，范闲身形一轻，弃了已经奔驰整整一夜的战马，飘到了副统领的马上，副统领早已经掠到另一匹空出来的战马上。

黑骑没有任何人发问，知道一定是出大事了，沉默而强悍地跟随着范闲向着平原疾驰而去，只是瞬间工夫，便消失在燕京城下的平原上，只留下一地烟尘。

一声悲鸣，伴随范闲一夜的战马口吐白沫，倒地震起，力尽而亡。

燕京城上的守军们目瞪口呆地看着眼前的这幕场景，久久说不出话来。当燕京大帅王志昆了解到清晨发生的一切，目露忧色，命令全军戒备，封锁北齐东夷方向边境，而那些带来无比震骇的黑骑和那位小公爷已经踏上了真正归京的道路。

一路穿州过州，一路遇阻破阻，不和任何州郡地方打交道，将庆律里关于军队调动的任何律条都看成了废纸，强悍的五百黑骑在范闲的带领下用最快的速度赶到了京都。

这几天里，五百黑骑的狂奔不知惊煞了多少官员百姓，不知在庆国历史上留下怎样的传说——黑骑千里突袭，天下第一，然而以往是为了庆国和皇帝陛下的利益奔勇突杀于国境之外，庆历十年的这次突袭却是纵横在庆国的沃野上！

秋雨之中，京都外的离亭忽然颤抖了起来，一批如黑铁如乌云的骑兵呼啸而过，震起一地尘土，惊落数片树叶，隐约可见骑兵皆是满身泥点。

京都近在眼前，范闲已经疲惫到了极点。数日数夜不休不眠，全靠着心中的那股寒火刺激着他的身心，支撑着他没有倒下——他要赶回去阻止将要发生的一切。

"你要等我。"黑色官服外面蒙着一层沙土，脸上尽是黄土，就连眼睫上也蒙了一层细尘，他嘴唇干枯，眼睛却亮得吓人。

昨天落了一场大雨，让这些骑兵显得异常狼狈，即便以黑骑的能力，在这场纵横庆国腹部的大突袭中，依然有人没办法跟上范闲的速度，掉下队来。有战马再也支撑不住，再用药力也无法前行，范闲在黑骑中连换十匹马，再也找不到可换之马，便在官道上生生抢了一个商队，夺了三十匹马。此时他身边还有二十几名黑骑，就是这样一个小小的队伍，却让整个京都的土地都颤抖起来。

黑骑临京，直冲京都正阳门。此时京都城门紧闭，防御力量已经提升到最高等级，十三城门司以及京都守备师，正紧张地注视着京都外的一切。然而这队黑骑来得太快，来得太决然，快到所有人都没来得及做出反应，便到了正阳门下。

离正阳门约有五十丈的时刻，范闲抹了一把脸上污浊的雨水，马速不减，向着正阳门上的那些将领厉声暴喝道："开门！我是范闲！"

小范大人回来了！
城头上的那些将领官员们的脸瞬间苍白。
今天皇宫前在做什么，他们当然清楚，他们奉旨守城，便是宫里担心监察院会不会有异变，可从来没有人想到……小范大人竟然忽然出现在京都正阳门下！

不论是皇帝陛下，还是想尽一切办法要阻止范闲归京的陈萍萍，都想不到！

按照路程，范闲此时还远在国境之外，还在由东夷城返回京都的道路上，就算插上翅膀，只怕也来不及赶回来。然而令人不敢置信的是，他居然真的赶了回来！

"死守城门！弓弩手准备！"正阳门统领第一个反应了过来，看着越来越近的那二十几名黑骑，就像看着将要攻城的千军万马一样，颤着声音大声喊道。

他所接受的旨意是，今天关闭京都城门，严禁任何人出入，就算是小范大人赶了回来，可是今天，特别是今天，尤其是小范大人，不能让他入京！

"小范大人，今日……"正阳门统领想解释几句，然而范闲哪有时间听他解释，目光在正阳门城墙上一扫，看到了那些严阵以待的军士，心猛地抽紧一下，知道自己拼了命地往京都赶，依然是来晚了。他举起右手用力斩下，身后二十几名黑骑，变成三角队形，减缓速度，保持在城头弓箭的射程之外。

城墙上的人们心里一松，二十几名黑骑当然不可能攻破城墙，只是如果真和黑骑正面对上，谁知道以后会发生什么事情？只要这些黑骑停住了，就已是极好。

然而范闲却没有减速，依然在向正阳门的方向冲刺。

他身后的二十几名黑骑自身后取出劲弩，嘭嘭嘭一阵密集的响声，劲弩对着城头射出的钩索，叮当一声，死死地揳进城墙上的青砖里！十数道黑色的钩索，就像是网子一样，在城墙上下变成了一道桥，一道跨越生死的桥！

这是三处很多年前研制出来的钩索，当年范闲出使北齐的时候，院内便谏他使用，范闲有自己的保命绝招，所以未用，但今日要强行突破城墙，他早已做好了准备。

头顶秋雨微凝，那些黑色的钩索像无数影子般闪过天空。

范闲一脚踏在马背上，凭借着与四周空气流动的微妙感应直飞而上，轰的一声，势若惊雷。就像一只黑色的大鸟，飞舞在京都阴森的城门之前，越来越高。

"砍索！砍索！"正阳门统领声嘶力竭地喊道，他不敢让官兵们对那个人发箭，因为他不知道杀死了小范大人，自己会不会被皇帝陛下满门抄斩。

范闲却没有丝毫忌惮，体内真气强行再提，指尖在黑色的钩索上一搭，整个人像一道黑烟般飘了起来，沿着钩索，向着高高的城墙上掠去！

一根钩索被砍断，还有一根，当十几根钩索被十三城门司的士兵全数砍断时，范闲已经掠到了城门之上，凄厉的亮光一闪，身后一直负着的大魏天子剑就此出鞘！

一道剑光刺穿了正阳门统领的咽喉，只见鲜血一飙，范闲便如一阵风般掠过他的尸身，用身上三道浅浅伤口的代价，突破了庆军防守，沿着长长的石阶飞掠而下。剑光再闪，立杀三人，他抢了一马，双腿一夹，沿着直道向皇宫的方向掠去。

快，所有这一切只能用一个"快"字来形容，比当初在澹州悬崖上躲避五竹木棍时更快，比当初突入皇宫制住太后时更快！

从知道这个消息的那一刻，直到如今杀入京都，数日数夜里的每分每秒，范闲已经发挥了超出自己境界的能力，心中的那抹恐惧，让他变得前所未有的强悍与冷血。

鲜血在他的剑上，在他的身上，他没有丝毫动容，心里却感到前所未有的恐惧和慌张，看京都的局势，只怕那人……那个应该等自己的人，已经等不到自己了。

"你要等我。"范闲在心里再次重复了一遍，任由秋雨击打在自己满是尘土的脸上，发疯一般向着皇宫疾驰。

皇宫近了，秋雨大了，街上没有多少行人，人们都聚在了哪里？范闲有些惘然、有些害怕地想着，他听到了阵阵的喝彩声，然后又听到了沉默，死一般的沉默。

京都里的人们听不到沉默。

京都里的人们只听到了沉默里的马蹄声。

哒哒哒哒……

人们在沉默里听到马蹄声，接着看到了那个如闪电一般冲过来的黑骑，看到了秋雨之中那身破烂肮脏的黑色官服，看到了马上那人苍白而杀意十足的脸。

那一骑没有丝毫减速，直接冷血地向着密集的人群冲了过来！能躲开的人都躲开了，躲不开的人都被马撞飞了，秋雨之中，马踏路人，冷血异常。

惊呼与惨呼几乎在同一时间内响起，不知有多少人被踩踏致伤，人群在死亡的恐惧中拼命地向着侧方挤去，就像一片被用神力分开的海洋。

人海里出现了一条直通皇宫下小小法场的通道。

那一骑在这条通道里狂奔向前。

禁军合围，长枪如林，直指那一骑。

范闲飞了起来，越过那片枪林，人在半空中，剑已在手，如闪电一般横直割出，嗤嗤数响，生斩数柄长剑，震落几名内廷侍卫，人已经掠到法场的上空。

不论做何动作，他的眼一直看着那个小木台，看着被绑在木架上血肉模糊、奄奄一息的那位老人，眼神越发冷漠，越发怨毒，然后听到了四周袭来的劲风。

无数麻衣影子掠起，像飞花一样在秋雨里周转着，封住了他所有的去路。

范闲没有退，没有避，胸背上生生受了三掌，而他的剑也狠狠地扎入一个麻衣人的面门，对着那人的眼睛毒辣地扎了进去，鲜血与眼浆同时迸出，混进雨水中。

他狂喝一声，左手一掌横直拍了过去，霸道之意十足，只听见腕骨一响，而左手边的麻衣人被震得五官溢血，颓然倒地。啪的一声，他的双脚终于站到了湿漉漉的小木台上，体内伤势猛地爆发出来，随即一口血吐了出来。

然而他不管不顾，只是怔怔地看着木架上的那位老人，那位身上不知道被割了多少刀的老人，那个被袒露于万民眼前，接受无尽羞辱的老人。

只需要一眼，范闲便知道自己回来晚了，已没有办法让他再继续活下去。

他双唇微微颤抖，想说些什么，却什么也说不出来。

秋雨落下，洒扫在木台上一老一少二人的身上。广场上死一般的寂静，所有禁军、内廷高手和庆庙苦修士将木台紧紧围住，然而在范闲先前展现出的强悍杀意与不要命的手法威慑下，所有人的身体都无比僵硬，没有人能够迈得动步子。

范闲十分艰难地走上前去，扯脱绳索，将陈萍萍干瘦的身体抱在怀里，脱下自己满是污泥破洞的监察院黑色官服，盖在了他的身上。

陈萍萍极为困难地睁开了眼，苍老浑浊而散乱的眼神里却闪耀着一抹极纯真的光芒，就像个孩子——老人就像个孩子一样蜷缩在范闲的怀抱里，似乎有些怕冷。

"我回来晚了。"范闲抱着这具干瘦的身体，感受着老人的温度正在缓缓流逝，干涩地开口说道，心中充满了前所未有的挫败感与绝望、伤心。

第六章 雨中送陈萍萍

初秋的雨水越来越大，落在地上溅起水花，落在身上打湿衣襟，落在心上无比寒冷。皇宫前的广场被雨笼罩着，视野所见尽是一片湿淋淋的天地。

所有人都望着秋雨中的那个小木台，死一般的沉默，不知是被怎样的情绪所感染所控制，没有人说话，没有人动作，只是这样望着，目光透过重重雨帘，聚在台上。

成百上千的禁军、内廷高手，还有那些庆庙的苦修士，同样僵立雨中，先前不过数息，便已经有数人死在了范闲的手里。最关键的是雨这般凛冽地下着，他们并不知道皇城上那位九五至尊的眼眸里究竟流动着什么颜色的情绪。

言冰云已经从见到范闲身影时的震惊中反应过来，开始准备应对接下来可能发生的事情，用极低的声音吩咐着身边最忠诚的下属。他的声音被掩盖在雨水之中，没有人听到，几个穿着普通衣饰的监察院密探，从人群里向着法场方向挤了过来。

最先反应过来的人却是负责监刑的贺宗纬，远远看见那一骑时，他就用最快的速度、最不起眼的动静，悄悄离开小木台，躲到了官员和护卫们的身后——目光从那些湿了的肩膀笠帽中透过去，看着小木台上范闲孤单地抱着陈萍萍瘦弱的身体，贺宗纬眼中闪过复杂的情绪，他只是不想死罢了，却必须让木台上的老少二人都死。

不想死的人还有很多，此时范闲浑身上下透着令人心悸的寒意，竟让天地间的冷冽秋雨都压制不住，所有人都下意识里远离了木台。姚太监早已经退到了队伍之中，他不想成为下一个被小公爷用来祭陈萍萍的草狗。

木台四周散乱倒着几具尸首，血水被秋雨迅疾冲淡了颜色，那个浑身颤抖、拿着锋利小刀的刑部刽子手，发现小范大人深深低着头，把陈老院长紧紧地抱在怀里，似乎感知不到天地间的其余事物，于满心骇异间庆幸，悄悄向木台下退去。只退了两步，他的头便断了，头颅重重摔到了雨水中，无头尸身也随之摔落台下，发出重重的一声。

众人一惊，只有修为极高的那些人才能发现先前范闲的手微微动了一下，一柄黑色的匕首飞了出来，然后也落在了雨水中。

范闲坐在万众瞩目之中，却像是根本感知不到任何目光，他只是抱着陈萍萍的身体，将头埋得极低，任由雨水从头上、身上洒落，背影微佝，看上去极其萧索。

怀中老人的身躯重量很轻，抱在怀里就像是抱着一团风，随时都有可能散去。范闲无意识地伸出手，握住了陈萍萍冰冷苍老的手，紧紧握着，再也不肯松开。

老人这一世不知经历了多少苦楚，残疾半辈子，体内气血早已衰竭，今日被凌迟，每一刀下去，除了痛楚并没有迸出太多的血水。然而这么多刀，依旧让血水止不住地汇了一处，洇湿了范闲覆在他身上的黑色监察院官服，有些黏，有些烫。

范闲轻轻地抱着他瘦弱的身躯，生怕让他再痛，嘶哑着声音低声说着话。此时他枯干的双唇被雨水泡得发白，样子看上去十分可怜。

"你若不肯回来，谁能让你回来呢？你把我拖在东夷城做什么呢？我这些年为谁辛苦为谁忙，不就是想着让你们这些老家伙能够离开京都过好日子去，我一直在努力啊……你知道我什么都知道，可你怎么就不肯听我的话呢？"

他的头更低了，轻轻贴着老人满是皱纹的脸颊，身体在雨水中轻轻摇了起来，就像是在哄着怀里的老人睡觉。

老人的手忽然紧了紧，不知道是不舍得什么，还是在畏惧什么，在这漫天风雨里，满地血水中，他想握住什么，然而此时他全部生命的力量已经连一只手都握不紧了。

范闲很害怕，下意识里握紧了那只手，紧到手指发白，隐隐作痛。

陈萍萍散乱的眼神在雨水中缓缓挪动，他看到了那座熟悉的皇宫，看到了雨云密布的天，看到了皇宫城头那位帝王模糊的身影，却看不清楚那个人的面容。然后他看到自己身边范闲的脸，浑浊又显清亮的眼眸里闪过了一丝笑意。

老人知道自己将要离开自己生活了一辈子的世间，眼神渐渐黯淡。此时他听不清楚天地间的任何声音，眼前的光线也渐渐幻成了一些奇形怪状的模样。

这瞬间，或许这传奇的一生在他的眼前如幻灯片一般快速闪过，小太监、东海、那个女人、监察院、黑骑、又一个女人、死人、阴谋、复仇，各式各样的画面在他的眼前闪动而过，组成了一道令人不敢直视的白线，然而没有人知道他究竟在临死前看见了什么，最想看见什么。

——是诚王府里打架时溅起来的泥土？是太平别院冬日里盛开的一枝梅？是监察院方正阴森建筑后院里自在嬉游的浅池小鱼？是北方群山里的一袭宫衫？还是澹州城里那个寄托了自己后半生所有情感与希望的小男孩？

在风雨声中，陈萍萍忽然又听到了传来的声音，是歌声，是曼妙而熟悉的歌声，是他在陈园里听了无数次的歌声。那些姬妾都是美丽的，那些歌声都是悦耳的，老人这一生在黑暗里沉浮冷酷，却有最温柔地收集美丽、疼爱美丽的心愿。如果说悲剧是将人世间的美好毁灭给人看，那陈萍萍此生虽投身于丑陋与肮脏，却又是在毁灭他所认为的丑陋与肮脏，然后远远地看着一切美好的事物。

"若听到雨声，谁的心情会快活？攀过了一山又一岭，雨中夹着快乐的歌声，听到了歌声，我的心情会快活……"

这是陈园里的女子们曾经很喜欢的一首歌，在风雨中又响在了陈萍萍的耳畔。他困难地睁着双眼，看着这天这地这些人，听着这曼妙的声音，毫无血色的双唇微微翕动，似乎在跟着唱，却没有唱出声音来。

忽然，陈萍萍看着范闲问道："箱子……？"

范闲极难看地笑了笑，在老人的耳边轻声道："是枪，能隔着很远杀人的火器。"

这大概是陈萍萍此生最后的疑问，在最后的时刻他问了出来。听到了范闲的回答，老人的眼眸微微放光，似乎没有想到是这个答案，有些意外，又有些解脱，喉咙里呼呼作响，急促地喘息着，脸上浮现出一丝冷酷与傲然的神情，他说道：

"这……玩意儿……我……也有。"

范闲没有说什么，只是箕坐于秋雨之中，轻轻地抱着他，轻轻地摇头，感觉到怀里这具苍老的身躯越来越软，手掌里紧紧握着的苍老手掌却是越来越凉，直到最后的最后，再也没有任何温度。

陈萍萍死了，就在秋雨里死在他最疼惜的小男孩的怀里，他死之前知道了箱子的真相，脸上依旧带着一抹阴寒傲然、不可一世的神情。

范闲木然地抱着渐冷的身躯，低下头贴着老人冰凉的脸轻声说了几句什么，忽然觉得这满天的风雨都像是刀子一样在割裂着自己的身体，难忍的痛楚由心脏迸发，向着每一寸肌肤爬行，如同凌迟一般，到最后终于爆炸了出来。

秋雨中的小木台上，骤然爆出了一声大哭，哭得摧心断肠，哭得撕肝裂肺，哭得悲凉压秋雨不敢落，哭得万人不忍卒听……重生以来二十载，范闲从来不哭人，纵有几次眼眶湿润时，也被他强悍地压了下去。这世上没有人见过他哭，更没有人见过他哭得如此透彻、如此悲伤，万千情绪，尽在这一声大哭中宣泄了出来。

泪水无法模糊他的脸，只是将他脸上那些秋雨都无法洗净的灰尘全部冲洗掉了。如同秋雨无法止，泪水也无法止，就这样伴随着无穷无尽的悲意涌出了他的眼眶。

法场小木台上的那一声悲鸣，穿透了秋风秋雨，传遍了皇宫上下每一处角落，刺进了所有人的耳朵里，不知道令多少人心生恸意、寒意与惧意。

陈老院长终于死了。

不知道有没有人会因此暗自欢欣鼓舞，或是松一大口气，风雨中的官员们虽然没有一个人在脸上流露出任何情绪，但心里则是充满了紧张与茫然的情绪。

大庆王朝的顶梁柱之一就这样生生折断了，那些数十载被监察院压得缓不过气的文官们忽然觉得有些莫名的寒意。监察院的老祖宗就这样死了？他们一时间还难以接受这个事实，因为在他们的眼里，这位恐怖的老人似乎永远也不可能死。

无数的人因为陈萍萍的死亡而联想到了无数的画面——庆国几十年风雨中的画面，没有人敢否认陈萍萍为庆国江山所建立的功业。这幅历史长卷中，那些用来点睛的浓黑墨团，便是此人以及此人所打造的监察院。无此墨团，此幅长卷何来精神？

当范闲的哭声穿透风雨，抵达高高在上的皇宫城头时，没有人注意到，那位一身龙袍、皇气逼人的庆国皇帝陛下有一个极其细微的动作——他的身体往前微微欠了一下，大约不过是两根手指头的距离，片刻后，皇帝陛下便强悍地重新挺直了腰身，将自己无情的面容与雨中血腥味道十足的法场的距离又保持到了最初的距离。

肯定也没有人能察觉到皇帝陛下那双藏在龙袍袖中的手缓缓握紧了。

跟随自己数十年的老伙伴、老仆人，看着自己从一个不起眼的世子成为全天下最光彩夺目的强者的老家伙,就这样死了,皇帝的心中做何想法?有何感触?是一种发自最深处的空虚,还是一种连他自己也说不清道不明、不知从何而来的愤怒?

皇城下的言冰云深深低下了头,比身旁所有官员的头都压得更低。此时的他身体微微颤抖,想到了不知多久以前,在监察院那座方正建筑里,老院长曾经对自己说的那些话。

——总有一天,我是要死的,范闲是会发疯的……

言冰云霍然抬起头来,深深地吸了一口气,抹去了脸上的雨水,继续暗中向各方发布命令。那些隐在观刑人群里的密探随时准备出手,将接下来有可能发生的疯狂压缩在一个最小的范围内。当然,他更希望这一切都不会发生。

陈萍萍人死了,刽子手被范闲含怨削成了两半,这场凌迟自然算不得完整,但也无法再继续。广场上没有人离开,似乎所有人都知道紧接着可能会发生什么事情。

那些庆庙苦修士缓缓向着小木台逼近,头顶的笠帽遮住了自天而降的雨水,也掩盖了脸上的表情。范闲似乎感应不到危险,只是无知无觉地木然箕坐于木台之上,依然抱着陈萍萍的尸身没有放下。

泪水和雨水混在一处,渐渐止了。他忽然站起身来,身形有些摇晃,数日数夜的千里奔驰已经让他疲惫到了极点,今日这直刺本心的愤怒与悲伤更是让他摇摇欲坠。然而他这一摇晃,却让四周的人们心头大惊,不觉间往后退了半个身位。

范闲神情木然地抱着陈萍萍往台下走去,看都没有看这些人一眼。似乎这些人不存在一般。

这些人围着木台,等待着陛下的命令。

皇帝陛下面色苍白地看着皇城下的这一幕场景,幽深的眼眸里闪过极其复杂的情绪。从悬空庙刺杀开始,他对范闲的欣赏便是建立在"这

105

个儿子是个重情重义之人"的基础上，今天他虽然没有想到范闲居然能赶了回来，可是看到这一幕，他并不觉得奇怪。

他甚至并不担心。在他心里，安之是被陈萍萍这条老黑狗蒙蔽的可怜孩子，大概直到今日还不知道陈萍萍是多么想杀死他，想杀死朕所有的儿子，想让朕断子绝孙……可是当他看着范闲抱着陈萍萍的身影，难以抑止地有些伤感和愤怒，伤感于范闲所表现出来的，愤怒于陈萍萍这条老狗即便死了，可依然轻而易举地夺走了自己最疼爱的儿子的心，就像那个已经死了很多年的女人一样。

皇帝沉默了许久，一直被他强行镇压住的伤口也因为心神激荡而渐渐裂开，血水从他的胸腹渗出了外面的龙袍上，令人惊心动魄。

片刻后，他一拂双袖，冷漠着面容离开了皇宫城头。

皇城下，范闲抱着陈萍萍的身体，离开了被雨水、血水湿透的小木台，向着广场西面走去，走得缓慢而沉重，直至此时，他都没有向皇宫城头上看一眼。

陛下已经离开了，这世间没有谁再敢拦在范闲的面前，所有人都自觉地让开一条道路，人群再次如海面被剑斩开一样，波浪渐起，分开一条可以看见礁石的道路。

雨中，范闲抱着陈萍萍离开。

秋初的两场雨来得突然，去得突兀，带着一种莫名其妙的味道，似乎第一场雨只是为了欢迎陈萍萍的归来，第二场雨是为了送陈萍萍离去。当皇宫前法场上的一切结束之后，秋雨停了，天上的乌云被吹拂开来，露出极高极淡极清远的天空，除了街巷里和青砖上的雨水湿意，一切都恢复了寻常。

京都百姓们今天看着如此令人震惊的一幕，却没有人敢议论什么，只能沉默地顺着各处街口散开。宫门前的那些官员们面面相觑，竟是不知道接下来应该做什么才好。陛下已经回宫，小公爷抱着老院长的尸身离开，这漫地流着的雨水也没有汇成一个主意，让他们好生惘然。

千里奔袭赶回京都，一路上范闲与五百黑骑已经违逆了无数条庆律和监察院院规，更何况他突入京都时随手刺死了那么多朝廷官员，再加上当着陛下的面大闹法场，依理论，这怎么也是无法宽恕的大罪。然而陛下没有开口发话，谁能治范闲的罪，谁敢治范闲的罪呢？

便在此时，胡大学士从皇宫城头上走了下来，诸多官员纷纷向他行礼。今日这位大学士一直保持着沉默，他看着木台上被秋雨冲洗得极淡的那些血痕，眉尖忽然抽搐了一下，回头望去，只见今天仿佛苍老了十几岁的前任大学士舒芜沿着城脚落寞地离开，没有与这些人打一声招呼。

胡大学士心头黯然，却知道自己不能被这种情绪所控制，贺宗纬已经进宫了，自己必须在这里把后事了结。他缓缓地在六部三寺三院的官员脸上扫了一眼，说道："大刑已毕，开城门，一应如常。"

官员们听到这句话，不由大松了一口气，他们一直惶恐于接下来应该怎样处理小范大人的事情，但看眼下，至少在短时间内，皇帝陛下还能控制住自己的愤怒。

胡大学士没有在意这些大臣的反应，眼睛微微地眯了起来。他没有看到监察院的人，这很正常，因为监察院八大处的主办此时都被关在大狱之中，而那位小言大人似乎早就悄悄离开了。

不只是监察院被里外配合控制住了，胡大学士知道，皇宫里也有人被控制住了，比如今天清晨冒死向陛下进谏求情的宁才人和靖王爷，此时都被软禁在皇宫之中，还不知道情况如何。

范家小姐昨天夜里替陛下疗伤之后，似乎也没有出来。想到这些，想到如今还在监察院之外驻守的万人庆国精锐军队，胡大学士心生寒意，知道自己必须马上找到范闲。

正午阳光照耀在京都外的流晶河上，河水清冷，只是略暖了暖，没有升起那种快活的雾来。河对面是一座遗世独立的雅院，灰白墙，青黄竹，寒意逼人，瓦片上的水被晒成一片一片的湿痕。

一辆黑色的马车从流晶河那座竹桥上疾驶而过，稳稳停在了别院门口。

自叶家事变之后，太平别院便被皇室收入内库，这么多年来，皇帝陛下极少来此，也没有哪位娘娘、皇子敢不长眼地索要，所以这里竟是一直空了二十余年。只是三年前，长公主筹谋京都事变时，不知出以何种情绪在此暂居了数日。

正因为此座别院幽静少人来，而且因为这座别院所隐藏的历史阴寒味道，让所有人都敬而远之，所以内廷对这里的照看并不如何用心，只有四名皇室护卫常驻。

看着这辆黑色马车直接地冲了过来，几名护卫面生异色，走上前去，但还没来得及说什么，便被黑色马车后面拥过来的一群人用弩箭制住，缴械被缚。

一名监察院官员走上前去，沉默地将车帘拉开。

伴随着轻轻的脚步声，脸色苍白的范闲抱着陈萍萍的尸身从马车上走了下来，身上的雨水顺着他的贴身黑衣与怀中老人身上那件监察院官服往下滴着，发出嗒嗒的声音。

太平别院的门开了，范闲走了进去，吱呀一声，紧接着大门在他身后被关闭。那些监察院官员马上散开，控制住了这道竹桥头所有的要害位置，警惕地注视着四周。

过了一会儿，只听得一阵急乱的蹄声响起，数百名疲惫不堪的黑色骑兵顺着官道驶了过来。

紧接着，又是一阵如雷般的马蹄声在更远一些的地方停了下来，不知道是京都守备师还是禁军。

最后是一辆黑色马车驶了过来，停在了竹桥对面，车上走下来一位满脸冰霜的官员，此人正是言冰云。他没有过桥，只是静静地看着桥那头别院门口的监察院官员。

那些随范闲来到太平别院的监察院官员，除了启年小组成员，大部分都是一处官员。言冰云在宫中的帮助下，暂时控制住了监察院那座院子，却无法将监察院八大处全部控制，尤其是一处。

当年范闲独掌一处是何等风光，一处的官员们对他无比信服。今日皇宫前那一场大戏落幕，范闲抱着陈萍萍的尸身离开宫前广场后不久，一处官员便驾着黑色马车接应到了他。

言冰云眯着眼睛看着桥那头的同僚们，对范闲在监察院，尤其是在一处拥有的绝对威信并不感到异样。他只是觉得奇怪，陛下也派了人盯着一处，隔绝内外联系，范闲刚刚回到京都，这些一处官员是怎么知道的？而且还如此巧合地接应到了他，这实在有些令人想不通。

言冰云并不知道，范府那位年轻的女主人，在陈萍萍行刺皇帝的消息传出来之后的第一时间就做出了反应，提前为自己的夫君做好了准备，一直暗中与一处保持着联系。

那几百名疲惫不堪却依然不容轻视的黑骑，则是领了范闲事先的命令，定好了在太平别院集合。范闲入京之前已想清楚，不论自己能不能救回老跛子，这些人应该都会在太平别院见面。

言冰云整肃了一下自己湿漉漉的官服，一个人向着桥上走去，吱吱声音不停响着，他终于走到了桥的那头，在一处官员们警惕仇视不屑的目光注视下行了一礼，沉声道："四处言冰云，求见院长。"

范闲并不知道言冰云此时已经出现在太平别院外，但他已想到肯定有人要来见自己，要来劝自己。他也知道从京都里走出来，不知道有多少人跟在自己的身后，不知道有多少庆国的精锐部队此时正集结在太平别院的外面，等着劝说成功……或是不成功。但他没有考虑这些，也懒得考虑这些，只觉得自己很累、很疲惫，体内很空虚，那些往常充沛如山水的真气，似乎在先前那声哭号里都吐了出去——胸里的浊气吐了出去，真气也吐了出去，剩下的只有空虚。

他觉得自己的脚步从来没有像今天这样沉重，身体从来没有像今天这样虚弱，怀里那个老人明明很轻，可是怎么越来越沉重？重得自己快要抱不住了。

微湿的黑发搭在额头上，他抱着陈萍萍行过草坪，行过那棵花树，行过那个围成的小湖，来到了一个僻静的地方。墙上有花，他轻轻摘了一朵，那是瑟缩开放着的小黄花。

然后他伸手在花墙一角轻轻摁动了一下，只听得咯吱几声响动，地面上缓缓出现了一个洞口，有石阶往下探去，并不太远，此时天上的阳光完全可以照射到下方干爽的石板上。

太平别院里有密室，对那些老人来说并不是秘密，就连当年年纪还小的长公主也曾经在别院里找到了一个。当年叶家事变之后，皇帝应该也来别院查探过箱子的下落，不过他没有找到，再加上对这座院子一直有些异样的情绪，所以后来没有再来过。

范闲对这个密道很熟悉，很多年前打开那个箱子后，五竹叔曾经带着他来到太平别院，沿着这个通道下去，找到了那把"烧火棍"最需要的子弹。

一步步地往下走，似乎要走入幽冥，其实只不过是个离地约三丈的密室。室内清爽干净，没有别的什么陈设宝物，只是有几把椅子，还有几具棺木。

范闲单手搭在棺木一缘，微微用力，将棺盖掀开，然后小心翼翼地将怀中老人瘦弱的身体放进去，取了一个小瓷枕很小心地垫在了他的后脑，却没有把棺木内的丝绸替他盖上。

陈萍萍双目紧闭，赤裸的身体上只盖着那件监察院官服。范闲站在棺木旁边静静地看着他瘦削的两颊、深陷的眼窝，觉得这身全黑的衣裳果然比华美的丝绸更适合。

那件全黑的监察院官服，从范闲身上脱下来的，自然是监察院院长的制式，在他想来，陈萍萍此生传奇难言，有过很多身份，但想必更喜欢以监察院院长的身份终此一生。

范闲静静地站在棺木旁边，看着沉睡中的陈萍萍，想着先前在法场上、在秋雨中，老人在自己怀里渐渐睡去，睡去之前还紧紧握着自己的手，应该不是害怕吧？

看着那张苍老又苍白的脸，他忽然想起了很多事情，很小的时候，这位喜欢用羊毛毯子搭在膝上的老人让费介老师来教自己，让自己学会在这险恶的世界上保护自己的手段，让自己从很小的时候便熟悉监察院里的所有条例架构。大概从自己生下来的那一天开始，老人就已经想好了，要将他视若珍宝的监察院留给自己。他还想到了第一次看见陈萍萍时的场景，是在监察院那间阴暗的房间里，明明两个人是第一次见面，可是看着轮椅上的那个老跛子，就像是看见了一位许久没有见到的长辈，一股天然而生的亲近感就那样萦绕在二人的心间。

那一日范闲低下头去，轻轻地抱了一下瘦弱的陈萍萍，贴了贴脸，就如今日抱了一抱，贴了贴脸。

在浅池畔观鱼论天下，轻弄小花；在陈园里两辆轮椅追逐而舞，此情此景再也不能重现了。不能再想了，范闲紧紧地闭上了眼，旋即睁开眼，低身将手中拈着的那朵瑟缩的小黄花，轻轻地插在了陈萍萍的鬓间白发中。

他将棺木合上，从旁边拾起备好的大钉，对准了棺盖的边缝，然后运功于掌，一记劈下。接连数声闷响传出，范闲沉默地一掌一掌地拍着，将所有的大钉全部钉了下去，将整具棺木钉得死死的。

做完了这一切，范闲看着这具黑色棺木又开始发呆。这只是暂时的处置，总有一日，他要将老人送回他的故乡，或是一个没有人知道的青山秀水处，而不会让他永远留在这黑暗的京都附近，虽然这里是太平别院，想必陈萍萍也很喜欢在这里生活，但是这里离京都太近，离皇宫太近。

范闲的身子微微摇晃了一下，觉得无穷无尽的倦意和疲惫涌上心头，在椅上坐下，他的双腿踩着椅边，将头深深地埋在双膝之中，双手无力地垂在身边。右手掌上被钉子割破的伤口开始流血，血水滴滴嗒嗒地落在地上。他就这样埋头坐着，不知道坐了多久，太平别院草坪上积着的雨水顺着石阶流下来，打湿了一层又一层，冰凉了一层又一层。

　　太阳在天上缓缓地转着，地下暗室忽明忽暗，不知道是光线的角度还是云层的厚薄带来了这些变化，直到一丝声音传入了范闲的双耳，他才醒了过来。他缓缓从双膝间抬起头，走下椅子，最后看了一眼那具默然而黑暗的棺材，沿着已湿的石阶走了上去。一声异响之后，石室上面的密门被紧紧地关闭，再没有一丝阳光和一滴流水可以渗透进来，此地恢复平静与黑暗。

　　走到离太平别院正门不远的地方，他听到了一处下属低沉的禀报声，漠然的脸上闪过一丝复杂的表情，轻声说了一句什么，便在院内的一截断树上坐了下来。

　　门开了，言冰云走了进来，站到范闲的身前，许久没有说话，或许是不知道该如何开口。

　　"从宫里开始有动静的那一天开始说，你应该从头到尾都在参与，我不想遗漏任何的细节。"范闲疲惫地坐在断树根上，右手搭在膝上，面色略显苍白。

　　言冰云看了他的右手一眼，发现在流血，心头微微一震，没做过多的言辞解释，面无表情地道："初二时，我被召进宫中，得了旨意，便开始安排。至于贺大学士在达州缉拿高达，以及陛下借此事将院长留在达州，再用京都守备师擒人，我只是知道大概，并不知道细节。"

　　"告诉我你所知道的细节。"

　　言冰云看着低着头的范闲，发现今日的小范大人与往常很不一样，他的面部表情是那样的平静，平静得令人心悸，完全不像是一个正常人应该有的反应。

　　从那日清晨京都守备师护送着黑色马车入京，到皇宫御书房里的争吵，到陛下身受重伤，再到陈萍萍被青瓷杯所伤，被下了监察院大狱，言冰云没有隐瞒任何细节，甚至连其中自己所扮演的丑陋角色，都清清楚楚地交代了出来。

范闲沉默了片刻，缓缓抬起头，看着他道："那你这时候跟着我做什么？是想把那个老跛子拖回去再割几刀，还是非要让他死无葬身之地？"

言冰云再也无法控制自己的情绪，也许是在他的面前不需要控制情绪，脸上涌现出绝非作伪的悲痛之色，沙哑着声音道："我必须来见你，我要保证你不会发疯。"

"什么是发疯？造反？"范闲唇角一翘，笑声中寒意十足，"别院外面那些京都守备师和禁军的军队，难道不就是用来防止我做这件事情的？"

院外隐现烟尘，明明刚刚落了一场秋雨的大地却现出燥意来，谁知道太平别院外面究竟埋伏了多少军队，隐藏着多少用来压制范闲的高手。

言冰云强悍地再次控制住心神，望着范闲道："不管怎么说，老院长已经去了，你再如何愤怒，也改变不了这一切。就算你能逃出京都，又能怎么办？不错，邓子越在西凉，苏文茂在闽北内库，夏栖飞在苏州，启年小组的干将、院内最有实力的官员密探，都被我支了出去，安插在大人控制最严的地方，你一旦离开京都，可以重新收拢监察院六成的力量，可是……你又能做些什么？"

范闲冷漠地看着他，一言不发。

"好，如今你是东夷城剑庐之主，手底下有无数剑客由你驱使，再加上此时大殿下领驻在东夷城的一万精兵，可是……那一万精兵不见得能由大殿下完全控制。退一万步讲，大殿下难道会因为你，或者因为老院长，就反了陛下？"言冰云的嘴唇有些干燥，嗓子有些充血，却依旧强硬着道，"世子弘成在定州，他是你的至交好友，可就算他为你起兵，那些定州军肯听他的？不得不说，现如今这天下，也只有你有实力站在陛下的对立面，但是……你依然不是陛下的对手。"

"说完了？"范闲疲惫地摇了摇头，"你要说服我，难道不应该拿出

113

陈萍萍给你留下的亲笔信？"

言冰云身体一震，他本来以为自己这些天在监察院内做的事情，一定会激怒范闲，却没有想到对方从一开始的时候，就已经查知了一切。

"然而就算你拿出来我也不想看，不外乎是为了照顾所谓大局，为了防止监察院一时失控，被陛下强力消除……所以你必须成为陛下的第二条狗，将这座院子强行保留下来。为了取信那个男人，你必须做出一些事情，是这样吗？"范闲看着有些失神的言冰云，冷漠地道："我知道你不好受、不舒服，可是这是你自讨的。以为这会有一种忍辱负重的快感？错，你只不过还是脑子里进了水。陈萍萍他想怎么做，你就听他怎么做？他要你杀了他，你也杀了他？"

"老院长是替监察院数千儿郎的性命考虑，为这天下的百姓考虑。"言冰云声音嘶哑着道，"我就算受些误解，成为院中官员的眼中钉又如何？难道要我眼睁睁看着天下大乱？"

"天下为何乱不得？难道是为天下百姓考虑？"忽然范闲怪异地笑了起来，笑声里夹着咳声，还咳出了几丝血来，"这些天下的百姓有几人……为他们考虑过？"

"我不原谅你。"范闲静静地看着言冰云，说出来的每个字都令人不寒而栗，"一切为了庆国，一切为了陛下，一切为了天下，这是你的坚持，却不是我的态度。为了我在意的人，即便死上千万人又如何？而你没有替我做到这一切……所以，我不原谅你。"

言冰云知道范闲在温柔的外表下有一颗爱恨极其强烈的心，于是沉声回道："我不需要任何人原谅，老院长的选择和我的意见一致，所以我这样做了，为了庆国，我什么样的事情都能做出来。"

"很好，这样才可能成为陛下的一位好臣子。而对那些老百姓来说，他可能真是个不错的皇帝。"范闲缓缓地站起身来，继续道，"不过对于我来说，他或者你，都已经不再算什么了。"

"靖王爷和宁才人被软禁在宫里，范家小姐也在宫里。"言冰云忽然感觉身上发冷，急促地道。

范闲回答他的声音很嘲讽很冷漠："对陛下而言，这是理所当然的事情。"

看着范闲迈着疲惫的步子向木门处走去，言冰云的心脏忽然猛地一紧，一股难以抑制的恐惧涌上心头，这不是为自己恐惧，而是担心范闲，他大声吼道："你要去哪里？"

范闲的手放在木门上微微一僵，没有回头，疲惫地道："回家睡觉。"

第七章 长睡范府不愿醒

走出太平别院，看着桥头如临大敌的监察院一处官员，看着桥那边强抑疲累、勉强集成防御阵形的数百黑骑，范闲在心里叹了口气。桥的那边，青黄秋林那头的军队，又岂是自己匆忙带回京的这些部属所能抵抗。

明亮的太阳晃了他的眼睛一下，这时候他才感觉到疲惫和悲伤对人类的伤害原来竟然能大到如此地步。他脚步虚浮地走过了竹桥，对拼死追随自己的部属们轻轻下达了几道命令。

黑骑副统领和一处的那些官员沉默许久，知道小公爷是在为自己这些人的性命考虑，不再多言，齐齐单膝跪于地。不知跪的是面前的这位年轻院长，还是埋身于太平别院里的那位老院长。

一跪之后，数百人混杂一处，顺着美丽而安静的河流向着西方退去。

一直沉默地跟在范闲身后的言冰云眼神复杂地看了那些人一眼，随着他走过了桥，走上了官道，然后看见了官道那边遍布田野、全甲在身的数千骑兵，密密麻麻，声势煞是惊人。

范闲面无表情地走了过去，在一片警惕的目光中走到了那位大帅身前，沙哑着声音道："把斥候和追兵埋伏都撤了，我要我的人一个不伤。"

叶重微微眯眼，眼中寒芒微现。

堂堂庆国枢密院正使、军方第一人叶重亲自率领精兵来到太平别院负责弹压以及监视控制范闲，不得不说，庆国朝廷和皇宫对范闲保持了极高的尊重和警惕。

范闲的面色憔悴苍白，一道道痕迹在俊秀的脸上十分醒目，应该是雨水和千里烟尘混成的烙印。他迎着叶重微寒的目光，有些木讷漠然，似乎像是没有见到叶重本人与这数千名全甲在身的骑兵。

实力到了范闲和叶重这种程度的人，自然知道在平原上，再强的高手也无法逃脱数千精锐骑兵的追击，除非已经晋入大宗师的境界。然而此地尚在京都城郊，密林清河宅院依然密集，范闲若真舍了京都里的一切，一转身如巨鸟般投林遁去，只怕这数千精兵还真抓不到他。

皇帝陛下让叶重亲自领兵，自然也是想到了这一点，这数千精锐骑兵之中有许多军方的高手，最关键的是可以与范闲正面硬抗的叶重——这位庆国极少数九品上的强者。

范闲看着马上的叶重，心头一动，此时想到了另一件事情，不由自嘲地笑了起来。

天下最初三国，以九品高手的数量，当然是东夷城最多。但庆国以刀马征天下，高手也是层出不穷，尤其是七八品之间的强者最多，便是晋入九品的强者，当初在京都里细细盘算，也有数人。

然而这一切都成为了历史，聚集了最多七八品高手的虎卫，因为庆帝对范建的警惕，全部祭了东夷城那柄凶剑。而军方的强者，则在三年前的京都叛乱中死伤殆尽，尤其是秦业父子二人全部死在皇宫之前，再加上殒落在大东山的洪老公公，庆庙先后死去的大祭祀和二祭祀……

庆国的顶端高手因为皇帝陛下的谋略与多疑，不知不觉地消减，到如今竟然出现了极大的空白，以至于为了压制范闲，竟是无人可派，必须派出军方第一人叶重亲自前来。

"小公爷还能笑出来，这令本帅十分意外。"叶重缓缓敛了眼中的寒意，平静地道。

"本官在想一个问题，若连你和宫典也死了，陛下他身边还能有谁是值得信任的强人呢？"范闲唇角微翘，沙哑着声音说道。

叶重心头一颤，知道范闲的意思，虽然庆国铁骑依然天下无双，不论是定州军、燕京大营，还是散于诸边的征西军旧属，放在沙场上都是虎狼之师，却难以再找出值得依赖的高手了。

"天下强者，皆在我手中。"范闲看着叶重面无表情地道，"我不理会陛下先前对你发出的旨意是什么，我只知道，如果你不立刻撤回派出去的斥候和骑兵，一定会出现很多你不想看到的场面。"

天下的强者，皆在我手中，这是何等样狂妄的一句话。

天下之土莫非王土，天下之臣莫非王臣，庆帝身为天下最强大的帝王，本应拥有天下大多数强者的效忠，然而时转势移，不论是运气还是巧合，叶重都不得不承认，现今天下真正的高手大部分都已经落在了范闲的手里。比如那位神秘的六处主办，传说中四顾剑的幼弟影子，一定唯范闲马首是瞻。最关键的是剑庐十三徒，除了已经出任东夷城城主的云之澜，还有十一位九品！

"陛下对小公爷并没有明确的旨意颁发。"叶重沉声道，"但那些黑骑和随你出京的一处官员……触犯庆律，行同谋逆，你认为朝廷会留下他们的性命？"

"是我要保他们的性命。"范闲没有退让的意思，盯着叶重的眼睛道，"听说陛下也受了伤，这时候下的旨意只怕并不怎么明智。而你是个聪明人，我很困难地控制住自己的情绪，想必你也不愿意真的把我逼疯了。我一旦疯了，对你对我，对这大庆朝的官员百姓，甚至对宫里那位都没有任何好处。你知道我的底线，从老跛子到我，监察院的行事风格向来如此。"

"我明白，但这是抗旨……"叶重微微眯眼。

"不要说这些没用的话。"范闲有些疲惫地挥了挥手，"这时候并没有什么别的人在，你如果想保定州军千年平安，最好赶快下决定。"

此时叶重与范闲远远地站在骑兵的前方，没有人能够听到他们的对话，就连一直跟着范闲的言冰云，都安静地站在那辆黑色马车旁边，没有上前。

"就算我此时放他们一马，但那些黑骑已经精神损耗到了极端，不论你是让他们去西凉投弘成，还是去东夷城投大殿下，这沿路各州各郡的驻兵……"话到此处，叶重叹了一口气，深知内情的他自然知道朝廷这些天来的安排。在情报中，明明范闲还远在燕京之外，谁知道今天居然就赶回了京都，他怎么也想不明白，范闲是怎样飞渡千里关山，带着那数百黑骑赶回了京都。

"那些州军不可能拦住我的人。只要我肯随你走，陛下也不会愤怒于你网开一面。"范闲道。

叶重沉默了许久之后，忽然开口道："也对，只要你肯回京，陛下的怒气就会消减许多。"

"看，这不是很简单的事情吗。"范闲面无表情地说完这句话，便转头而走，直接走进了言冰云带来的那辆黑色马车，放下车帘，闭上双眼，开始养神。

马车微微颠动，开始前行，数千庆国精锐骑兵似是护送，似是押管，随之缓缓前行。

又入正阳门，又行于清静而肃杀的大街上，一直闭目养神的范闲忽然开口道："是要入宫吗？"

"不是。"叶重骑于马上，挺直着并不如何高大的身躯，"陛下只是不准你出京。"

"很好，那我回家。"范闲重新闭起双眼。

言冰云沉默片刻后一拉缰绳，顺着盐市口的那条岔道向南城方向驶去。

一队骑兵以及四周暗处有人紧紧跟着黑色马车去了，叶重本人却驻马于街口，没有什么动作。

街上已有行人，秋雨中法场上的那一幕已经传得沸沸扬扬，但毕竟那是已经过去的事情，并不能影响到百姓们的生活，京都随着一场秋雨的停止便恢复到以前寻常的日子。

那些行人早已被军士驱赶到大街两旁，看着那辆被骑兵们包围着的黑色马车，一下子便猜到马车里那位大人物的真实身份，一时间眼里闪过紧张、兴奋、不解、忧虑等诸多神色。

叶重看着那辆黑色马车向南城缓缓驶去，心情异常沉重。

在范闲不动声色的直接威胁下，他不得不放弃了追击那些黑骑和监察院一处官员，一会儿进宫后，不知道将迎来陛下怎样凶猛的怒火，而压在他心头冰冷、坚硬、沉重的石头，是范闲根本没有入宫面见陛下的意思。正在疗伤的陛下，此刻或许正在宫里等着自己的私生子入宫来解释什么、咆哮什么，然而范闲……却让陛下的寄望和预判全部落在了空处。

那种漠然隐含着对陛下的愤怒与压抑着的寒意，还有对皇权的漠视。叶重不知道范闲为什么有胆量这样做，但他清楚，陛下与范闲之间的冷战，或许从这一刻才刚刚开始。

叶重想着先前在太平别院外范闲那些平静而有力的话语，摇了摇头。

他被迫让步，就证明了范闲已经拥有了与庆国军队正面相抗的实力，而这样的实力，无疑也让陛下和范闲之间的关系多了许多变数。

他甚至可以猜到陛下和范闲会怎么做，陛下永远不会主动发旨让范闲入宫，他要等着范闲主动入宫，然而范闲却不会主动入宫，他要等着龙椅上的那位男子先开口。

这便是所谓态度、意志、智慧的较量，这种较量的基础在于双方所拥有的实力对比，更在于双方都具有的极为强大冷酷的那颗心脏，究竟谁的先跳动起来。

这一对父子间的战争，不是他这个做臣子的能够插手的，当年定州军之所以插手，那是因为陛下有旨意，而很明显，陛下对范闲这个私生子的态度，比起对另外的那些儿子来，完全不一样。

身为庆国军方首领的叶重，只希望这一场战争最后能够和平收场，或者……尽可能快些收场，不要像这两天的秋雨一样，总是绵绵的令人寒冷和不安。

马车停在了南城范府大门口，大街上一片安静，府门口的那两座被雨水打湿的石狮瞪大着双眼，愤怒而不安地注视着四周。紧闭的大门马上打开了，几名带刀护卫冲了出来，站到马车下。

范闲走下马车，没看辕上的言冰云一眼，只是淡淡地扫了一下四周，看到有许多暗梢正在盯着，应该都是宫里派出来的人手，不外乎是十三衙门或是大理寺养的那批人。更远处街口上那些监察院的密探还在，范闲笑了笑，在监视这方面，整个朝廷加起来，都不见得是监察院的对手。

言冰云坐在辕上叹息了一声，正准备离开，忽然听到了这些话。

"那院子我大概管不了多久了。"范闲没有回头，疲惫又带着自嘲的意味道，"本来我也没有管太久。不过我希望你不要再犯以前曾犯过的错，监察院之所以是铁板一块，靠的不是赏罚分明，而是护短。估计已经有很多人下狱，将来这些老家伙也不可能继续在八大处的位置上待着。官职撸了便撸了，但你要保证他们能够活着，如果连他们都死了，你再如何维护这座破院子，也没有任何意义，明白吗？"

言冰云沉默片刻后点了点头，也不管范闲能不能看到。

踏入了范府高高的门槛，一股熟悉的气息扑面而来，将范闲疲惫的身躯裹入其中，让他困意顿生，这大概便是所谓家的效力。然而，下一刻他便强行站直了身体，在石径上开始大步行走。

府内四周埋着暗桩，还有护卫在肃然地行走，一切井井有条，这便是范府的传统，不论外面如何风雨飘摇，内部始终没有太大的漏洞。三年前京都叛乱时，范府便做好了充分的准备，今日范府又已经做好了准备。这是父亲立下来的规矩，不论京都混乱成何等模样，可要把范府拖下水至少需要数百军士强攻。范闲满意地看着这一切，知道婉儿做的准备极为充分,所以他也要保持自己的强悍,让这些以自己为主心骨的范府人知晓,他们的少爷还没有倒下来。

行过花圃,来到后园,看见那个温婉的女子,范闲极为勉强地一笑,轻声道:"我回来了。"

林婉儿眼里水雾渐起,却又强行压制下来。她也是刚从宫里回来不久,往前行了几步,捉着范闲那只冰冷的手,甜甜地笑着道:"回来就好,先睡一觉吧,大概好几天没睡了。"

"六天没合眼,我也没想到自己能撑下来。"范闲的心里痛了一下,勉强笑着,将身体的重量靠在妻子的肩膀上,向着卧房行去,一面行一面暖声说道:"这两天想必是苦了你了。"

"不苦。"林婉儿将他扶进卧房,却发现他的手掌上有些血迹,心头一沉,却不敢说些什么。让他在床边坐好,吩咐下人仆妇赶紧打来热水,给他洗了脸,又将洗脚的黄铜盆搁在了他的脚下。

林婉儿坐在小凳子上,替他脱了鞋袜,这才发现数日来辛苦奔波,虽是骑马,却也让范闲的双脚和鞋子被血糊在了一起,尤其是踏着马镫的脚心处,更是磨出了极深的一道血痕。

林婉儿心头一酸,小心翼翼地将范闲的双脚放入了热水盆里。

范闲叹了一口气,不知道是由于舒服,还是伤心。

"院子外面全部是人,根本没办法进去。"林婉儿低着头,一边轻轻地搓揉着那双脚,一面轻声道,她说的院子自然指的是监察院那座方正阴森的建筑。

"先前出京的时候,一处有些胆大的家伙跟着我出了城。"范闲看着妻子的头顶,又道,"知道是你通的风,我已经安排他们走了,你放心吧。至于院子那边,眼下,陛下不会容我联系。"

林婉儿的手微微僵了下,一方面是担忧范闲,一方面却是想着那件事情要不要说。片刻之后,她低声道,"妹妹昨日入宫替陛下疗伤,一直……没有回来。"

"正常事。"范闲早已从言冰云的嘴里听到了这个消息，平静道，"陛下抓人七寸向来抓得紧，只有老跛子没有什么七寸被他抓，所以最后才是这样的结果。"

说到陈萍萍，范闲的眼神黯淡了下来。其实陈萍萍此生唯一的七寸便是范闲，只是这位老跛子在这样的一个死局之中，依然把范闲与自己割裂开，让陛下抓无可抓，最后走入必死的僵局。

说完这句话，范闲便睡着了，双脚在水盆里，脑袋低至胸前，沉沉地睡去。许久没有睡觉的他，终于在妻子的面前放松了心神，脸上带着一丝无法摆脱的悲伤沉沉睡去。

林婉儿轻轻停止了手上的动作，看着那张憔悴而悲伤的脸，悲从中来，几滴泪水滚下。她望着范闲，心想当初那个明媚的少年，是从什么时候开始变得如此疲惫、如此可怜？

白茫茫一片大地真干净，天下地上尽是融融的雪，不知其深几许，雪原直抵天际，不知其广几许。在天际线的那头，突兀地拔起一座极高的雪峰，直入云层之中，就如一把倒插入天的宝剑，令人叹为观止、心生惧意。

范闲低头，发现自己赤裸的双足踩在雪中，并没有感觉到冰冷，更没有痛感，只是很清晰地感觉到一粒一粒雪花所带来的触感。他觉得有些诧异，眯着眼睛往雪原正前方的那座高山望去，却被山壁上冰雪反射回来的光刺痛了双眼。

天地间很亮，宛若雪云之上有九个太阳。他不知道自己在这片雪原里走了多久，五天，还是六天？自己一直没有睡觉，但是这天也一直没有暗下来过，似乎这个鬼地方根本就没有白天和黑夜的区别。

"我上次来的时候，最开始的时候一直都是夜晚，后来天开眼了，才变成了白天。"

一个声音在范闲的耳边响了起来，他扭过头一看，看见了一张已经很久不见的面容。那张苍老的脸上带着一抹不健康的红晕，一看便知道是吃了麻黄丸之后的后遗症。范闲偏着头，怪异地看着肖恩，心想你不是死了吗，怎么又出现在这里，还能如此清楚地说出话来？他感觉有些奇怪，潜意识里又有一种力量让他不去思考这个古怪的问题，于是问道："神庙就在那座雪山里？"

"是啊，那里就是人间的圣地，凡人不可触碰的地方。"肖恩叹息了一声，然后那张面容变成了无数的光点碎片，落在了雪地上，再也找不到了。

范闲蹲下身去，用发红的双手在雪堆里刨抓着，似乎想把已经死了的肖恩再抓回来，继续追问，然而刨了半天，雪坑越来越深，却找不到丝毫踪迹，反而在渐深的雪坑旁看见了一个影子。

一个戴着笠帽的麻衣人坐在雪坑旁，双眼清湛如大海，静静地看着那座大雪山。

"你的鞋子到哪里去了？我的鞋子又到哪里去了？"范闲跳出雪坑，看了一眼自己赤裸发红的双足，又看了一眼那个戴着笠帽的麻衣人同样赤裸的双足，透过笠帽看见了那个人的光头，笑道："我知道你是苦荷，你当年也来过神庙，你和肖恩都吃过人肉。"

坐在雪地上的苦荷笑了笑，道："神庙并不神圣，只是一座废庙而已。"

"世人都说你对神庙无限敬仰，曾经跪于庙前青石阶上数月，才得天授绝艺。"

"可是事情的真相并不是这样。这世上哪有不可战胜的力量？"说完这句话，苦荷便消失了，就像他从来没有出现过。转瞬间，就在苦荷消失的地方，那个矮小的剑圣宗师忽然出现了，他瞪着一双大眼，对范闲愤怒地吼叫着："我的骨灰呢？我的骨灰呢？"

范闲悚然一惊，这才想到自己似乎答应过四顾剑，如果要去神庙的话，会把他的骨灰带着，撒在神庙的石阶上，让他去看一眼那个庙里究竟有哪些了不起的人物。他惭愧道："那座山那么高大，那么冰冷，我根本靠近不了，就算带着你的骨灰也没有用。"

"这是借口！"四顾剑愤怒地咆哮道，"这只是借口！"

四顾剑一剑刺了过来，卷起的一地雪花漫布于天地之间，曼妙绝美无可抵御。范闲面色一白，拼尽全身的气力，赤裸的双足拼命地踩踏着雪原，向着前方那座似乎永远无法征服的雪山冲去。然后他看见一个黑点正在缓慢而坚定地向着雪山上行去，顿时大喜过望，高声喊叫道："五竹叔，等等我！"

脸上蒙着黑布的五竹像是根本没有听到任何声音，依然冷漠而坚定地向着山上走去。范闲身后的那一剑已经到了，剑花只是一朵，却在转瞬间开出无数瓣，每一瓣剑花割下了范闲胸口一片血肉。

无穷无尽的痛苦让范闲惨号起来，他扑倒在地，身上的血水流到雪地上，马上被冰成深红色的血花，就像是名贵而充满杀伐之气的玛瑙。

范闲看着五竹叔向着大雪山上走去，那座雪山依然是那般的高大和冰冷，他承受着心脏处散发的难以忍受的痛苦，承受着脑海里翻腾着的绝望与畏惧……

然后他醒了过来。

这一觉他足足睡了一天一夜。又是一个黄昏，微暗的暮光从窗外透了进来，让房内熟悉的一切事物都蒙上了一层陌生的光晕。窗外隐隐传来婉儿的声音，似乎是正在吩咐下人们做些什么。

范闲不想惊动她，依旧安静地躺在暖暖的薄被里，不想起身，或许他知道一旦自己从这软软的被里出来，便必须面对那些已经发生和即将发生的事情。

只是不知道为什么会做了这样一个噩梦，那些曾经在这个天下散发着风采的绝顶人物，一个一个地出现在他的梦境中，告诉他关于那座雪山的故事，然后劝说他、鼓励他、离弃他。

他静静地躺在床上，缓缓催动着体内的两股真气，尤其是天一道的自然真气，恢复着元气，目光直视绣着繁复纹饰的幄顶，暗自想着宫里那个男人，此刻正在想些什么呢？

是的，他知道梦境里的大雪山在现实的世界里代表着什么，他也知道那个男人其实比那座大雪山更强大、更冷漠，然而雪山在前，自己总是要去爬的。

御书房内，皇帝陛下缓缓睁开眼睛，醒了过来，看着案几上的灯火，才知道已经入夜了。他的眼神有些冷漠，有些异样，因为他先前做了一个梦，梦见自己站在一座雪山上，享受着山下雪原中无数百姓的崇拜与敬仰，然而他身边却一个人没有，就像那座雪山一样孤零零的。

那些百姓都快要被冻成僵尸了，被这样的生物崇拜着，或许也没有太多的快意。皇帝缓缓闭上眼睛，想到那些在梦中冷漠地望着自己的眼睛，那些熟悉的伙伴的眼睛，许久没有言语。

"朕要烫烫脸。"皇帝忽然开口说道。

一直守候在旁的姚太监佝身应命，推开了御书房的门，离开之前轻声禀道："叶重大人一直在前殿等着。"

皇帝没有说什么，有些厌烦地挥了挥手，御书房的门被关上了。他有自己的寝宫，但是这么多年来，他勤于政事，加上精力过人，习惯了在御书房内熬夜审批奏章。此间安置好了一应卧具，所以他极少回殿休息，而是经常在御书房内过夜。

如果说庆帝的生命有一大半时间是在御书房内度过，倒也不是虚话。平日入夜后，这座安静的书房内，便只有他最亲信的太监能够入内。洪公公死后，洪竹失势之后，就只有姚太监了。然而今天安静的御书房内还有一个女子，这位姑娘面容清秀，眉宇间有一股天然驱之不去的平静。她穿着一件半裘薄衫，安安静静地坐在软榻对面的圆墩上，脚边还放着一个箱子。

皇帝看了这位女子一眼，温和地道："这两天你也没怎么休息，待会儿去后宫里歇了吧。"

范若若平静地施礼，没有说话。自从前天午时被接入宫中，替陛下疗伤之后，她的行动便受到了极大的限制，虽然没有人明言什么，但她知道，自己必须留在宫里。

这两天里，皇帝陛下一直将她留在身边，哪怕是在御书房里视事，甚至下属回报与范府相关的情报时，范若若都在旁边静听，皇帝陛下也不避着她。

皇帝淡淡地看了她一眼，轻易地便从她的平静中看出了深深的忧虑，他知道她在忧虑些什么。很奇妙的是，这两天皇帝将她留在身边，不仅仅是为了压制范闲，也不仅仅是因为范若若要替他疗伤，而是皇帝觉得，这个侄女辈的丫头清爽淡漠的性情实在是很合自己的脾气。

"不用担心什么。"皇帝咳了一声。范若若妙手回春，取出了他体内大部分的铁屑钢珠，但他受的伤着实极重。他是位大宗师，所以能活下来，换成任何人，早已死在了陈萍萍的双枪之下。

"安之……你兄长，对朕有些误会，待日后这些误会清楚了，也就没事了。"皇帝陛下不知道为什么，似乎不想看见范家小姑娘忧虑，大逆性情地解释了一句，而这也确实是他的真心话。在他看来，安之向来极重情义，陈萍萍惨死，难免会让他一时想不通，日后他若知晓了陈萍萍对李氏皇族做下的那些恶行，曾经对他施过那么多次毒手，自然会想明白。

"陛下说得是。"范若若低头应是。

皇帝的表情有些阴沉，他不喜欢范家姑娘此时说话的口气，却没有发作，只是缓缓闭上了双眼，深深地吸了一口气，道："安之已经睡了一天一夜了，看来这一路上他着实辛苦。"

范若若抬起头来，看着面前这位自己无论如何也看不透深浅的皇帝陛下，根本不知该如何接话。兄长此时在府中长睡于榻上，想必也不可能睡得安稳，而陛下这句话，究竟代表了怎样的情绪？

"和朕说说你当初在青山学艺的情况，朕从来没有踏入过北齐的国土，这一直是朕的遗憾。"皇帝很自然地转了话头，微微一笑道，"当然，再过不了多久，朕便可以去青山亲眼看一看。"

范若若应道："青山上的风景倒是极好的，天一道的师兄弟们也对我极好。"

"你毕竟是我大庆子民，虽然不知道当年范闲使了什么招数，居然逼得苦荷那死光头收了你当关门弟子，但想必那些北齐人看着你还是不舒服。"皇帝抹了抹鬓间的白发，随意道。

范若若自然地笑了笑，道："陛下神目如炬，当初那情形还确实就是这样，不过后来老师发了话，加上海棠师姐回了山，自然就好了。"

"说到海棠那个女子，安之和她究竟是如何处置的？"皇帝的眼眸里闪过一丝情绪。

范若若有些奇怪，因为她明显感觉到，陛下并不是借此事询问什么，而是好奇于这件被天下人传得沸沸扬扬的男女故事本身。

她怔怔地看着皇帝陛下略显苍白的脸，忽然想到，这些事情都和兄长有关，而兄长却绝对不会和陛下谈论其中的细节。这算是家长里短的谈话？范若若忽然明白了，皇帝陛下只是老了、孤独了、寂寞了，只是身为人父，却始终得不到人父的待遇，所以他留自己在这宫里，想和自己多说说话，想多知道一些天下人间寻常的事情，想多知道一些和兄长有关的事情。

皇帝与范若若的家常聊天就这样平静而怪异地进行了下去，很明显陛下的心情好了起来，苍白的面容上流露出一丝难得的温和。御书房的门被推开了，姚太监领着两个小太监端着铜盆走了进来，盆内是白雾蒸腾的热水。皇帝从姚太监的手里接过热毛巾，用余光示意范若若接着说话，然后将这热乎乎的毛巾覆在了自己脸上，用力地在眼窝处擦拭了几下。

毛巾下的皇帝缓缓闭上了眼，没有人能够看到他此刻的神情，也没有人知道他在先前那一刻，忽然想到了昨日那场秋雨之后，自己带着李承平回宫，这个儿子被自己牵着的手一直在发抖，他看着自己的眼神里满是畏惧……像极了多年前的承乾。皇帝心里忽然涌起了一股怒气,扯下毛巾扔在了地上,深深呼吸几次之后,才抑着性子,望着姚太监问道:"怎么这么久?"

姚太监跪了下来,颤着声音应道:"先前内廷有要事来报,所以耽搁了时间。"

"说。"

"内廷搁在范府外的眼线……"说到此处,姚公公看了一眼正怔怔地望着自己的范府小姐,又赶紧低下了头去,"共计十四人,全部被杀。"

皇帝的脸色忽地沉凝如冰,在榻上缓缓坐直了身子,望着姚太监一言不发。

范若若骤闻此讯,如遭雷击。这两天她一直守在皇帝陛下的身边,自然知道昨天午后兄长已经回府,内廷和军方明面上放松了对范府的压制,但在府外依然留下了许多负责监视的眼线。那些眼线全死了?哥哥心里究竟是怎样想的?难道他不知道陛下让他安稳地在府里睡觉,等的便是他醒来后入宫请罪?他却偏要将这些陛下派出去的人全部杀了,难道不怕激怒陛下?

皇帝脸上的冰霜之色却在这一刻缓缓融化了,他唇角微翘,带着一丝讥讽之意笑了起来:"继续派人过去,朕之天下亿万子民,难道他一个人就杀得光?"

范府正门大开,灯火高悬,将南城这半条街都照得清清楚楚,犹如白昼一般。澹泊公范闲浑身是血,从灯火照不到的阴影中走了出来,在街上那些人的惊恐注视中,缓缓走到范府正门,在长凳上坐了下来。他将那柄染着血水的大魏天子剑扔在了脚边,伸出手在仆人递来的热水盆中搓洗了两下,盆中的清水顿时变作了血水。

他很认真地洗着手,一共换了三盆清水,才将手上的鲜血洗干净。仆妇们将这血水泼在了范府正门口石狮旁的树根泥地里,也不知会不会养出什么凶恶的怨灵来。

他的衣衫满是血迹，浑不在意地脱了，换了一件清爽的外衣，衣袂在初秋的夜风里微微摆动，那是因为他的手还有些颤抖。连着六七日的损耗太大，体力根本不是睡一觉便能恢复的。先前在黑夜的遮护下，他拿着那把剑，像恶魔一样地收割了府外那些生命，又是一次大的损耗。

所有的这一幕幕戏剧化的场景，都完成于范府正门口，闻讯赶来的京都府尹孙敬修、刑部主官，还有从宫里赶来的内廷太监，都清清楚楚地看到了这一切。

英秀略白的面容，配着地上的那柄剑，以及四周的血腥味，让此时的范闲显得格外可怕。

他是监察院用了二十年时间培养出来的黑夜杀神，只不过往常人们总是被他的身份、他的权位、他的光彩遮蔽了双眼，根本想不起来，他最厉害的地方还是杀人的本事。

从那个噩梦里醒来，双眼脱离了那座大雪山的寒冷刺激，范闲第一时间发动了反击，只是这种反击未免显得过于血腥而毫无道理。

他不是一个嗜杀之人，他也清楚范府外面的那些眼线都是皇帝陛下和朝堂重臣们派来的，这些人不清楚他此时的心理状况，自然需要严加提防，然而……他不得不杀。

言冰云在皇宫的帮助下，在军方力量的压制下，名义上控制了那座阴森的院子，但谁都知道，在陈萍萍惨死之后，监察院只剩下一个主人，那就是范闲。至少在短时间内，皇帝不会允许他再次拥有监察院，叶重率兵"请"他回京，府外又埋了那么多的眼线，明显就是想将范闲软禁在府内。

一旦范闲与监察院脱离联系太久，朝廷自然会逐步分化监察院，将忠于陈萍萍和范闲的那些官员逐一清出，再往里面拼命地掺沙子，就像前两年让都察院往监察院掺沙子一样。

范闲必须赶在监察院脱离自己控制之前，主动地、有层次地、有准备地让那些属于自己的力量重新归于黑暗、平静之中，等待着自己再次需要他们的时候。而所有的这一切，都基于他必须联系上他们，联系上最忠诚的启年小组。只要他能重新构筑起联系，那么就算是皇帝陛下，也无法阻止他成功地再拢聚监察院的力量，所以范府外的眼线必须死。

能与皇帝陛下的威权对抗的，只有血腥与死亡的恐怖，除此之外，别无他法。

先前一位一处乌鸦冒死传递入范府的消息，更是让他下定了决心。

有四名监察院官员已经被绞死于大狱中，不是八大处的头目，看来言冰云仍然在拼命地保存着监察院的有生力量，但他终究是没能保住那些官员。

那四名官员正是前天夜里陈萍萍被送入监察院天牢时，试图强行出手救下老院长的人，皇帝陛下肯定不允许敢违逆自己意旨的官员存在，所以他们死了，死得干干净净。

对范闲来说，这是一个危险的信号。

皇帝陛下要开始对监察院进行清洗了，所以他也动手了。

没有利用任何不足道之的权势，也没有使用任何自己可以使用的下属，他只是亲自踏出了范府高高的门槛，拔出了身后冷冷的长剑，在黑夜里走了一遭，杀了十四人。

几位官员看着被从四处街巷里抬出来的血淋淋的尸首，心生寒意，面色惨白，不知该如何言语。他们向来深知这位小范大人不是一个按常理出牌的厉害角色，可是他们依然想不明白，为什么小范大人要冒着陛下震怒、被捉拿入狱的危险，当着这么多人的面，杀了这么多的人。

是的，官员们都很清楚，那些被堆在马车中的死尸都是宫里以及自己这些衙门里派出来的得力探子，目标就是范府，难怪小公爷会如此愤怒。然而愤怒的后续手段难道便是这样残暴地杀戮？

从内廷到监察院再到刑部等等，庆国各部衙门都习惯了派探子打听自己需要的消息和情报，尤其是前两个可怕的存在，更是不知道在各大王公府、大臣宅里安插了多少密探。据传言说，一处现如今已经做到了在每一位六品以上京官的府里安插钉子的标配。

关于钉子的事情，在京都官场中并不是秘密，官员们都已经习惯了这种安排，即便官员们发现了府中有宫里或是监察院的奸细，依然只能装作傻傻不知。若是实在装不下去了，也只得好好地供着，然后在言语上提醒对方几声，好生礼貌地将对方送出府宅，送回对方的衙门。因为官员们清楚，这些密探钉子代表的是陛下的眼睛、朝廷的威严，他们从来没有想过，有官员会像今日的小范大人这样，极为冷酷狂妄地将这些钉子全部杀了。

刑部侍郎看了一眼面色难堪的孙敬修，压低声音道："孙大人，今儿这事到底怎么回，您得去问问小公爷。"

当街杀人，已是触犯了庆律里的死罪条疏，即便范闲如今既尊且贵，入了八议的范围，可免死罪，而活罪依然难饶，更何况他今日杀的这些人都还有朝廷属员的身份。可是范闲就那样在府门前洗着带血的手，当着众官员的面换着带血的衣衫，面色冷漠平静，谁敢上前去捉他？

此时官员中唯有京都府尹孙敬修正管此事，而且众所周知，他与小公爷的关系亲近，几个月前，小公爷还为了孙敬修的前程与门下中书的贺大学士大杀一场，杀得贺大学士灰头土脸，因此所有官员的目光便落在了孙敬修的脸上。

孙敬修的心里像是吃了黄连一般苦，他知道这些同僚在畏惧什么。然而这些日子他更不好过，先是监察院出了大事，陈老院长惨被凌迟，那日他亲眼看着小范大人单骑杀人法场，更是吓得浑身冰冷，他不知道小范大人在今后的朝堂里会扮演怎样的角色，是就此沉沦，还是要被陛下严惩……如果范闲失势，他自然也没有什么好下场，所以他这一整天一直在京都府里惶恐地等着陛下的夺官旨意。没料到陛下的旨意未到，小范大人又有了如此惊世骇俗、大逆不道之举。

他佝着身子走到了范府的正门口，极郑重地对范闲深深地行了一礼，然后轻声问了几句。范闲疲惫地坐在长凳上，大魏天子剑就扔在脚下。他看到孙敬修上前并不怎么吃惊，冷着脸应了几句。

那些官员畏惧不敢上前，也不知道这二人究竟说了些什么，只好耐着性子等待。

待孙敬修从石阶上走下来之后，刑部侍郎皱着眉头道："小公爷怎么说来着？这可不是小事，当街杀人，就算闹到太常寺去，也总得给个交代。"让刑部十三衙门进范府抓人，这位侍郎大人可没有这个魄力，然而庆律严苛，身为官员眼看着这一幕，也不能当作什么都没看见。

不知道范闲和孙敬修说了些什么，只见他已经没有太多的惶然之色："小公爷说了，最近京都不太平，监察院查到有些人婆子进京来拐孩子。你也知道，范府里有两位小祖宗，大人自然有些紧张。先前膳后在府外各街巷里走了一圈，看着一些扎眼的人物，一瞧便不是正经人，所以盘问了几句。没料着那些人竟是狗胆包天，居然取出凶器向小公爷行凶，小公爷当然不会和这些奸人客气。"

此话一出，几位官员倒吸一口冷气。见过无耻毒辣的权贵，却未曾见过如此无耻毒辣的权贵。十四条人命啊，说杀就杀了，还硬栽了对方一个人婆子嫌疑的罪名。不过说范府里的小公爷单枪匹马去追问人婆子，结果被十四个家伙追杀，这话说破天去也没人信啊！

"本官自然是不信的，但本官也没有什么证据，当然，也可以请小公爷回衙去问话录个供纸什么的。只是这时候夜已经深了，本官没有这个兴趣。"孙敬修的腰板忽然直了起来，望着身边的几位同僚面无表情地道："各位大人衙上也有这等权力，若你们愿意将这案子接过去，尽可自便……不过本官要提醒诸位一句，死的基本上都是宫里的人，宫里没有发话，大家最好不要妄动。"

这简直就是一句大废话。谁都知道今天范府外面死的是些什么人，这本就是皇帝陛下与小公爷之间的事情，给这些官员几个胆子他们也不敢插手。然而范闲今天做得太过分，刚发生的事眼见就要传入宫中，如果自己这些官员不事先做出什么反应,谁知道宫里对他们是个什么看法。

　　孙敬修说完这句话,便带着京都府的衙役走了,再也懒得理这些事情。先前和范闲简单的几句谈话,让他吃了颗定心丸,虽然这丸子的味道并不怎么好,但至少小公爷说了,只要他不死,孙府也就无事。话已经说到这份儿上,孙敬修再无所怨,一切都随命吧。

　　看着京都府的人离开,范闲从凳上站起身来,冷冷地看了眼石阶下的官员们,从脚边拾起那柄被世人视若珍宝的大魏天子剑,就像拾起了一把带水的拖把,随手在石狮的头上啪啪拍了两下。这做派像极了不要脸、不要命的泼三儿。然而这事却偏偏是他做出来的,强烈的反差,让那些官员的脸色都变了。

第八章 七日

入了府中，早有丫鬟上前递了件厚厚的袍子，范闲这才觉得身体暖和了些。他一面紧着衣襟，一面向后宅走，随口问道："芦苇根的水熬好了没有？熬好了就赶紧送去。"

那丫鬟应了一声，便去小伙房盯着了。范闲走到后宅，坐到床边，对着桌旁的妻子林婉儿轻声说道："杀了十四个，明天或许就要来二十八个。"

"那些人也只是受宫里的令，何苦……"林婉儿的脸上现出了不忍，"再说了，即便是你心里不痛快，想替死在狱里的监察院下属报仇，也不至于把火撒到那些人的身上。"

"你不明白，陛下是想把我软禁在这府内，但他也清楚，除非他亲自出宫盯着我，哪怕是叶重来，也不可能阻隔我与外界的联系。陛下日理万机，怎么可能亲自盯着我，所以只有撒下一张大网，网在我们这宅子的外面。我必须把这张网撕开，不然就会变成温水锅里的青蛙，死了还不知道自己是怎么死的。"范闲的眉心泛起一股令人心悸的寒意。

"可是你也说了，今天杀了十四个人，明天可能就有二十八个人，天下的臣民都是陛下手中的工具，是杀之不尽的。"林婉儿面带忧色地看着他。

"杀得多了，自然会令人害怕。"范闲微微低头道，"皇权固然深植民心，无可抵挡，但对死亡的恐惧，想必也会让那些拉网的官员眼线们，无意识地漏出些许口子。"

林婉儿脸上的忧色并没有消退，她轻声道："可是陛下若要收服你，还有很多法子。"

"他把妹妹留在宫里，就是逼着我不敢离京，可是他若要收服我，则必须把我关进皇宫里，关在他的身边，我想陛下不会冒这个险。"说到此处，他抬起头来看着妻子面带忧色的脸，温和地道，"淑宁和良子送出城这件事情你做得极好，不然我们这做父母的在京里，还真是有些放不开手脚。"

"思思他们应该已经到了庄里，可是我想宫里也一定得到了一些消息。"林婉儿走到范闲的身旁，轻轻将头靠在他的肩上，"我不理会你要做什么，但是你得想想妹妹还在宫里，两个小的也没有走远。"

"所以我要联系上我的人。"范闲轻轻抚着妻子略显消瘦的脸颊，"思思这丫头平日里不起眼，其实是个很有主见、能吃苦的人。藤子京办事老成，想必不会让宫里抓住首尾，若我能联系上启年小组，自然有办法把他们送回澹州去。至于妹妹还在宫里……应该无碍。"他的声音忽然冷了起来，"我今日正面挑战陛下的威严，便是想看看他到底想做到哪一步。"

"你就真的不担心陛下会严惩你？"林婉儿坐直了身子，担心地看着范闲。她深深知道坐在龙椅上的那个亲人是怎样的冷血无情，一旦当他发现范闲已经不是那个他可以控制得住的私生子时，会做出怎样的应对？她总觉得范闲今天的举措过于激进、过于冒险。

"陛下的任何举措和亲情无关，和感觉无关，只和利益有关。如果我们认可这个判断的话，就可以试着分析一下，陛下或许会愤怒，但他不会把我逼到绝境。无论是我准备送到澹州的孩子们，还是宫里的若若或者是……你，"范闲看着妻子继续平静地道，"这都是我的底线。如果陛下打破了这个底线，那就逼着我们只有提前彻底翻脸。"

林婉儿有些不明白地看着他。

"我从来不会低估我的任何敌人，但我也从来不会低估我自己，无论陛下是逼得我反了，还是杀了我，都只会给他，给大庆朝带来他难以承担的后果、难以收拾的乱局。

"我若死了，东夷城那边怎么办？难道四顾剑的徒子徒孙们还会遵守那个不成文的协议？大殿下手中一万精兵虽然有朝廷掺的沙子，但三年前禁军的选择已经说明了我们这位大哥掌兵的本事，他完全可以在短时间掌握住这支强军……陈萍萍死了，我死了，大哥肯定不会再听我的话，就算他不领兵打回京都，也会留在东夷城冷眼看着京都里的那位父皇……陛下最好不要用宁姨去威胁他，从你的描述中看，御书房事变后，宁姨已有死志，以她那等强悍热血的性子，如果陛下用她的性命去威胁大哥返京，只怕她马上就会死在陛下的面前。

"云之澜更不是一个傻子，若我死了，大哥的心思他肯定能猜到，平白无故多了这么一个强援，他绝对会全力辅助，从而保持东夷城的独立地位。

"我若死了，此时还在定州的弘成会是什么样的反应？

"我若死了，我经营了四年的江南又会是怎样的动乱下场？就算夏栖飞背叛了我，可是我会事先做好安排，有足够的法子，让整个江南乱起来。

"更不要说监察院，如今监察院保持着沉默，一方面是因为院外的那些大军，而更重要的原因是所有的官员都在暗中看着我，他们想知道我要做什么，如果我也死了，监察院也就散了。

"你看看，如果陛下真的逼我反了，或是直截了当地杀了我，会带来多么大的动荡。"说着，范闲的唇角泛起了一丝古怪的笑意，"他怎么舍得？他怎么敢！"

其实范闲还有很多隐藏的筹码没有说出来，一者没有那个必要，二者关于北方的筹码，他自己也没有太多的信心。然而谈论至此，他冷漠地说出口的最后三个字，是那样的坚定和信心十足。

137

由于母亲的遗泽，在无数长辈的关怀下，也包括皇帝老子这些年来的恩宠信任，再加上那些老怪物们或明或暗的寄望扶植，他终于不负众望，成为如今这个世界上唯一能够和庆国皇帝陛下对视而不需要退让的大人物。或许平时没有人注意到这一点，然而一旦人们将目光投注于此，才会惊愕地发现，这些年庆国和天下的风雨，竟然造就了他这样一个强大甚至有些畸形的存在。

林婉儿听完他的话后沉默了很长一段时间，然后提出了不同的看法。

"我想，你还是低估了陛下。为了庆国，为了天下，他或许能容忍你的大不敬，但是这绝对不是基于他对你影响力的忌惮，这其中包括了方方面面，或许还有一些微妙的、无法言说的感觉。一旦他发现你对他真的没有任何眷顾情意，他一定会直接地抹掉你。

"消灭一个人，最好的方法，就是消灭他的肉体。你以为陛下若真舍得杀了你，他会在乎东夷城的归而复叛？他会在乎李弘成在定州的那点儿力量？他还会在乎江南的百姓会多受少饥饿痛苦？

"皇帝陛下如果真忍心杀你，又怎会在意天下的任何变故？就算整个天下都背弃了他，可是他依然有勇气有实力重新打出一个天下来，你顶多只能让他的天下多出一些极难修补的疮疤。"林婉儿轻轻抚摸范闲憔悴苍白的面容，"不为我考虑，不为孩子考虑，无论做什么事情，多想想你自己。"

范闲沉默了，他必须承认，虽然他一直是这个世界上对皇帝老子了解最深刻的人，但是在情绪、思维、惯性这些方面，自幼生长于皇帝膝前的妻子自然比自己掌握得更清楚一些。

"不说这些了，待会儿芦根汤来了，你要趁热喝。"他勉强地笑了笑。这些年婉儿的病情一直很稳定，除了费先生和范闲的药物之外，便是最得益于这些产自北海的芦根熬出来的汤。

话一出口，范闲忽然想到了北海，想到了那些将人皮肤刺得发痛的芦苇叶，想到了那个很久没有见面、很久没有想起的女子，不知道她现在在西胡好不好？

之所以此时忽然想到海棠朵朵，是因为这一番谈话后，范闲更清楚自己应该怎么做了。婉儿说得对，要消灭一个人，最直接的方法便是消灭他的肉体。怎样才能融化掉万年不消的大雪山？怎样才能击败一位大宗师？海棠、十三郎，还是自己？或者说这个世界上已没有人能够做到？

他开始想念五竹叔，不是因为想念他身边的那根铁钎，而只是在最悲伤的时候，像所有人一样想念自己最亲的人。

第二日，范府正门大开，内廷派来的眼线重新布满了南城这条大街的四周，看来宫里那位皇帝陛下很清楚自己的私生子此时在想些什么，在试探着什么，他沉稳地坐在御书房内，以不变应万变，消磨着范闲的时光，并将锅里待用的水渐渐地提升着温度。

塞到这锅下面的一根大柴，便是今天晨时内廷戴公公传来的陛下旨意。

"奉天承运，皇帝诏曰……除范闲监察院院长一职，令归府静思其过，慎之，慎之！"

范府上下的仆役丫鬟们听清楚了这道旨意，只觉一道雷霆无情而残忍地劈了下来，劈得整座范府似乎都在颤颤摇晃，不由面色发白，心头震惊，很是替少爷感到不安与恐惧。

不只他们，包括整个京都的官员百姓，都很清楚小范大人手中权力的根基是什么，陛下这道夺官的旨意就是在砍断小范大人的根。然而跪在地上的范闲听到这道旨意，却是无比平静，没有露出什么惊愕悲伤的情绪，因为这一切本来就在他的意料之中。

细细算来，打从东夷城回京的路上遇到王启年开始，这短短的十日内，范闲不知道做了多少大逆不道的事情。黑骑纵横州郡，本就是犯了大忌讳，连冲十余关口，更是落了一个极大的罪名，再加上范闲闯入京都时杀了正阳门的统领，万民瞩目下刺死法场上的几个强者……

都是罪过,都是庆律中不能饶恕的罪过,即便他是范闲,也必须为此付出代价。陛下没有让他下狱,已经算是足够宽仁,今天这道旨意除了范闲院长一职,也算是给天下一个初步交代,给陛下自己一个宣泄怒气的时机。至于今后还会有怎样的旨意,则要看范闲的应对以及官场民间的风声了。

范闲站起身来,从戴公公的手里接过那道圣旨,很随意地交给门下清客安置,根本没有认真看看,因为圣旨上所拟的罪名很实在,他也不准备在这些方面和宫里打什么官司。

"喝杯茶再走吧。"范闲温和地看着戴公公道。

戴公公脸上流露出的尴尬与不安难以抑制,这些年他在宫里的沉浮全是因为面前的这位年轻权贵,今天却是自己来范府宣读旨意,心里确实有些不好受。他颤着声音堆着笑道:"奴才还得回宫。陛下只是一时在气头上,过些日子就好了。"

范闲知道这厮为什么会流露出这样的神情,笑了笑,拍了拍他的肩膀道:"你也别想太多,陛下既然让你重新拾了宣旨的差使,想必也是信你的。"

戴公公恭谨地行了一礼便准备离开,却听到范闲那低沉的声音在耳边响了起来:"若若可好?"

宦官与大臣私相传递信息,此乃大忌讳,戴公公却没有丝毫犹豫,压低声音道:"范小姐时常在御书房内听议,陛下待她极好,大人不用担心。"

范闲微微挑眉,猜不到陛下的心思,也不理解为什么妹妹可以在宫里显得如此超然,完全不像是一个人质。待戴公公走后,他对妻子轻声道:"今儿算是第一拨,我身上兼着的差使极多,陛下要一层一层地剥,也需要些时间。"

林婉儿担心道:"你入宫请罪后,陛下还是会把职位还给你,可是……终究皇权无边,你没了院长的职位,想在这些日子里收拢院里的力量,恐怕有些障碍。"

"陛下也清楚这点，所以他第一刀就砍了我的监察院院长。不过这些年监察院一直在老跛子的控制下，就算有很多人会畏于皇权，但终究还是有更多人不认旨意，只认院内的传承。"范闲面无表情地道，"被软禁和被杀一样，都是一种很难解决的问题。陛下想让整个天下，甚至包括我自己在内，都慢慢地习惯我失去权柄的日子，那样折腾我就轻松多了，所以我得抓紧时间。"

林婉儿的眉头皱了起来，她一直不明白，就算范闲能撕开府外的那张大网，与启年小组的成员联系上，可是仅仅一次见面，又能解决什么问题？范闲看出了她心里的疑虑，道："我的下属都是很了不起的人，而且他们可以帮助被软禁的我去联系上一批更了不起的人。"

强行撕破府外的监视网络，以范闲如今的修为其实并不困难，正如他昨夜所言，除非陛下亲自出马，不然这庆国的天下还真难找出几个能跟住他的人。但他必须为自己的下属，以及那些合作者们的生命安全考虑，所以不能给宫里任何跟踪自己，进而按图索骥，清扫自己根基的机会。

所以他的动作很小心，表现给世人看的却是一种蛮不讲理、格外血腥的杀伐决断，因为当陛下夺除范闲监察院院长一职的旨意传遍京都不久，紧接着便传来了小范大人再次下狠手的消息。

这一天范府外死了二十余人。

第二日宫里下旨，夺除范闲内库转运司正使一职。

当天夜里，范闲再次出手，将范府周边以井字形存在的街巷里的人物扫荡了一遍。

第三日宫里下旨，范闲被严旨训斥，一等公的爵位被直接褫夺，一撸到底。

七日之后，南庆最光彩夺目的年轻权臣身上所有的官职被无情的旨意夺除一空。忆江南，龙抬头时，那个从船上踏下来的年轻钦差大臣身上一长串的前缀，到如今一个也没有剩下来。

范闲恢复了白身，甚至连上京赶考的秀才都不如，没有任何官职，没有任何名义上的权限，没有俸禄，当年春闱时曾经兼的礼部差事也被宫里记了起来，唯一剩下的，就只有太学里的教习一职，当然也是降了三等。不知道为什么，皇帝陛下没有将这个职位直接除掉。

没有人想到陛下对小公爷的处罚竟是如此严苛，也没有人想到范闲竟然如此强硬，连着抗了七天，还没有入宫去请罪。所有人都看着范府，看着这场陛下与私生子之间的冷战会朝什么方向发展，究竟是陛下震怒之下干脆缉拿范闲入狱，还是范闲抗不住这道道旨意，最终服软。

然而即便今天的范闲只是一介白身，京都百姓在茶余饭后津津有味的闲谈中依然习惯称其为小范大人，那些躲在各自府内紧张旁观事件发展的官员们则依旧习惯地称其为小公爷。因为他们都知道，只要他不死、不入狱，他依然随时有可能成为一人之下、万人之上的那位大人物。

没有人敢轻视范闲的存在，甚至出乎很多官员的意料，范闲明明触犯了条条庆律，无视朝廷，而且杀了那么多的人，可是在民间的议论中，依然没有生出太多对范闲不利的舆论。

在陛下与范闲的这场战争中，庆国第一次出现了舆论并不全然在宫廷的控制中的奇怪现象。或许是因为虽然在范府外杀人，但范闲做得并不夸张，除了第一日和第二日之外，他的杀气已经收敛了极多，而且他杀的人都是宫里派出来的眼线，和民众又有什么干系？或许是因为很多京都百姓，曾经看见过那一场秋雨中，范闲抱着陈萍萍尸首悲痛欲绝的样子，从心里生出几分同情来。

人类的情绪本来就是这样古怪，前一刻或许还在叫好喝彩，下一刻或许就开始沉默缅怀，千古以降无数法场故事的后续里都曾出现过这样的场面。

七日后一切未定，天下不太平，范府外依旧秋风阵阵，间有细雨，然而在范闲如杀神一般的清扫下，那些内廷派出的眼线迫不得已将大网向外扩展。

皇权威严无疑是至高无上的，而对死亡的恐惧也是无法取代的，在这种夹攻中，内廷的监视毫无疑问会露出破绽。范闲站在府门口，看着四周的动静，想起了婉儿那天的话语，眼里闪过一种异样的情绪。

皇帝如果要应对这种撕破脸般的反抗，其实还有许多法子，为什么他不用？这些内廷眼线的外移，究竟是迫于自己的冷血，还是皇帝陛下暗中下了什么旨意？那些眼线是杀之不尽的……范闲有些想不明白，也不想去搞明白，或许宫里那个男人对自己依然有些温情、有所寄望，可是他不想让这种温情和寄望再次动摇自己那颗在秋雨中早已经冷却了的心。

他转身入了范府，过了没多久，一辆送菜的马车拐进范府旁边的侧巷进了角门。这辆马车是直接由灯市口检蔬司派过来的，从源头起便在朝廷的监视之中，但还是在角门外接受了最严苛的检查，连每一棵白菜的内层、每一根萝卜的根须都没有放过。

进了角门不远，便是范府的大厨房，自有仆妇前来搬运车上的菜蔬瓜果。车夫在众人没有注意的当口儿，悄无声息地擦着厨房走到了后园，在一位范府老仆人的接应下，直接进了一间安静的书房。

车夫一进书房，看见除了范闲之外还有一位女子，马上猜到应该是院长夫人，微微一怔后，取下草帽，跪下行礼道："见过院长大人。"

林婉儿吃惊地掩嘴一呼，说道："真像。"

范闲解释道："这是我启年小组里的干将，当年在北齐帮了我大忙。"

那个车夫有些尴尬，却不敢应什么，道："这些天府外看守得严，所以大家没敢异动。"

"不异动最好，什么都不及自己的性命要紧。"范闲认真地道。这是他一直向身边的人，哪怕是最忠诚的下属不停灌输的信条——什么都不如自己的生命重要。王启年是这样做的，高达也是这样做的。他忽然想到一个问题,有些担心地问道:"送菜的马车是检蔬司的,你们怎么进来的?"

"戴震回检蔬司了。"那个车夫笑着应道。

范闲也笑了起来,戴公公重新做了宣旨的首领太监,随即,他那个本家侄子也回到了检蔬司的职位上。以监察院当年拾掇戴家爷俩的手段,留些尾巴,此时加以利用,自然轻松。

京都某个僻静处,宅巷简陋,并无深园广厦。一间小院就在巷尾,外面街巷里卖菜的声音在此处清晰可闻,已经好几年了,没有人知道这座小院究竟是谁家的。

就着微雨抹去脸上的面粉胭脂伪装,范闲闪身进了小院,看到很多张熟悉的面孔。看着这些面孔上流露出来的惊喜与黯然,他有些感动,面上却没有流露出来什么。

这里便是启年小组最秘密的驻地。当京都风声有异,尤其是监察院内部出现一些微妙征兆时,启年小组成员便悄悄离开了各自的岗位,通过不同的途径回到了这座小院子里,等待着范闲的召唤。

没有别后的寒暄情形,没有请安,没有悲哀与愤怒,启年小组成员们平静地向范闲见礼,然后用最短的时间将他们掌握的监察院内部情况汇报了一番。驻守在监察院外的军方已经撤走了大批,监察院内部的清洗换血,也在宫里旨意的强压和言冰云的配合下,极为快速和有效地展开。

这些情报都极敏感而重要,只不过启年小组成员本来都是监察院内的能吏,这七日刻意替被软禁在府中的范闲打听,倒着实打探到不少消息。

范闲默默地听着。陈萍萍死后,自己的院长之职被撤,皇帝对监察院进行换血和充水都是预判中的事情,有言冰云帮手,再加上君威在此,监察院群龙无首,谁也不可能强行扭转这个趋势。

"虽然这个院子言冰云不知道,但是这些年他毕竟时常跟在大人身边,我们有些担心。"一名启年小组成员道,"在京都内的集合地点需要重新选择一个。"

这名官员直呼言冰云之名,很明显没有任何敬意。这些日子以来,言冰云在监察院内所做的事情,让所有的监察院官员都对他产生了仇恨。范闲摇了摇头,没有对此表达意见,也没有说选择另外的接头地点,一方面他对言冰云还有些想法,二来今天之后,启年小组的人便必须散离京都,王启年花了一百二十两银子买的这座小院子也便荒废了,何必再去费神。

见范闲没有应声,那名官员继续汇报道:"城门一开,往西凉和闽北的人已经去了,想来邓大人和苏大人一定会第一时间得到消息,请大人放心。"

邓子越和苏文茂是王启年之后范闲最信任的两个下属,被他分派了最重要的职司,一在北齐后转西凉,一在江南盯着内库,如果这两个人被皇帝陛下除了,范闲只怕会后悔终生。虽然不知道陛下会不会有闲心事先就布置下杀着,但既然消息已经递了出去,他总算放心了些。

启年小组的名字取自王启年,从庆历四年开始,直到庆历七年秋王启年失踪,整整三年的时间,所有的成员挑选,都是王启年一手决定,行事自然有些王启年的风格,极合范闲的眼缘。

比如这些日子,他们知道事有不谐,第一时间内遁入黑暗之中,在保住自己性命的前提下,没有冲动地去做任何事情,小心翼翼地探听着各方的反应和情报,然后找到合适的方式,交由范闲定夺。

拥有这样一批忠诚而不自骄、能干而不盲目的下属,不得不说是范闲的一种幸运。他的目光拂过院中诸人的面庞,心头一动,忽然想到,监察院内部怎么可能有如此多的精英蒙尘多年,却要等着自己从澹州来京都后才发掘出来?王启年真有这样的独特眼光?还是说……这些忠诚的下属,本来就是那位监察院的老祖宗一直压制着,留给自己如今使用?

思及陈萍萍待自己的亲厚，他许久无语，一声叹息，却没有时间去问这些下属什么，挥了挥手，走进了房间。

房间里一张大大的书桌，上面摆放着监察院专用的纸张封套，还有一整套火漆密语的工具，砚台摆放在书桌的右边。初秋的天气并不如何冰凉，化墨很简单，但范闲没有去研墨，而是直接从书桌下方取出了内库制出来的铅笔，用两根手指头拈弄着，铅笔的尖头一直没有落到雪白的纸张上。

想了许多方法，才避开内廷眼线，来到小院。他已经将自己应该发布怎样的命令想得清清楚楚，然而最终还是把铅笔放了下来——任何事情一旦落到纸上，那便有泄漏的可能，会成为把柄。

庆历六年的冬天，他时常来这座小院子，那时候司理理的弟弟还被他关着当人质，那时候海棠还在北边的那座小院子里催动思辙拉磨，那时候范闲经常给海棠写信……细细想来，那时候虽然在京都里与长公主、二皇子斗得不亦乐乎，心境还是平稳安乐的。然而如今海棠朵朵在草原上成为庆国的敌人，思辙被迫在上京城里销声匿迹，他的心境也早已经变了。

启年小组的成员都站在屋外，沉默地等待着范闲发出指令。

"稍后马上离开京都，在得到我的书面命令之前，再也不许回来。"范闲没有花什么时间去梳理自己的情绪，盯着众人加重语气道，"这是第一个指令，你们必须活下来。"

启年小组人数不多，在这些年的风波动荡里死了不少，如今一部分人随着邓子越在西凉，一部分人随着苏文茂在江南闽北，还有一部分人被范闲留在了东夷城，此时留在京都的，算是范闲唯一能够直接使动的下属。也正因为如此，范闲不愿意再折损一个人。

"是。"众人在屋外沉声应道。

范闲喊进一位官员，从怀里摸出一柄玉钩，递了过去："你去青州，不要惊动四处，直接随夏明记的商队进草原，找到胡歌，告诉他在秋末发动佯攻，将青州和定州的军队陷在西凉路。"

那位官员接过玉钩，直接道："左贤王死了快一年，胡歌虽然有大人暗中的支持，集合了很大的力量，可是要说动胡人冒着秋末冬初的危险气候来进攻我大庆城池，只怕他还没有这个能量。"

所有人都知道范闲出来一趟不容易，所以并不隐瞒意见，尽可能快速完整地表达自己的意思。

"佯攻而已，再说他要报仇，能耗损一下王庭和右贤王的实力，他肯定愿意。"范闲说道，"至于能量不够的问题，你告诉他，我会安排王庭里的人站在他这一边。"

"可是京都的消息想必也会传到草原上，一旦胡歌知道大人失势……他会不会撕毁当初定州城内的协议？"那位接过玉钩的官员依然表达着自己的意见。

范闲没有一丝不耐烦的情绪。"胡歌是个聪明人，他必须把赌注压到我的身上。"他看了一眼那位官员手中拿着的玉钩，"如果他想玉钩的主人活着。"

玉钩是草原胡族某部末代王女玛索索自幼的饰物，当日在定州城内范闲与胡歌见面时，便曾经给过一只，这次的信物便是第二只。玛索索如今被安置在大皇子的别府中，但她的身份依然是属于抱月楼，范闲再如何失势，要对付这个弱女子，没有太大的难度。

那位官员思忖片刻，觉得院长的指令没有什么遗漏处，便将玉钩放入怀中，出了书房，自行离开了小院。至于怎样逃出京都，越过青州进入草原，联络上胡歌，那是他的问题，范闲相信他的能力。

接着范闲不停地从屋外喊进下属，发布一道道命令。

"你去定州，入大将军府，找到世子弘成。"他的怀里像是一个百宝箱，又从中摸出了一页纸，纸上的字迹隐约是首诗词，"这是信物，如今京都动荡，我被赶出监察院，他那边肯定收到消息早，只怕不会相信监察院的腰牌和启年小组的腰牌，你拿这页纸给他看，他就知道你是我的人。"

这页纸是从一本书上撕下来的，书是前朝诗集，这还是很多年前范闲在苍山度冬的时节，二皇子通过弘成的手送给范闲的礼物，很多人也许早就忘了，但范闲知道弘成不会忘。

"把先前我说的那些话，关于胡歌、胡人会在冬初进犯的消息全盘告诉弘成，让他做好准备，尽可能打得吃力点儿……"说这话时，范闲的眉头微皱，"嗯，他应该能明白我的意思，只想替他觅个法子不被召回京都，他应该知道怎样做。提醒他双方要配合好一些，我送他这块看似难啃的骨头，实则好吃的肥肉，切不要让胡人占了便宜。"

"是，大人。"那位官员领命而去。

"你去东夷城，先找到沐风儿，把我的意思告诉他，小梁国的叛乱可以利用一些，将那把火的大小保持得差不多，不要烧得太厉害，也不要熄得太快。做完之后，你再去见王十三郎，告诉他我在京都等他。另外让他代我用剑庐令箭，挑两位信得过的派往江南，派到苏文茂的身边。最后，你亲手把这封信送到大殿下的手上，告诉他，京都一切都好，不要急着回来。"

当年陈萍萍保住了还在宁才人腹中的大皇子，大皇子自幼称陈萍萍为伯父。不论宁才人与陈萍萍的亲厚关系，只说这些年来大皇子与陈园之间的情谊，说不准就会带着几百亲兵杀回京都来。

范闲千里突袭回京前唯一的命令便是让沐风儿一行人折回东夷城，告诉大皇子不要回京，可是仅凭沐风儿怎么能够拦住怒火中的大皇子。不得已，他还是亲手写了一封信，言辞恳切地请求这位性若烈火、深得其母遗传的大哥，控制住闯回京都质问陛下的冲动，以及替陈萍萍复仇之举，留在东夷城。

在定州领兵的李弘成与在东夷城的大皇子，是范闲眼下能指望的两处武力。然而这些军队却是属于庆国、属于陛下的，如果他们被召回了京都，那范闲便没有指望了。

因为范闲绝对相信，只要李弘成和大皇子回京，坐在龙椅上的那位男人，在几年时间内，绝对不会再给他们任何领兵的机会——因为他们与范闲的关系，与陈萍萍的关系。

派往江南叮嘱苏文茂的命令也择了人去，苏文茂除了是启年小组成员之外，还有朝廷内库转运司官员的身份。而内库对范闲、对庆国、对皇帝来说是重中之重，谁都不可能放手，所以苏文茂既无法就地隐藏，又无法离开江南闽北，处境最为危险。范闲只盼望这几年的时间，苏文茂在三大坊里培养了足够多的嫡系，也希望任伯安的那位亲族兄弟能够念旧情。而他这方面，除了让东夷城剑庐派高手入江南替苏文茂保命，也没有什么太好的法子。

去往江南的启年小组成员还有一个附带的使命，替范闲带个口信给夏栖飞，让他在这两个月里择个日子来京都一趟。让明家当代主人进京，不是范闲有什么重要的任务要交给他，而是一次试探，毕竟当年夏栖飞臣服于他，是臣服于他所代表的庆国朝廷和监察院。如今范闲已经失势，监察院也已经被封成了一团烂泥，谁知道夏栖飞的心里会不会泛起别的什么念头？明家对江南很重要，对范闲和皇帝老子之间的冷战也很重要，如果夏栖飞直接跪到了龙椅前，范闲怎么办？所以他必须看一下夏栖飞以及江南水寨对自己究竟还有几分忠诚。如果夏栖飞真的忘了当年大家在江南的辛苦日子……范闲的头微微低了下来，那只好让招商钱庄出头，让明家再换个主人了。

一道道命令发布了下去，启年小组成员没有丝毫彷徨，领命而去，不多时便人去院空，只剩下书桌后的范闲与一位官员。秋风吹拂，院子里井旁的水桶滚动了起来，发出了咕噜噜的响声。

大概谁也想不到，就在这样一座不起眼的院子里，一个已经被褫夺了所有官职、被削除掉所有权柄的年轻人，发出了一道道的指令，欲与庆国强大的国家机器进行最后的抗争。

"为什么改名字叫洪亦青？"范闲看着最后留下来的这位启年小组官

员，用手指头轻轻摩挲着刚从怀里取出来的那把小刀，轻声问道。

这个下属正是当初在青州城查出北齐小皇帝意图用北海刀坊挑拨范闲与庆帝之间关系的那人，在青州城立了大功，此外他还是王启年第一批安插在监察院四处的人手。范闲见此人思老王，便将他调到了身边，上次从东夷城回京述职时，将他留在了京都居中负责联络。

"听闻以往有位大人叫洪常青，为人悍勇好义，深得大人赏识，最后在澹州港平叛一战中身死，大人时常记挂。属下不才，既得大人隆恩，亦思以一死报大人恩德。"

"不要死。"范闲叹了口气，也想起了死在燕小乙箭下的青娃。青娃在水师屠岛、水鸟食人地狱般的境遇下活了下来，跟着自己却没能多活两年。他将手中的小刀递给了洪亦青，盯着他的双眼道："最后留你下来，是有重要的事情，你要听得清清楚楚，一个字都不要漏过。"

"是，大人。"洪亦青有一丝紧张。

"我已经派了两个人去西凉路，但是邓子越在明处，朝廷肯定要收了他，就算他能逃走，可是我安排在那里的人手需要有人接着。你在青州城待了很久，对西凉路熟悉，这件事情就交给你了。"

洪亦青嗓子有些发干，怎么也没想到院长大人居然把西凉路总管这么重要的差使交给自己去做。

"最关键的是，你也要进草原，去王帐找到一个叫松芝仙令的女人，让她配合胡歌说服单于。"

洪亦青不知道先前范闲已经对草原上的某些事项做了安排，有些不解，但仍然沉稳地应下。

"选择你，是因为松芝仙令见过你。将这把小刀交给她，然后让她离开草原，来京都见我。你告诉她，不要管什么苦荷什么豆豆，先管管我！"

"若她不走？"洪亦青小心地问道。

范闲沉默片刻后道："就说我要死了，她爱来不来。"

这话说得很无奈、很无赖。洪亦青怔怔地看着范闲，怎么也想不通，看似无所不能的院长大人会说出这种带情绪的话语，更想不明白，那个松芝仙令究竟是什么人，会让大人如此看重。

便在接刀的刹那，范闲的手指头忽然僵了僵，随即从书桌后站了起来。片刻后洪亦青才发现了异样，面色一白，从靴子里抽出了喂毒的匕首，悄悄地走到了房子的门后。

因为门外有异动，因为这间绝对没有外人知道的僻静的小院，忽然有人来了。

细微的脚步声在门外的院落里响起，步伐极为轻俏，尤其是小巷尽头的菜场依旧热闹着，一直要热闹到暮时，所以这微弱的脚步声已被讨价还价的声音所掩盖。

然而这轻俏的脚步声在范闲的耳中却是异常清楚，他微眯着眼凝听着外面的动静，中指、无名指轻轻地屈动了两下，才意识到自己的黑色匕首早已遗落在皇宫前的秋雨中，此时不知道在哪里。

洪亦青紧握着匕首蹲守在门后，屏住呼吸，看着越来越近的那个人影。那个人走到门口，轻轻敲了两下，听到那种有节奏的敲门声，洪亦青放松了下来。

范闲却没有放松，因为他并没有十足把握启年小组没有被朝廷渗入，或是接触到了外围。从达州的变故、高达的存在倒推，皇帝陛下对情报的重视远远超出了范闲、陈萍萍的判断，而且内廷在监察院内部也一定有人，不然言冰云也极难在这七天内就控制住了那座院子。

"是我。"门外那个人影似乎知道屋内有人，沙哑着声音说道。

洪亦青没有听出来人是谁，范闲的脸色却马上变了，有些喜悦，有些伤感，有些意外。

门被推开了，一个有着一张陌生面孔、穿着京都郊外常见菜农服饰的中年人走了进来。

"王头儿？"洪亦青不可置信地看着来人。在监察院绝大多数官员的心中，三年前王启年就因为大东山叛乱而死，今天怎么又活生生地出现在自己的面前？

乔装打扮后的王启年拍了拍洪亦青的肩膀，然后凝神静气地向站在桌后的范闲深深行了一礼。

"改日再聊吧，总有再见的时候，办正事去。"范闲将手中的小刀扔给了洪亦青。

此时洪亦青的脸上依然是一副神魂未定的模样，他知道事情急迫，不敢多耽搁，对着二人分别行礼之后，便向着西方的那片草原去了，去寻那个叫作松芝仙令的人物。

范闲从桌后走了出来，走到王启年的身前，静静地看了他片刻，看出老家伙易容后掩饰不住的疲惫，猛然伸出手臂与他抱了抱，用力地拍了拍他的后背，然后站直了身体。

在东夷城返京的道路上，王启年拼命地拦截住监察院的马队，报告了那个惊天的消息，那时候，两个人根本没有时间说些什么，范闲便起身直突京都，去救陈萍萍。

范闲归京八日，王启年再次赶回京都，而且在那之前，已经有一次从达州直插东北的艰难飞奔。两次长途跋涉，着实让年纪已经不小的他疲惫到了极点，几近支撑不住。

范闲将王启年扶到椅子上坐下，问道："这几年你在哪儿呢？"这句话出口很淡，其意很浓，范闲知道他没有死，也知道在陈萍萍的安排下，逃离大东山的王启年及一家人都隐姓埋名隐藏起来。在这三年里，范闲时常想起他，想起这个自己最亲密的下属，知道自己最多秘密的可爱的老王头。

"其实没有出过京，一直在院长的身边，一直看着大人您，知道您过得好，就行了。"

范闲沉默很久之后道："我……回来晚了。"

王启年也沉默了很久，用低沉的声音道："是我信报得太晚了。"

其实他们两个人已经尽了各自最大的努力，却无法改变已定的局面。

"家里可好？"
"好，朝廷应该查不到。"
"那就好，回我身边吧。"
"好。"

第九章 庆庙有雨

范闲、王启年虽简短的交谈，让二人冰凉的心得到了温暖，范闲轻声问道："让你跟着大队去东夷城，怎么又回来了？"

"黑骑四千五百名全员已入东夷城范围，其中一路此时去了十家村。院长交代过，荆戈、七处那个老头儿，还有宗追都在那一路里，我办完这事就赶了回来。"

范闲面现复杂情绪道："想不到十家村那边的事也没能瞒过他。"

"院长要知道些什么事情，总是能知道的。"王启年叹道。

"不说这些了。"范闲叹息了一声，"有你在身边，很多事情做起来就方便多了，至少像今天这样，我何至于要耗七天时间，才能钻出那张网来。"

略叙几句，王启年了解到最近京都发生的变故，道："若监察院在手里，做起事情才方便。"

眼下范闲真正能够使动的人，除了启年小组，便是遍布天下的亲信下属，然而监察院本部已经脱离控制。尤其是言冰云父子二人世代控制四处，长此以往，范闲在院内的影响力只怕会越来越弱。

"这天下毕竟还是陛下的，就算一开始的时候，院内官员会心痛院长的遭遇，可是时日久了，他们也必须接受这个现实，忠君嘛……"范闲唇角微翘，他只在极少数人面前，才会表现出对于皇权的蔑视和不屑，"又有几个人敢正面对抗那把椅子？"

"言大人不是那种人。"王启年沙哑着声音说道，他所说的言大人自然指的不是言冰云而是言若海，"我不明白言冰云是怎么想的。"

"院长对他有交代。院长不愿意天下因为他而流血，并且想尽一切办法保证我手中力量的存续，尽量把我与他割裂。如果我那样做，用不了几年，便会再爬起来，那时候……陛下或许也老了。"

是的，这便是陈萍萍的愿望。而近日所有的表现，也符合言冰云认可的天下为重的态度，所以说他在沉稳而执着地按照陈萍萍的布置而行事。

接下来，只需要看范闲的态度。

"言冰云不会眼看着监察院变成我复仇的机器，公器不能私用，这大概是一种很先进的理念。然而他忘记了，这天下是陛下一家的，所有的官员、武力都是陛下的私器。"范闲继续以嘲讽的口气道，"可惜我们的小言公子却看不明白这个，忠臣逆子，不是这么好当的，希望他以后不要后悔。"

王启年听出范闲对言冰云没有太深的怨恨之意，赶紧问道："接下来怎么做？"

"你先休息。一万年太久，但也不能只争朝夕。"范闲和声道，"你这些日子也累了，在京里择个地方待待，估摸着也没几个人能找到你，日后……我有事情交给你去办。"

以王启年的追踪匿迹能力，就算朝廷的网再密，也拦不住他与范闲碰头，有了他，范闲的身体虽然被留在京都，但说话的声音终于可以传出去，再不用像这七日过得如此艰难。

王启年已经知道今天范闲通过启年小组向各处发出的信息，没有做出任何的建议，但他并不清楚，范闲究竟是想就此揭牌，还是先被动防御，然后再等待着一个合适的机会爆发出来。

"我希望子越能活着从西凉出来，让他回北齐去做这件事情，一直不放心。他们就算愿意跟随我，但毕竟因为我是庆人，甚至……可能在他们眼中，我本身就是皇室的一分子，所以哪怕面对陛下，他们也可以理直气壮，可若是北齐……"他抬起头来看着王启年有些不安道，"若我要带着你叛国，你会跟着我走吗？"

王启年苦笑道："前些年这种事情做得少吗？就算大人要带我去土里，我也只能跟着去。"

范闲微笑道："所以说，这件事情只有你去做，我才放心。"

范闲、王启年二人一前一后离开了这座小院，注定地，这座花了一百二十两银子的小院大概在很长一段时间内都不会有人再来，接下来只有孤独的雨滴和寂寞的蛛网陪伴着那些平滑的纸张、冰凉的墨块。

范闲戴着笠帽，顺着菜场里泥泞的道路，远远地缀着王启年那个没入人流的身影，直到最后跟丢了才放心。连自己跟王启年都跟丢了，那这座京都里又有谁能跟上他？

办完了这一切，他的心情轻松了一些，就如大前天终于停止了秋雨的天空一般，虽未放晴，还有淡淡的乌云，可是终究可以随风飘一飘，漏出清光入人间，不至于一味地沉重与阴寒。

天下事终究要在天下毕，在皇帝陛下动手之前，他要尽可能地保存着自己手头的实力，这样将来一旦摊牌，他才能拥有足够的实力与武器……但不知道为什么，他总觉得自己似乎在哪个地方犯了错误，那种隐约间的警惕，就像是一片浮云一样总在他的脑海里翻来覆去，却总也看不清楚形状。

将菜场甩离在身后，将那些热闹、平凡的市井声音抛在脑后，范闲沿着大街向南城行去。启年小组的人手撤出了京都，他不需要再担心什么，即便被软禁在府内也不会如何难以承受。

然而路上要经过皇宫。

范闲强行让自己不去想几天前的那些场面，却忍不住想妹妹此时在宫里过得怎么样。虽然戴公公说了，陛下待若若如子女一般，但是若若现在的身份是人质，在宫里的日子想必有些难熬。

这是皇帝陛下很轻描淡写的一笔，却直接将范闲奋力涂抹的画卷划破了。

范闲不可能离开京都，全因为这一点。

即使不满但也有因为习惯而变得麻木的时候。他默默地往府里走着，就像一个被迫投向牢狱的囚徒，一面走一面思考，将宫里那位与自己做了全方位的对比，最后把思绪放到了那些麻衣苦修士的身上。

从陈萍萍归京开始，那些麻衣笠帽的苦修士便突然出现在了皇宫里、监察院里、法场上。这些苦修士实力虽然厉害，但并不足以令范闲太忌惮，他只是心里有些想不明白。

庆国官方对神道敬而远之，并不像北齐那样。尤其是皇帝陛下执政期间，庆庙在民众中的地位急转直下，彻底沦为了附属品和花边，那些散布于天下的庆庙苦修士，更被人们日渐遗忘。为什么这些被遗忘的人却在这个时刻出现在京都，出现在皇帝陛下的身边？庆庙大祭祀当年死得蹊跷，二祭祀三石大师死得窝囊，大东山上庆庙的祭祀们更有一大半死在了陛下的怒火中。这些庆庙的苦修士为什么会彻底倒向陛下？难道真如陈萍萍所言，当年的皇帝真与神庙的意志有过接触？这些苦修士则是因为如此，才会不记多年之仇，站在了陛下的身边？

雨没有变大，天地间自有机缘，当范闲从细细雨丝里摆脱思考，下意识抬头一望时，便看见了身前不远处那座浑体黝黑、隐有青檐、上承天雨、不惹微尘、外方长墙、内有圆塔、静立着的庆庙。

范闲怔怔地看着这座建筑，心里不知是何滋味，在这座庙里，他曾经与皇帝擦肩而过，曾经在那方帷下看见了爱啃鸡腿儿的姑娘，也曾经仔细地研究过那些檐下绘着的古怪壁画，然而他真正想搞清楚的事情，却一件也没有搞清楚。

下意识里他抬步拾级而上，走入庙中。

在细细秋雨的陪伴下,他在庙里缓步行走,这些天的疲乏与怨恨奇妙地少了许多,不知道是这座庆庙本身便有的神妙气氛,还是这里安静的空间,让人懒得思考。

忽然,他在后庙那座矮小的建筑门口,看到了一个穿着麻衣、戴着笠帽的苦修士。

范闲欲退,那个苦修士却在此时开口了,说出的话满是赞叹之语。他双手合十,对着天空里的雨滴道:"天意自有遭逢,范公子,我们一直想去找您,没有想到,您却来了。"

被人看破了真面目,范闲毫不动容,平静地问道:"你们?为何找我?"

那个苦修士右手提着一个铃铛,轻轻敲了一下,清脆的铃声迅即穿透了细细的雨丝,传遍了整座庆庙。正如范闲第一次来庆庙时那样,庙宇里没有什么香火,庙内依旧清静,这声清脆的铃响没有引起周围的异动,只是引来了十几个苦修士。

穿着同等式样麻衣、戴着古旧笠帽的苦修士们,隐隐将范闲围在了那座圆塔的下面。

范闲缓缓提运体内两个周天里未曾停止过的真气脉流,看着最先前的那个苦修士道:"这座庙宇一向清静,你们不在天下传道,何必回来扰此地清静?"

"范公子宅心仁厚,深体上天之德,在江南修杭州会,聚天下之财富于河工,我等废人行走各郡,多闻公子仁名,多见公子恩德,一直盼望一见。"那个苦修士低首行礼。他一直称范闲为范公子,而不是范大人,那是因为如今京都皆知,范闲所有的官位都被皇帝陛下褫夺了。

"我不认为你们是专程来赞美我的。"范闲眉头轻挑,他是真没有想到心念一动入庙一看,却遇见了这样一群怪人,难道真像那个苦修士所言,冥冥之中自有天意?

然而这些苦修士却真的像是专程来赞美范闲的,他们取下笠帽,对着范闲拜了下去,诚意赞美祈福。范闲面色漠然,心头却是大震,细细雨丝和祈福之声交织在一起,场间气氛十分怪异。

苦修士们没有穿鞋的习惯,粗糙的双足在雨水里泡得发白,齐齐跪在湿漉漉的地上,看上去就像是青蛙一样可笑,然而身上所释放出来的强大气息和说出来的话并不可笑。

"我等为天下苍生计,恳求范公子入宫请罪,以慰帝心。"

如念咒一般的诚恳话语在雨中响了起来,伴随着雨水中发亮的十几个光头,令人生厌。

范闲知道这些苦修士想做什么。庆帝与范闲这对君臣父子间的隔阂争执已经连续七日,没有一方做出任何后退的表示。为天下苍生计?那自然是有人必须认错,有人必须退让。

苦修士们敏锐地察觉到了庆国眼下最大的危机,不知道出于什么考虑,他们决定替皇帝陛下来劝服范闲。只要范闲重新归于陛下的光彩照耀之下,庆国乃至天下必将会有一个更美好的将来。

"若我不愿?"范闲看着这些没有怎么接触过的僧侣们轻声道。

场间死一般的沉默,只有细雨还在下着,落在苦修士们的光头上,檐上的雨水在滴答着,落在庆庙的青石板上。许久之后,十几道或粗或细、或大或小,却均是坚毅无比、圣洁无比的声音响起。

"为天下苍生,请您安息。"

在雨中听到这句话,范闲止不住地笑了起来,笑得并不如何夸张,那半张露在帽外的清秀面容,唇角微微翘起,带着一丝不屑、一丝荒唐。

世上侍奉神庙的祭祀、苦修士或者说僧侣很多,其中最出名的,毫无疑问是北齐国师苦荷大师。然而即便是苦荷大师,也从来不认为自己秉承了神庙的意志,怜惜苍生劳苦,便要代天行罚。眼前这些雨中的苦修士却极为认真、极为坚毅地说出这样的话来,由不得他不发笑。

"为何必须是我安息,而不是另外的人安息?世上若真有神,想必在他的眼中,众生必是平等。既是如此,为何你们却要针对我?莫非侍奉神庙的苦修士们……也只不过是欺软怕硬的鼠辈?"

这些讥讽话语很明显对苦修士们没有任何作用，他们依然跪在范闲的身周，看着像是在膜拜他，然而那股已然凝成一体的精纯气息，已经将他的身形牢牢地控制在了场间。

"让我入宫请罪并不难，但我需要一个解释，为什么罪人是我？"范闲缓缓扯落连着衣领的雨帽，任由微弱的雨滴自平滑的黑发上流下，认真地道："我原先并不知道默默无闻的你们，竟是这种狂热者。我也能明白你们没有说出口的那些意思，不外乎是为了一统天下，消弭连绵数十年的不安与战火，让黎民百姓能够谋一安乐日子……但我不理解，你们凭什么判定那个男人，就一定能完美地实现你们的盼望，执行神庙的意旨？"

范闲转了转身，感觉到四周的凝重气息就像活物一般，随之偏转，十分顺滑流畅，没有一丝凝滞，也没有露出一丝可以利用的漏洞。他的眉头微微一挑，着实没有想到，这些苦修士们联起手来，竟真的可以将个体的实势之境融合起来，形成这样强大的力量。

雨中的十几个苦修士改跪姿为盘坐，依然将站立着的范闲围在正中。一个苦修士双手合十，雨珠挂在他无力的睫毛上，道："陛下是得了天启之人，我等行走当助陛下一统天下，造福万民。"

"天启？什么时候？"范闲负手于背后，面色不变。

"数十年前。"一个声音从范闲的侧后方响了起来。

"有使者向你们传达了神庙的意旨？"范闲问道。

"是。"这次回答的是另一个苦修士。

神庙偶有使者巡示人间，这本身就是这片大陆最大的秘密之一，如果他不是自幼在五竹叔的身边长大，又从肖恩、陈萍萍处知晓了那么多的秘密，断然问不出这些话。然而这些苦修士从范闲口中听到了使者这个词却并不如何诧异，似乎早就料到范闲知道神庙的一些秘密。

"可是大祭祀死了，三石也死了，大东山上你们的同伴也……都死了。"范闲很平静地继续说道，然而即便是秋雨也掩不住他语调里的那种恶毒和嘲讽。

"有谁会不死呢？"

"那为什么你们不死？"

"因为陛下还需要我们。"

"听上去，你们很像我家楼子里的姑娘。"

雨中庆庙里的气氛很奇妙，范闲一直平静、不断地问着问题，围住他的苦修士们依次开口，分别回答着问题，回答得木然沉稳、秩序井然，场间十六人，有若一人回答。

范闲的心渐渐沉了下来，看来这些苦修士们长年苦修，心意相通之术已经到了某种强悍的境界，而更令他寒冷的，是关于神庙使者的那些信息。

神庙使者最近一次来到人间是庆历五年。这位使者从南方登岸，南方州郡有很多人都死在了这位使者的手上，或许只是习惯性地淡漠生命，或许是这位使者要遮掩自己的存在的消息。

当时庆国朝廷只将此人看作一个武艺绝顶的凶徒，不知道他真实的身份，所以才有了后来刑部向监察院求援，言冰云慎重行事，向范闲借虎卫。然而监察院还没有来得及出手，这个神庙使者已经来到了京都，来到了范府旁边的巷子里，被五竹拦在了一家面摊旁。一场布衣宗师战之后，神庙使者身死，五竹重伤，于大东山上养伤数载。而这个神庙使者的遗骸，被焚烧于庆庙。

范闲的目光透过雨帘，向着庆庙后方的那块荒坪望去。此时的他目光清寒，想象着那日陛下与大祭祀看着火堆里神庙使者的场景，一时间，不知该如何言语。

庆庙大祭祀往年一直在庆国南方沼泽蛮荒之地传道，却恰巧于神庙使者入京前不久归京，然后便在这个使者熔于大火之后，因为重病缠身而亡。这是巧合吗？当然不是，至少范闲不信。五竹叔受伤的情况，神庙使者降世,都是他后来才知道的,用了许久时间才隐约查到了这里。但至少证明,皇帝陛下肯定是通过庆庙的大祭祀,与那位来自神庙的使者达成了某种协议。

皇帝陛下希望用自己的私生子为饵,引诱这个神庙使者和五竹叔同归于尽,只是他并没有达成目标,为了掩盖此事,为了不让范闲知道此事,大祭祀……必须死了。

范闲收回了目光,看着面前的苦修士们,很自然地想到了所谓天启,所谓神庙使者所传达的意旨,那个使者想必便是二十二年前来到庆国的那一位。如今看来,那个使者不仅仅是将五竹叔调离了京都,而且还代表那个虚无缥缈的神庙,与皇帝达成了某种合作。

他们第一次的合作杀死了叶轻眉,第二次的合作险些杀死五竹叔……所有的内情其实已经非常清楚了,唯一不清楚的是那个号称不干涉世事的神庙,为什么会在人间做出这样的选择。

此时这些苦修士都已经有些苍老,二十几年前他们便获知了神庙的意旨,在狂喜之余,极为忠诚地投入到为庆帝功业服务的队伍之中。这二十几年里他们行走于民间,传播着应该是向善的教化,一箪食,一瓢饮,过着辛苦却又安乐的日子,同时也在替皇帝当密探。

如今东夷城已服,内乱已平,陈萍萍已死,风调雨顺,民心平顺,国富兵强,除了范闲,再也没有任何人或事能阻止庆帝一统天下的步伐,所以这些苦修士回到了京都,准备迎接那光彩夺目的一刻,所以要劝服范闲为了这个伟大的事业,为了天下的公义,忘却一个人的悲伤。

范闲孤独地站在雨里,雨水虽然细微,依然渐渐打湿了他的衣裳。这些苦修士们坦率地向他讲述了这二十年里他们的所行所为,解释了隐在庆国历史背后的那些秘辛,因为他们是真心诚意地想劝服他,想用神庙的意志、民心的归顺、大势的趋向,来说服范闲不要与皇帝陛下为敌。

因为陛下是天择的明君、世间的共主。

"都是扯淡。"范闲抹了一把脸上的雨水，看着身周对自己苦苦恳求的苦修士们道，"这些和我究竟有什么关系？我只是陛下的一个臣子……不对，我现在只是一介草民，让谁来看，都不会认为我会影响到天下的大势。诸位非逼我入宫，或是押我入土，是不是有些反应过度？"

苦修士们互望了一眼，看出了彼此眼中的慎重和决心，诚恳道："因为您……是她的儿子。"

范闲默然，终于知道今天庆庙里的大阵仗从何而来了。如果说苦修士们将皇帝陛下当成天择的领袖，那毫无疑问，叶轻眉——这位逃离神庙、曾经偷了神庙里很多东西的小姑娘，当然就是他们最大的敌人。或许这些苦修士并不了解内情，也不需要了解内情，只需要那位二十几年前的神庙使者给叶轻眉的行为定下性质，他们便自然视她为敌，然后一直延续到二十年后，将仇恨落在了他的身上。

"你们杀了我，陛下会怎么想？我很替你们担心。"范闲问道。

所有的苦修士齐声诵经，面露坚毅之色，意思很清楚，为了他们所追寻的目标，就算事后皇帝陛下将他们全部杀了，他们也要把范闲留在这里，永远地留在这里。

"我想听的话都已经听到了。我想如果我答应你们入宫，想必你们也不会放心，会在我身上下什么禁制。当然，我可以虚与委蛇，先答应一下也无妨，也许至少可以保住小命。"范闲面无表情地继续道，"不过你们错估了一件事情。我比你们更相信神庙的存在，但正因为如此，我才不会一听到神庙的名字，便吓得双腿发软，像你们这样跪在这雨里。"

一个苦修士深深地叹了口气，悲天悯人地说道："人生于天地间，总须有所敬畏。"

"这句话，陛下曾经对我说过。"范闲心想，陛下却明显没有敬畏之心。神庙？使者？这些在凡人看来虚无缥缈十分恐怖的存在，在陛下的眼里只不过是一种可以加以利用的力量罢了。

"敬天敬地，但不能敬旁人的意志。关于这一点，你们应该向苦荷大师学习一下。"

范闲在微细的秋雨里飘了起来,身体就像被一根无形的长绳拉动,奇快无比地向着庆庙的大门飘去。而且身法格外轻柔,若一只雨燕穿行着,在风雨里翻滚飘远。

然而他只掠出去五丈远的距离,便感觉到一堵浑厚无比的气墙迎面而来。

十几个苦修士同时动了,一个苦修士搭着另一个苦修士的臂膀,将身旁的伙伴甩了出去,连续六七个动作,十分顺滑地施展了出去,似乎心意早已相通,动作没有丝毫凝滞不顺。

这些苦修士的阵形是一个不规则的圆,此时相搭一送,七个人被快速地掷向了庆庙正门的方向,即使在空中他们的手也没有脱开,带动着下方的苦修士同时掠动,如同一道波浪。

十几个苦修士围成的不规则的圆,就在这一瞬间形成了一个整体,在飘着细雨的空中翻转了起来。凌空而起,凭着波浪一般的气场传递,生生跃过了快速飞离的范闲,重新将他套在了圆之中。

一个圆在空中翻转过来,再落到地上,仍然是一个圆,范闲依然还在圆中间。电光石火之后,雨依旧淅淅沥沥地下着,场间的局势似乎没有丝毫变化。苦修士们向庆庙正门的方向移挪了约七丈的距离,紧接着无数双挟着雄浑真气、带着坚毅气势的手掌,向着范闲的身体拍了过去!

苦修士们不知练的是何秘法,竟真的能够做到心意相通,将自身的实势完美地融合在一起,这无数只手掌拍了过去,就像是一尊大放光彩的神祇,在转瞬间生出了无数双神手,漠然而无情地要消除面前的恶魔。范闲身周所有的空间,都被遮天蔽日的掌影所覆盖,就像是一张大网落了下来,根本看不到任何遗缺的漏洞,这便是所谓圆融之美,美到了极致,也凶险到了极致。

气墙扑面而至,范闲吸附身周每一寸肌肤能感应到的空气流动,两个大周天强行推动,身体落下,脚尖直接一点湿漉漉的地面,霸道真气集于拳中，向着浑厚气墙里最强大的那一点轰了过去。

他嗅到了危险的味道，八日前突入京都法场，他曾经刺死了一个苦修士，震退了另一个，也付出了身受三掌的代价，然而很明显，当日法场上的苦修士们并没有表现出他们最强大的力量。

这些苦修士的强大在于他们可以将个人的力量很完美地集结成一个整体，当然不是群殴，也不是剑庐弟子那种妙到毫巅的配合，反倒更有些像虎卫们长刀之间凝结成的凶煞光芒。

当这些苦修士们结成圆融之势，不论范闲要面对哪一个苦修士，就等于是要面对他们这个整体。

但范闲根本不理会这漫天飞舞着的掌影，直接凝结了身体内所有的真元，以霸道之势直接击出，而击打的位置正是那堵气墙里最厚的部分。他知道以自己如今的实力，这一拳击出，对方必须凝结成一处，如此才能抗衡，这便是强者在经历许多之后养成的自信与强横气势。

果不其然，漫天的掌印顿时消失不见，数十只手掌最终合为一只晶莹发亮的手掌，与范闲紧紧握着的拳头狠狠地撞击在了一起。庆庙里的空气随着这一次撞击而起了变化，细微飘着的秋雨被震得横横飞出，青石坪上竟没有任何雨滴可以滴下，整个空气里都充溢着干燥杀戮的味道！

轰的一声巨响，范闲右臂上的衣衫齐齐碎裂，如蝴蝶般飞了起来，露出那只不停颤抖的右臂。此刻，他正对着的那个苦修士面色红得出奇、亮得出奇，肩上分别搭着两只手臂，十几个苦修士正源源不断地沿循着这道气桥向他的体内灌输着真气，帮助他抵抗范闲这霸道至极的一拳。

范闲的面色惨白，体内的真气暴戾喷吐而出，可依然无法打破对方的包围。对方那只手掌上传递而来的真气源源不绝，如波浪一般，气势逼人，汹涌无比，给人一种难以抵抗的感觉。

那个与范闲对掌的苦修士吐出一口鲜血，脸却越来越红、越来越亮，根本没有一丝衰竭的征兆。带着一丝垂怜之色，他看着面前的范闲，似乎想等着对方认输，就此散功、臣服。

苦修士，于天下极苦之地行走苦修，对肉体和精神的磨炼，果然造就了不平凡的修为。

范闲却没有丝毫慌乱，连亢奋的拼命情绪都没有，只是静静地看着与自己近在咫尺的这个苦修士。

仅仅一拳一掌之交，他体内的经脉便已经震荡到了极难承受的境地，大小两个周天疾速运转，已到了快要支撑不住的时刻。尤其是腰间雪山的命门处，更是开始隐隐发热，这是气竭的先兆。

仅在范府里将养了数日，这数日里还曾经动武杀人，心境没有平顺，他还没有恢复全盛的境界。

幸亏他经脉异于常人，比常人更多一个周天，才能以疲弱身躯支撑这么久，换作十三郎或海棠也不会比他好过。尽管如此，范闲依然不慌张、不绝望，只是冷冷地看着那个苦修士黑亮的眼眸。

终于，就在范闲快要支撑不住的时刻，与范闲拳掌相交、近在咫尺的那个苦修士眼眸里终于出现了一抹惨绿之色，一抹与人类自然的眼睛完全不相同的惨绿之色！

然后两道黑血从这个苦修士的鼻孔里缓缓流了出来。

那个苦修士惨绿色的眼眸里泛过一丝了悟之色，看了范闲一眼，终于明白了面前的年轻人为什么先前愿意在雨中静听自己这些人的恳求，原来对方……只是借着这场秋雨在散播着毒素！

这个苦修士终于记起了范闲的真正师承，对方是那个老毒物的关门弟子！

苦修士感觉到体内脏腑如被虫蚁噬咬着一般，他的喉咙开始发痛，他的眼角开始发麻，他知道体内的毒开始发作，如果此时自己罢手，想必能够凭借体内的真气将这些毒素压制下去。无色无味且不溶于水的毒粉，不可能太过恐怖——这是自然界天生的道理，也是武道修行者人人皆知的常理。他正面对抗范闲，毒发得最快，其余的师兄弟应该能支撑更久。

然而……苦修士不想让范闲离开，因为他发现范闲也快要支撑不住了。

他惨绿的眼眸里闪过一丝安乐、一丝决然。随着一声闷哼，他完全舍弃了对心脉的防护，放开了自己的全部经脉，任由两旁灌注进来的真气汹涌而入，顺着自己的臂膀向前推了过去！

毕其功于一掌间！他愿意用自己的一死来换取范闲的死亡，赢得庆国的千秋万代。

范闲不愿意。他将真气沉入下盘，右肩微微一松，用了一个大劈棺的御力之势，准备用右臂去换取对方这个阵眼的死亡，然后再行逃脱。临此危局死局，他当然有断臂求生的毅力和勇气。

然而除了范闲之外，这个世界上还有别的人不愿意看着范闲去死，受重伤也不行。

在最危险的关头，庆庙正门背后横匾上的那两个字忽然暗淡了一下。不是天光暗了，不是那两个小金字忽然锈蚀了，而是一道影子飘了起来，将"庆庙"这两个字掩住了些许光彩。

那个影子仅用一瞬间便穿透雨丝，毫无阻拦地飘到了那个与范闲正对的苦修士身后，在此人的脖颈之后奇妙地摊开，生出了四肢，生出一支剑。嗤的一声，剑尖如毒蛇一般刺入了苦修士的脖颈，直接从他的咽喉软骨处刺了出来，锋利的剑刃割断了这个苦修士的气管、食管、血管……

苦修士没有发出任何声音，只是死死地盯着面前的范闲，似乎是要用目光杀死面前的他。

在那抹影子生出剑来的同时，范闲一直空着的那只无力的左手困难地抬了起来，指尖微微一抠，袖弩破袖而出，深深地扎入了那个苦修士

167

的左眼，立即溅起一朵血花。

这个苦修士的身上凝结着场间十数个苦修士的终身修为，何其强悍浑厚，但受了这样两记狠辣至极的杀招，哪里还能承受得住，真气狂喷之势发生了停顿。

便是这一顿，范闲的左臂奇异地扭动了起来，肩头一震一甩，大劈棺再出，狠狠砸在了那支袖弩的尾端，将这支袖弩深深地砸进了苦修士的脑中，弩尖深入，断绝其人生机。

呼的一声，雨水大乱，这个舍身求仁的苦修士颓然地垂下了手掌。范闲变拳为掌，在他的头顶一拂，整个人飘了起来，他左手拎住了那道影子，用最快的速度划破雨空，瞬息间离开了庆庙。

那些盘坐在雨水中的苦修士这才发现事情有变，那个苦修士的手掌已然垂下，却依然被动地接受着师兄弟们的真气灌输……只见他身体猛然在雨地上震动了两下，然后无声无息地倒了下去。

被影子刺通了脖颈，被范闲的袖弩扎入了大脑，毒素已然入心，最后又被圆融之势反噬，这个苦修士毫无疑问死了，彻底地死了。

雨势渐大渐乱，胡乱击打在这些苦修士的身上，他们对着同伴的尸首沉默一礼，便迅疾跳出庆庙，向着快要消失在街巷远方的那两个人影追了过去。

不知道他们会不会反思一下，如果神庙的旨意真的是天意，那为什么自己这些人付出了如此多的努力，甚至愿意舍身成仁，却没有办法杀死范闲？

秋日大雨中，范闲与影子就像两道灰影，在雨水中，在屋檐下，在暗淡的天色里，在寂寥的街巷里疾行。然而出庆庙并没有多久，范闲便感应到后方那些明显的气息已经追了上来，知道自己还是低估了那些狂热的殉道者，也低估了在这片大陆上延绵千年的神道实力。

以往那些年，或许是被苦荷大师以及北齐天一道抢尽了风头，或许是庆庙的苦修士只喜欢在最荒僻的地方传道，所以范闲从来没有将庆庙放在眼里。然而今天证明了，这是一个极其强大的敌人，范闲甚至开始怀疑，虎卫们习来对付九品强者的刀阵，是不是脱胎于庆庙这种奇妙的合击之术。

当然，如果今日的范闲还是处于巅峰状态下的范闲，他也不会变得如此狼狈，尤其是这种轻身逃离的本事，出身监察院的他以及身为天下第一刺客的影子，根本不会将苦修士们放在眼里。若在平时，他甚至会和影子就近隐匿了踪迹，转而对这些苦修士进行最阴森可怕的伏杀狙击。

然而今天不行，连日来的强大消耗，在正阳门城墙和法场所受的那几记重伤，让范闲的状态已经跌至谷底，尤其是先前与十几个苦修士的圆融之势硬抗一记，更是让他已无再战之力。

范闲侧头看了身旁的中年男子一眼，知道他的伤也很重，甚至比自己更重。

这些年来影子只受过一次重伤，那是四顾剑刺中的，一直未好。知道了陈萍萍的死讯，影子肯定会回来，只是他人在东夷城，却和王启年几乎同时回到了京都，这位天下第一刺客回程的速度比王启年更快，甚至有可能比范闲当日更快。这样的奔波，影子的伤想必更加重了。

京都庆庙在外三里，平日里都极为清静，四周也没有什么民宅可以利用。今天又是一场大雨天，街上更没有行人，这给二人逃命的行动带来了极大的不便。

"前面分头。"影子沙哑着嗓子开了口，带着一股很怪异的味道，看来这位刺客也很清楚，他们二人眼下的情况都糟到不能再糟，必须分头引开追兵。

范闲点了点头，影子呼的一声穿到了一个小巷子里，说不定片刻之后，他就会变成一个正在檐下躲雨的凄苦商人。然而他在走之前却冷漠地说了一句话，让范闲的心沉了一下，喉咙干苦。

"你什么时候动手杀他，喊我。"

因为这句话对心神造成的冲击，让范闲比预定之中跑得更远了一些。

那些苦修士远远追了上来，范闲却没有任何的担心，他从一个小巷里穿了过去，来到了东川路口，从澹泊书局正堂进去，再从后门出来时，已经变成了一个撑着雨伞的读书人。

他来到了太学的门口，看见了百把伞、千把伞，以及伞下那些面容清爽、一身阳光的太学生们。

第十章 是，陛下

上次来太学是几个月之前。

那一日春雨绵绵，范闲来太学是见胡大学士，为的是京都府尹孙敬修的事情。那时他挟东面不世之功回京，真真是光彩荣耀到了极点，潇洒嚣张，攀上了第二次人生的巅峰。一朝雨歇，黑伞落下，他被太学的学生们认了出来，还引起了一场小小的骚动。而今日秋雨凄迷，他从庆庙逃命而来，面色微白，手臂微抖，雨水顺着布伞流下打湿他的衣衫，让他看上去有些狼狈。如今的他已经被夺除了所有官职爵位，成为一个地地道道的白身平民，被软禁府中，无人敢理。

区区数月，人生境遇遭到整个反转，一念及此，范闲不由笑了起来。他低着头，撑着伞，从那些不知议论着什么的学生身边走过，向着太学深处行去。

雨中的太学格外美丽，古老的大树在石道两侧伸展着苍老的枝丫，为那些在雨中奔走的士子提供了难得的安慰。一路行来，暮时学堂钟声在远处响起，清人心境。

范闲不再担心那些苦修士，且不说在数百名太学学生的包围中，对方能不能找到自己，只说太学如此神圣重要，即便是那些甘于牺牲自己的苦修士也不敢冒着学士哗动的风险杀进来。

一直走了很久，范闲习惯地绕过长廊，进了一间小院，缓缓行过照壁，停住了脚步。

这里是范闲在太学里的屋舍，有几位教习和才气出众的学生被调到了他的手下，在这座院落里做了好几年的书籍编修。庄墨韩先生送给他的那一马车书籍，便是在这里进行重新整理，然后再送到西山纸坊做定版，最后由范府的澹泊书局平价卖出。这些年书籍的整理工作一直在继续，澹泊书局也一直在赔钱，不过范闲并不在意这些，就像京都叛乱时在孙繁儿闺房里看见书架时的感触一般，他认为这种事情是有意义的，既然有意义，当然就要继续做下去。

他站在照壁旁，看着屋舍内，心觉安慰。虽然皇帝陛下将自己打成草民，可这些跟了自己好几年的太学教习和学生没有受到牵连，这里的书籍整理编修工作也在继续，没有受到什么影响。

范闲的心里生起一丝暖意，望着屋里笑了笑，转身离开了这座熟悉的院落，斜斜穿过太学东北角的那片密林，沿着一池浅湖来到了另一座熟悉的院落。

这座院子是当年舒芜大学士授课时的居所，后来胡大学士被圣旨召回京都，范闲便将编修的人员挤了进来。舒芜归老后，这院子自然就归了胡大学士一人所用，上次范闲求他帮手，便是在这个院子里发生的事情。

范闲推门而入，对那几名面露震惊之色的官员教习行了一礼，便自行走到了书房中。听到有人推门而入，一直埋首于书案的胡大学士抬起头来，将鼻梁上架着的水晶眼镜动作极快地取下，脸上迅即现出肃然的表情，心中不禁紧张地想着，是什么人连通传都没有，竟直接闯了进来？

紧接着，他看见了一张怎么也没有想到的脸，愣怔片刻后，苦笑道："还真是令人吃惊。"

范闲在东夷城那边忙碌久了，有些记不清朝会和门下中书的值次，也不确定大学士究竟会不会在太学，不过今天他确实有些话想与人聊一聊，既然到了太学，自然就要来找这位。如今的朝堂上，能和范闲私下接触，却不担心被皇帝陛下愤怒罢官的人，大概也只有这位胡大学士。

"今天出了些事情，心情有些不愉快，所以来找您说说闲话。"

范闲往书案走了过去，手上的伞一路滴着水。胡大学士皱着眉头指了指，他这才悟了过来，笑了笑，将伞搁到门后，毫不客气地端起桌上那杯暖呼呼的茶喝了两口，暖了暖在庆庙里被雨冰透了的身子。

"怎么这般落魄可怜了。"看着他的狼狈模样，胡大学士忍不住笑了起来，只是这笑容一现即敛，因为他发现今日今时这句笑话很容易延展出别的意思。

果不其然，范闲很自然地顺着这个话头道："如今只是一介草民，能喝口大学士桌上的热茶，当然要珍惜机会。"

此言一出，屋舍内顿时冷场，两个人都不再说话，陷入各自思绪之中。尤其是胡大学士，他以为范闲是专程来寻自己，所以不得不慎重，每一句话、每一个举动，都要深思熟虑，方能表达。

过了很久，胡大学士开口道："今日怎么想着出来走走？"

范闲的唇角泛起一种怪异的笑容，声音略有些寒冷："宫里可有旨意圈禁我？"

胡大学士语塞，范闲又道："既然没有，我为何不能出来走走？尤其是陛下夺了我所有差使，却留给我一个无品无级的太学教习职司，我今天来太学也算是体贴圣意，以示草民全无怨怼之心。"

这嘴里说着全无怨怼之心，实则怨气已冲天而起，若是别的官员当着胡大学士的面说出这样的话，必然会被他严加训斥，然而说这话的是范闲——今日这番谈话的气氛与春雨里的那次谈话也完全不同了，那时候的范闲说话放肆，那是陛下允许的放肆，可如今陛下已经收回了那种允许。

胡大学士从他的手中接过茶杯，略佝着身子去旁边的小明炉上续了茶水："我昨日入宫曾与陛下有过一番交谈，论及范府之事，陛下对你有一句批语，你可想知道？"

范闲微笑道:"您不想说就别说。"

"陛下说,安之这孩子什么都好,就是性情太过直接倔狠了些……"胡大学士背对着他,说话也变得直接了很多,"直接倔狠,这是性情的问题,并不是秉性的问题。再大的错处,也尽可以用这四个字洗脱去……你要体谅陛下的苦心。"

苦心?范闲当然明白胡大学士转述的这句评语代表了什么,宫里那个男人对自己的私生子依然留着三分企望、三分容忍,剩下的四分里究竟多少是愤怒,多少是忌惮?那谁也说不清楚。

胡大学士转过身子,将茶杯放在了范闲的面前。"陛下喜欢的便是如你这样的真性情人。如今的关键是,你必须知道自己错在何处,并且要让陛下知道你……知错了。"

范闲坐在椅上,知道胡大学士错估了今天自己的来意,明白两人间根本不可能如往日一般把话头挑明,他也不会傻到去反驳什么,缓缓道:"错在哪里呢?"

"你知道在哪里!"胡大学士焦虑道,"这十几天里你做的事情,不论是哪一桩都足以让你被打落尘埃不得翻身……还有黑骑经过州郡,这些日子参你的奏章像雪花一样飞到了门下中书里。"

"大概这些地方上的官员还不知道,陛下早已经降罪了。"范闲笑了笑。

"陛下何曾真的降罪于你?"胡大学士的眉头皱得更深了,又沉重地说道,"真要按庆律治罪,就算你入了八议,又有几个脑袋可以砍?难道你不明白,陛下已经对你足够宽仁,如果你再这样继续挑战朝廷的权威,消磨陛下的耐心……"

"那又如何?"范闲有些木然地截断了胡大学士的话。

胡大学士看着他,眼里的失望之色越来越浓,沙哑着声音道:"或许你认为陛下待你不好,但你仔细想想,开国以来有哪位臣子曾经得到过你这样的宠信?国朝这些年的历史你都清清楚楚地看在眼里,应该知道陛下对你已经给予了最大程度的宽容与忍耐。不要迷信你的力量,因为你的力量终究是陛下赐予的。陛下不是拿你没有办法，只是他不愿、不忍、不想做出那些决断……"

胡大学士没有说完，因为这到底是陛下与范闲父子之间的事，心情激动之余，他发现自己的话已经说多了，遂转移了话题，看着范闲郑重地道："迷途要知返，倔狠总要有个限度！"

"这话好像不久前才听很多光头说过。看来如今天下都认为我才是那个横亘在历史马车前的小昆虫，要不赶紧躲开，要不就被辗死，若有了自己的想法，那便是罪人了。先前冒雨入太学，看着那些学士从身边走过，我就在想，或许哪一日，我也会成为他们眼中被唾弃的对象。"范闲轻声道。

"不，从来都没有人怪罪过你，更不会唾弃你，不仅这些学生，甚至京都里的官员百姓，一旦论及那天的法场，对你犹有几分敬意。正如陛下对你的批语一般，对陈院长之事，你表现得足够倔狠，这等真性情可以让很多人理解你。但是，你自己必须学会将这些事想通透。百姓敬你只是敬你的情意，然而你若真的有些大逆不道的动作，甚至哪怕是想法……"胡大学士的声音寒冷了起来，"本官容不得你，朝廷容不得你，百姓容不得你，陛下更容不得你！"

范闲笑了起来，笑容有些沉重，然后他缓缓起身，郑重地向胡大学士施了一礼，却没有说任何话，也没有给出任何信息，便转身往门外走去。

"虽然我不想承认，但又必须承认，我已经老了。"胡大学士望着范闲的背影忽然脱口而出，"今日的话有些过头，只是……天下犹未定，为了庆国，为了这天下的百姓，我希望你能多想想。"

胡大学士说的是真心话，如今剑指天下的庆国，需要一个稳定的朝堂、一个和谐的社会，而范闲一日不向陛下低头，庆国便一日不得安宁，除非范闲死了……但庆国朝堂上、街巷里，又有谁真的愿意刚刚立下不世之功的小范大人就这样死去呢？

"我明白您的意思。"范闲没有转头，沉声说道，"也许哪一天我想开了，会入宫请罪的。"

胡大学士苦笑起来，心想那要等到何年何月。

"或许……我真错了？"范闲的背影极为疲惫，轻轻地自言自语了一句。

这句话落到胡大学士的耳中，令他心头一热，当即决定今夜再次入宫。陛下与范闲父子间的这些争执，在他看来并不是解决不了的事情，只不过是谁都不愿意先低头罢了。若能说服陛下，发一道召范闲入宫的旨意，或许范闲便会顺水……正这般想着，忽然又听范闲说道："现如今我虽然不在监察院了，但知道一个很有趣的消息，或许您愿意听。"

胡大学士微微一怔，抬起了头。

"范无救在贺大学士府上当谋士。"范闲说着走远了。太学里的雨依然在不紧不慢地下着，范闲的表情是那么淡然。今天与胡大学士的对话，心想的目的都达到了。他很准确地知晓了朝堂上层官员对自己的看法，也了解了皇帝陛下对自己的底线——当然，最关键的是最后的两句话。

他暗自想着，不是今天夜里就是明天，大概就会传出召自己入宫的旨意。他通过胡大学士向宫里释放出某种信号，或许能够瞒过龙椅上的那个男人。因为启年小组的人刚刚出京，他还没有准备好，他必须将这场君臣间的冷战控制在一定的范围内，他在准备着，时刻准备着。

当天夜里，胡大学士入了宫，不知道他向皇帝陛下涕泪交加地说了些什么，但是侍奉在御书房外的太监们都知道，陛下的情绪应该是好了许多，因为当场便有一道旨意出宫去了范府。

直到胡大学士退出皇宫，他也没有把范闲告诉他的那个消息报告陛下。

在太学里，他只是觉得范无救这个名字有些耳熟，却没有想起来是谁。但毕竟是门下中书的首领大学士，只用了一盏茶的工夫便查清楚了，这个叫范无救的人是当年二皇子府中八家将之一。

他不了解范闲为什么要把这件要紧事告诉自己，背后究竟有没有隐藏着什么阴谋？再者他虽然有些忌惮贺宗纬在陛下心中的地位，但也不愿意按范闲的想法去做事。

御书房内并不安静，胡大学士走了之后，皇帝陛下开始与范若若下棋，这是最近几日他养成的生活习惯。他轻轻拈着一枚黑子放在棋盘上，和声道："看样子，范建在府里并没有教你这些。"

范若若入宫已整整八日，身上穿着的是范府千辛万苦通过宫里几位娘娘送来的家常衣衫，一应以素色为主，在皇宫里显得不协调的清淡。虽说众人皆知她是押在宫里的人质，可是这人质的身份不差，陛下待她更是不差，晨郡主在宫外打点，宫里也自有贵人照拂，哪有人敢慢待她。

范若若恭谨地坐在庆帝的对面，双手轻轻放在膝上，应道："棋路太复杂……"

皇帝轻抬眼帘，有趣地问道："记得安之入京之前，你就已经是京都有名的才女了。"

"只不过是那些无事生非的鲁男子们喜欢说三道四，我做不得诗，也画不得画，还真不知道这才女的名声从何处来的。"范若若轻声地应道。

入宫八日，她从最开始的紧张无助，到此时的平静以待，一方面是自幼性情使然，更重要的是范闲这十几年来的潜移默化。对面这位男子虽然是庆国的皇帝陛下，但终究还是一个人而已，并不是什么怪物。当然，这也是因为皇帝陛下在范若若面前表现得格外像一个常人。

"你的诗我看过，在闺阁之中算是不差，不过和安之自然不好去比，也难怪你会如此说法。才气不在外露诸般本领，而在于本心之坚定，你救朕一命，算得上是妙手回春，当然是才女。"

"陛下洪福齐天，臣女只是……"范若若很自然地按着君前应对的路子接了一句。不料皇帝陛下却笑了起来："死自然是死不了的，但身体里多那些钢珠，想必也不会太舒服。"

便在此时，姚太监闪入御书房，轻声地道："在庆庙死了一人，此时他们在前殿候着。"

"候着？是候罪吗？"皇帝把玩着黑色亚光的棋子，声音冷了下来，"朕饶他们这次，若再有任何妄动，让他们自行去大东山跳崖去。"

姚太监没有同情那些糊涂的苦修士，范闲是陛下最宠爱的臣子、私生子，就算陛下要让范闲死，也不可能让下面这些人各行其是。于是接着又道："小范大人从庆庙离开后，就去了太学，见了胡大学士。"

皇帝微嘲道："不然胡大学士为何要入宫？至于庆庙处……影子已经回来了。"

姚太监微弓着身子问道："问题是现如今还不知道小范大人是怎样离开的范府，又是怎样进了庆庙，而且在这中间的一段时间，不知道他去了哪里。"

庆帝没有说什么，挥挥手让姚太监离开了御书房。对话的过程中，范若若一直在旁静静地听着，姚太监没有忌惮什么。这些天宫里的奴才们已经习惯了，皇帝陛下的身边总有这样一个眉目清秀、浑身透着股静寒之意的女子旁听，不论是御书房会议，还是更紧要的政事，陛下都不避她。

片刻后，皇帝忽然笑了起来。今天范闲拼死出府做了些什么，内廷没有查到任何行踪，但至少知道监察院六处那个影子回来了，而且在庆庙里，十几个苦修士曾经与这二人大战一场。

想到那些光头的苦修士，皇帝脸上的笑容敛了下来，眸里泛起一丝厌恶之意。他没有想到，这些狂热的庆庙修士，居然敢不请圣命便对范闲动手，这让他相当不喜。

至于影子……陈萍萍侍奉了他数十年，却一直保留着很多秘密，以往皇帝深信其忠，并不在意，虽然知道那辆黑色轮椅的旁边一直有个影子，可是并没有去深究那个影子的真正来路。

如今自然知道了，皇帝的眼前泛过几年前悬空庙上那个白衣剑客刺出的剑光，锃亮刺眼，他的眼睛眯了起来，心里竟泛起隐隐企盼，不知四顾剑的这个幼弟会做出一些什么事情来。

至于范闲今天出府做了些什么，皇帝心知肚明，他今日一定是去联系他在京都里最亲信的那些属下，同时向西凉、东夷、江南这几个方向发去了一些极为重要的信息。

大势如此，范闲若想在龙椅的威压面前继续保持独立，则必须调动自己全部的力量。然而皇帝陛下根本懒得去理会那些信息的具体内容，因为在他看来，范闲再如何蹦跳，终究还是在这片江山上。

这片江山，一直都在他的手中。

而且皇帝很好奇，自己最宠爱、最欣赏的这个儿子，被软禁在京都中，究竟能做出什么样的事来。如果是当年的叶轻眉，为了这片江山上的黎民百姓，为了整个庆国的存续，为了太多太多人的意愿，或许根本用不着说什么，便会飘然远去。而他与叶轻眉的儿子，又会做出什么样的选择？

这是在一种绝对的自信下，平静旁观下一代挣扎的恶趣味？其实皇帝陛下直到如今，都没有想过要将范闲打下深渊，因为在他看来，这个儿子误会了自己。他只不过是不想解释，不屑解释，这是一个问心的过程。他强横地坐在宫里，等着范闲入宫来解释、来请罪，到那时，陛下才会和声告诉范闲，死了的那条老黑狗，并不如你想象的那般慈爱，那条老黑狗只是想把李氏皇族全部杀死。他曾经也刺杀过你，因为你虽然姓范，但实际上是姓李的。

可是怎么解释叶轻眉的事情呢？

"朕要出去走走。"皇帝陛下忽然开口道。

御书房里只有两个人，皇帝陛下的这句话，自然是说给范若若听的。范若若微微一怔，站起身来，取了一件黑裘金绸里的薄氅替皇帝陛下披上，然后扶着他的右臂，走到御书房门前。

木门一开，已经有十几个太监、宫女候在外面了，姚太监低着身子，推着一辆轮椅等候着，从皇帝陛下开口出声，到外面的太监们准备好这一切，只用了极短的时间，反应极快。

然而皇帝看着那辆轮椅，却没有露出丝毫赞赏的神情，只是冷冷地看了姚太监一眼，理也不理门外的那些奴才，便在范若若的搀扶下，向着夜里的皇宫行去。

姚太监身上的冷汗涌了出来。

没有多少人知道，当日御书房里那场战争，皇帝陛下受了极重的伤，虽不至于威胁到生命安全，但却受到了难以恢复的损伤。再加上陈萍萍当日句句剜心的话语，陛下的精神状况也不是特别的好，所以他才准备了这辆轮椅，却没有料到皇帝陛下极为不喜。

姚太监马上反应了过来，不论是不想让臣子们知晓自己身体的真实状况，还是因为这辆轮椅令陛下想到了陈萍萍，他今天都做了一件大错事。这种错误不能犯，幸亏皇帝陛下是一个对奴才比对亲眷更为宽宏的主子，他才不用担心自己的生命安全。抹了一把额头的冷汗，带着一群太监宫女，姚太监静声敛气地跟在后面，看着前方范家小姐轻轻地扶着陛下前行。

皇宫里的灯火并不明亮，只能照亮脚下的青石路。往日一旦入夜，贵人们便会闭于宫中不出，只有那些要做事的太监、宫女们在安静的长廊上行走。今日微暗的灯光照在皇帝陛下和范若若的身上，拖出或长或短的影子，让路上遇到的那些太监、宫女个个栗然，连忙跪倒于道旁。

如姚太监猜测的那样，皇帝先前的不悦正是因为那辆轮椅，看见这辆轮椅，陛下很自然地想到，过往数十年里，那个坐在轮椅上的老黑狗经常在夜深人静的时候与他在皇宫里并排而行，像谈论家常一样地谈论着天下的大势、皇家的倾轧，拟定着计划，估算着死人的数量。

庆帝是人，他很怀念当年的那些场景，也正因为如此，陈萍萍的背叛让这些值得回忆的美好场景变成了愤怒的起爆点。除了愤怒，他还有一丝复杂的情绪。数年前,因悬空庙遇刺,范闲身受重伤,险些丧命,待伤好后的冬雪日,那个年轻人也是坐着一辆轮椅入宫,陪他谈论了很久很久。

"朕之所以要将那条老狗千刀万剐,是因为此人狠到了极点,伪诈到了极点。"

范若若扶着他的胳膊,与之保持着距离,没觉得太过辛苦,但听到这句话,却觉得陛下的身躯像是泰山一般地重了起来。君要臣死,臣不得不死,尤其是陈老院长谋逆,谁也不可能以此举质问陛下,除了范闲……关键的是,陛下根本不用解释,也不会主动去向范闲解释。然而今夜就自己与陛下二人时,陛下却开口了,这番话究竟是说给自己听,还是想借自己的口说给兄长听?

"那条老狗最后刻意死在朕手里,为的便是让安之怨朕、恨朕,这等恶毒至极之人,朕怎能容他快意死去。"皇帝的声音有些疲惫,"明日朕便下旨让安之入宫请安。"

范若若扶着陛下的手臂,身子极轻微地蹲了蹲,福了一福,诚恳地道:"多谢陛下。"

皇帝并不认为这场冷战自己先让一步是值得被感谢的事,令他动容的是,范若若说完"多谢陛下"这四个字后,再也没有其余的表示,扶着他继续散步,只字未提自己出宫的请求。

"你……与众不同。"皇帝带着深意看了一眼她,"朕以往常常召晨丫头在这宫里逛,不过她年纪大了之后便少了,而且她比你调皮很多。"

"我自然是及不上嫂子的。"范若若轻声应道。

皇帝没有说什么,自从林婉儿长大之后,再没有几个人会像"真正"的晚辈一样陪伴他,因为天子无家事,在那些活着或死了的皇子们心中,他这个父皇也绝对不可能是个真正的父亲。

范若若的心里也是充满了疑惑与感慨,这些天相处下来,这位陌生且威严无比的皇帝陛下,似乎渐渐从神坛上走了下来,变得更像是一个普通长辈，或者说是一位重伤之后渐渐显出老态的长辈。

安静的夜宫里，范家小姐扶着陛下散步，这一幕场景落在了很多人的眼里。这已经不是人们第一次发现陛下待范家小姐的异常，自陛下在御书房受伤，范家小姐入宫救治以来，皇宫里的所有人都知道陛下待这位小姐与众不同。稍微有点儿智商的人，都知道范家小姐现在的身份是人质，可是这世上再也没有这样的人质了，一应饮食起居都是按照晨郡主当年的份例，除了夜里归宫休息，整个白天，这位范家小姐都会在御书房里陪着陛下，甚至在议论国务时都不避着她。

门下中书的几位大学士也被这一幕所震惊，但他们都是有身份、有地位的人，自然不会瞎传什么，唯有贺大学士在御书房内看到范家小姐时，表情会显得有些不自然。

皇宫内部则不一样，人多嘴杂，一时间议论纷纷。人类总是善忘，宫里的太监、宫女们或许都已经忘记了庆历七年的那一场雷雨，那场因为流言而起的流血清洗，重新步入八卦的热议中。

皇帝陛下是位不好女色的明君，更不是个荒淫的主子，这些年宫里拢共只有十几个妃子，有子息的更只有那四位。按道理来讲，不会有人往那方面去想，然而陛下待范家小姐的态度着实与众不同，加上最近这两天里皇宫里发生的另外一件大事，不由触动了太多人的心思。

三日之前，庆国皇宫已经停了十几年的选秀活动，重新拉开了大幕。谁也不明白为什么在这个当口儿，陛下会忽然有了充实后宫的想法，难道是临到中年，让君主忽然有了些别的什么紧迫感？

选秀由太常寺主持，内廷与礼部协办。多年未办选秀，难免有些慌乱，七路州郡兴许还没有接到旨意，那些可能有幸被选入宫中的秀女们还没有听到任何风声，最先开始动起来的依然是京都。这是一次难得的机会，那些在京都里蛰伏太久的王公贵族、大臣名士都想把握住这次机会，在如此慌乱的局面下，依然赶在前天夜里将第一批各家闺秀送到了宫中。

平静了很多年的皇宫，因为那些青春曼妙的女子进驻，多了许多青春逼人之意，纵已入夜，秀女所在的宫院里依然不时传出清脆的笑声。意兴盎然，弥漫于初秋之宫，所以皇宫里的人们才会向御书房处投注猜疑的目光，若真是圣心动了，那深得帝心的范家小姐，会被怎样安置？

"都是一群蠢货。"宜贵嫔拉着三皇子的手冷笑道，"陛下是何许人也，你老师又是谁？这宫里居然会传出这般荒唐的话语。"

"宫里大多都是蠢货，而且新人太多，或许他们都已经忘了一些事情。"三皇子李承平笑了笑，不过这位少年皇子的笑容有些牵强，日趋清朗的眉宇间隐着淡淡的忧色。

宜贵嫔看着自己的儿子轻轻叹了口气："陛下乃是明主，自然不会做出那些荒唐的事情，这次挑秀女入宫，和御书房里那位断没有半点干系。你父皇只不过是……"

她的话没有说完，李承平抬起头来，望着母亲忧郁地说道："听说明天父皇便会召先生入宫，可是挑秀女……只怕父皇终究不可能像以往那般相信先生了。"

宜贵嫔举起青葱一般的手指头轻轻揉着微皱的眉心，不知该如何言语。她当然清楚李承平的这句话指的是什么，只是身为陛下的妃子，她这样一个本性天真烂漫的女子，能够安安稳稳地坐到现在的位置，靠的也是当年在她入宫前柳氏所劝说的"安静"二字，当此乱局，她不可能多说什么。

皇宫自三年前便完全改变了格局，太后死了，皇后死了，长公主也死了，淑贵妃被幽在冷宫中。在京都叛乱后，宜贵嫔和宁才人地位升高，宁才人被提了一级，宜贵嫔明年应该会晋为贵妃。二人主理宫务，宜贵嫔性情好，宁才人又是个不管事的，宫里自然是和风细雨，好好地过了三年安稳日子。然而由于御书房里的那声巨响，好日子到头了。

宁才人因为勇敢地替陈萍萍求情，被陛下贬入了冷宫，与淑贵妃去做伴——也得亏她生了个好儿子，不然以陛下当日的愤怒，只怕直接赐死都是最好的结果。如今宜贵嫔是宫里唯一的贵主子，这次选秀自然归她一手操持，因此她比旁人更了解这次突如其来的选秀背后所隐藏的真实目的。

京都叛乱后，陛下还有两个半儿子，除了远在东夷城的大殿下、三皇子李承平，还有那半个自然指的是范闲。这两个半儿子完全吸取了太子和二皇子的教训，彼此之间的关系极为亲近，且不提大殿下与范闲之间的情义，便是范闲与三皇子之间的师生之谊，也稳固得出乎陛下的意料。

庆历七年后，范闲入宫很多次，与三皇子的接触却少了起来，一方面是在三皇子明摆着成为储君的情况下，他要避嫌；二来也是皇帝陛下刻意地要减弱范闲对于三皇子的影响力。而范闲这人却有个莫名的强处，那便是极能影响自己身边的人，让身边的人聚心于己。三皇子自江南回来后虽与范闲见面极少，可却未曾忘记范闲的棍棒教育，早已从当年那个阴鸷的孩童变成了一个内敛的皇子。

三位皇子之间并无倾轧妒意，若放在往常，这是一个极为美妙的状况。三年前京都叛乱后，庆帝自省之余，想必也没有兴趣再把自己的儿子们都逼疯。可是陈萍萍谋逆事发，让这种看上去很和谐的关系，在皇帝陛下的眼中不再那么美妙，他必须警惕着自己的儿子们会不会抱成团做些什么。即便这三个儿子抱不成团，可若真对范闲下手，寒了所有人的心，当承平一天一天地大了，宫里又会是什么样的情形？所以皇帝陛下要选秀，要宫里多些生育的机器，再替他生出几个儿子来。

宜贵嫔看了自己的儿子一眼，眉宇间全是忧愁，轻轻地叹了一口气。李承平却没有叹息，轻轻地握着母亲的手，他知道自己与范府的关系太深，如果父皇不再信任范闲，只怕也不安心就这般简单地将庆国交给自己。可是即便如此，他这个做儿子的又能怎么办呢？

"明日先生要入宫请安，或许事情没有那么糟糕。"李承平安慰着母亲。

"范闲那小子倔得厉害，谁知道他明天会不会入宫？"宜贵嫔无奈地笑了笑。她清楚陛下就算想再生几个儿子来警告漱芳宫和范闲，可那也是很久以后的事情，如今的庆国朝堂早已经习惯了李承平是将来的庆国皇帝，甚至比当年的太子殿下位子更稳。但她真的不清楚陛下和范闲之间真正的问题所在，究竟是陈老院长的死，还是别的什么问题？如果范闲明日肯认罪低头，漱芳宫哪里还用担心这些被大臣王公送入宫来的秀女。

她眉尖微蹙，眼里闪过一种难得一见的冰冷，道："这些小妮子若安分就好，若真的仗着娘家在朝廷里的那点儿力气，就想在宫里搞三捻四，本宫断不会容她们！"

"听说昨儿那些秀女刚入宫，便被母亲赶了三人出去。"李承平诚恳地劝道，"毕竟是父皇的意思，您若是做得过于明显了些，怕父皇不高兴。"

"你父皇若是知道了也会赶人。久不选秀，从太常寺到礼部一点儿规矩都没有，什么样人家的女儿都往宫里送。也不知道她们是在娘家听到了什么，一进宫便大把地撒银子，偏那些宫女、嬷嬷也是许久没有吃过这种银子，竟然接受了。那几个秀女一入宫便打听着宫里的情形，各宫里的主子她们不好议论什么，但议论起御书房里那位，却是什么话都敢说……到底不是什么正经大臣府里的闺秀，都是些快破落的王公旧臣之女，不清楚范家、柳府是什么样的来头，居然天真地以为范府真的失势。那位却不知为何得了陛下的欢心，这些人便将言辞的矛头对准了她……说的话不知有多难听。我将那三个秀女赶出宫去，既是给剩下来的提个醒儿，也是替她们家保命。"

宜贵嫔抿了抿鬓边的发丝，继续寒声说道："且不说陛下若真听到了这等议论会怒成什么模样，只要这些话传到范闲的耳朵里，你说待事情平息后，这些秀女府上会凄惨成什么模样。"

李承平忍不住笑了起来："若最近的事态真的平息了，母亲不得添油加醋说给先生听。"

宜贵嫔眉开眼笑地啐了一口："这孩子瞎说话，母亲哪里是那样的人。"

李承平挠了挠头，欲言又止地吞吐道："可父皇把范家小姐留在御书房里，总归是不合规矩……"

　　宜贵嫔沉默许久后笑了笑，没有说什么。其实她心里清楚，那个让自己变成女人的男人，那个天底下最强大的男人，其实也会感到孤独。在他眼里，宫里的女人似乎都有索求，或许只有那位与皇宫毫无瓜葛的范家小姐，才会让他真正感到无所求吧。陛下喜欢什么？就是喜欢身旁的人对自己无所求。念及此，宜贵嫔的情绪有些索然，望着李承平道："你也少去冷宫，仔细陛下不高兴。"

　　"淑贵妃终究是二哥的亲生母亲，往常待我们几个兄弟并不差，和二哥做的事情没有关系。"李承平低声解释道，"更何况如今宁姨也被打入冷宫，我总得去看看。"

　　宜贵嫔笑了笑，她知道三皇子之所以常去冷宫探望，在宫里得了些好名声，全是因为范闲的嘱咐。三年前京都叛乱时，据说范闲曾经亲口答应临死的二皇子，替他照顾淑贵妃。

　　漱芳宫里的母子二人轻声说着选秀的事情，说着御书房里那位姑娘的事情，与此同时，那位姑娘已经搀扶着伤势未愈的皇帝陛下走了一圈，将要回到御书房。

　　正如宜贵嫔所言，皇帝陛下只是欣赏，却不会荒唐地产生别的什么想法。已经进入了大宗师的境界，他早就将男女之事看淡了，眼下的选秀完全是出于政治上的考虑。

　　散步途中，皇帝陛下当然不会和范若若说选秀的安排，只是随意地议论着京都这八日里的风雨，以及与范闲有关的事情。当然，绝大多数时间，都是皇帝陛下在说，范若若在听。

　　姚太监等一批人在后面远远地紧张地缀着，看上去不免有些可笑。将要转到御书房前正道的石门旁，皇帝陛下定住了脚步，看着石门旁边弓着身子的那个太监问道："最近跟着戴公公怎么样？"

这个太监正是当年御书房里的红人——洪竹。三年前的事情淡了以后，他这些日子跟着戴公公当差，今日在夜里偶遇圣驾，候在一旁，却不料陛下会忽然向自己，赶紧着颤着声音回话。

当年皇帝极喜欢这个机灵的小太监，不然也不会让他在御书房里跟着，后来又把他派到东宫里去当首领太监。因为一些很凑巧的事情，洪竹陷了进去，饶是如此，皇帝依旧没有杀他。

忽然间皇帝心头一动，想到那一日冬雪范闲入宫时的场景，当日推着轮椅的小太监正是洪竹。想起以前范闲那小子似乎很不喜欢这个小太监，他忽然笑了起来，吩咐道："从明日起，回御书房。"

洪竹大喜过望，谢恩叩首，但没有人注意到，此时他的脸上闪过了一种复杂的神情。

皇帝挥了挥手，与范若若两人进了石门，忽然开口道："雪雨天见朕不用下跪，这是朕即位之后就定下的规矩。今儿下了雨，地上是湿的，所以你不用跪。"

范若若愣怔了一下，看了陛下一眼，不明白陛下为什么要这么说。

"朕……难道真不是一个好皇帝吗？"行到御书房外，皇帝停住了脚步，平静又认真地问道。

有问必有答，此时他身边只有范若若，自然是等范若若来做一个评判。范若若心中一凛，暗想自己不是经世大儒，也不是史笔如椽的学家，哪里有资格来谈论这样大的话题。皇帝没有迈步，平静地等着她应话。

范若若沉默了很久，想起了这些天在御书房里所看到的一幕一幕，以及这皇宫里的各处细节，想到自己游于天下，在各州郡里看到的百姓生活，冷峻的现实不能遮蔽自己的双眼与真心，她轻启双唇认真地应道："与前代帝王相较，陛下……确确实实是位好皇帝。"

皇帝细细品味着范若若的这句回话，片刻后舒展了容颜，哈哈大笑起来。笑声回荡在御书房前的园内、檐下，与宫墙相撞，产生了回音。后面跟着的姚太监等众人一愕，不知道范家小姐说了什么话，竟让陛下笑得如此开心，一时间百感交集，对范家小姐佩服到了极点。

范若若也微微地笑了，看着身边的皇帝陛下，心里泛起复杂的情绪，此时，她终于明白为什么陛下这些天会待自己如此不同。宜贵嫔或许猜中了一些，她先前也猜中了一些，范闲的认为自然也不为错，然而皇帝将范若若留在皇宫，让她看着自己在重伤之余还要操持国事，何等英明神武！在御书房内与陈萍萍的对话之后，陛下需要有人来证明、来认可自己是一个好皇帝。

不论那个坐在轮椅上的老黑狗再如何说，可是朕依然是个好皇帝，不是吗？就在这一刻，皇帝陛下似乎终于下定了决心，脸上重新浮起自信而从容的笑容，往御书房里大步走去。

"宣！"

"宣！"

"宣太学教习范闲入宫！"

或粗豪，或像鸭子叫声一样尖细，但高声唤出来的都是一样的话。

今日无朝会，例休，皇城根一片安静，禁军将领士兵们面容肃然、目不斜视，任由那个一身青衣长衫的年轻人从身边走过，然而与平静面容不相符的却是他们此时紧张的心情。

自陈萍萍谋逆事发，于宫前法场被凌迟致死，已经过去了九日。

当日范闲杀入法场抢人，后续数日，与皇帝陛下之间的冷战发展到一触即发的地步，内廷布在范府外的眼线惨死无数。据京都流言称，昨日外三里某地还发生了一场针对范闲的暗杀。

总而言之，当今天皇帝陛下宣召范闲入宫请安的消息传出之后，所有的人都松了一口气。如今的庆国再如何强大，依然无法承担这一对君臣父子反目所带来的后果。这从另一方面说明，即便范闲已无官职，庆国子民们认为，他若真的豁了出去，对庆国造成的伤害无疑是巨大的。

仅九天的时间，陛下与范闲之间的冷战便告结束，这实在是一件值得庆幸的大事。

在紧张的氛围中，范闲默默地跟着姚太监前行。已经是宫内首领太监的姚公公，在他的面前依然扮演着那种谦卑的角色，他今天却没有太多说话的兴趣。

太学教习？他如今是白身，唯一可以称得上公职的便是这个名目，此时却显得那般刺耳。在这声声的催促中，范闲来到了御书房，有些意外地看见了洪竹。他并没有掩饰自己的惊讶，洪竹深深行礼。入了书房，看见了妹妹，他的心情稍安，对着软榻上的男子深深一礼，却依旧倔强地一字不发。

当日范闲单骑杀回京都，抱着陈萍萍的尸首离开法场，从始至终，他都吝于投注丝毫目光给皇城上的那个男人。仔细算来，皇帝与他也有数月未见了。

皇帝静静地看着范闲，对他此时表露出的情绪并不意外。他不容许臣子们在自己的面前有任何违逆，并不代表着他不能接受自己最宠爱的儿子，在自己面前展露出真性情或倔强的一面。

范若若对着皇帝陛下微微一福，又对着兄长笑了笑，便退出了御书房。她留在此间，是陛下要让范闲安心，既然这个目的达到了，她自然要离开，留给这二人一个安静的说话环境。

"朕想，你我之间并不需要太多的废话，这里有些卷宗，你可以看一看。"

庆帝和范闲是这个世间最优秀的两位实力派演员，这个场面曾经无数次重复过。然而在今天的御书房中，皇帝陛下没有饰演什么，也没有掩饰什么，而是直接说出了这句话。

话很简单，范闲却听明白了里面所隐含着的意思。他知道面前的案上摆放的无非是陈萍萍曾经主持过谋杀自己的证据，比如悬空庙，比如山谷，以及一切和割裂父子、君臣情有关的东西。

时间缓慢流逝，他看完了那些卷宗，深深地吸了口气。未至深秋，御书房内的暖炉散发着温热，空气略有些干燥，从口鼻处直入肺叶，竟令人有些隐隐作痛。

依照陈萍萍的设想，范闲看完卷宗后应该流露出不敢置信的神色，接着浑身颤抖，愤怒而且悯然，然后对皇帝陛下大声吼叫：我不相信，我不相信这是老院长做的，他为什么要这样做？然后皇帝陛下便会温和又冷酷地解释给他听，陈萍萍一生中最后的二三十年是为了什么样的目的而生活，他对于李氏皇族有着怎样刻骨铭心的仇恨，这条老黑狗过往对你的好，其实都不过是在作伪，他是想让庆国毁于动荡之中，毁在你我父子反目所造成的祸患之中。然后范闲会表现得依然无法相信，甚至愤怒地斥责皇帝：这一切都是你伪造的，陈萍萍不是那样的人！此后愤然离开御书房，回到府上，沉思许多日子，真正了解了皇帝的苦心、陈萍萍的阴毒，如此等等。这才是正规的宫廷戏码，这才是戏剧家们所需要的大转折，情绪上的冲突最终因为铁一般的事实，而屈服于皇帝与大臣之间的彼此信任，父子从此尽释前嫌。大幕拉开，丝竹黄钟响起，天朝煌煌登上历史舞台……

然而，范闲什么表情也没有，他只是将那些卷宗放回了案上，低着头，一言不发。此刻似乎在思考着什么重要的事情，又似乎由于太过疲累，所有的精力已被耗尽。

庆国这场风雨发端于数十年前，渐渐尘埃落下，依然处在风暴眼中的，大概只有这一对父子了。而他对皇帝的态度其实很难解释，甚至连自己都无法说清楚。

从澹州至京都，庆庙擦肩，太平别院旁竹茶铺里初逢，由赐婚再至监察院，知道了那幅在宫里的画像，其实范闲比任何人都更早一些猜到了自己真正的身世。

不论是前世的范慎，还是今世的范闲，其实都是无父无母之人，奈何落于庆国，便多了一位叫叶轻眉的母亲，后来发现原来还有一位父亲——然而要让范闲真的视其为父，当时的他根本做不到。那时节范闲一直在演戏，演得很漂亮，因为没有任何人知道他内里有一个与外表完全不一样的灵魂，所以他可以瞒过任何人，甚至连面前的皇帝也瞒了过去。

时间慢慢发展，范闲渐渐开始对太平别院里的那桩血案产生了怀疑，自然对龙椅上的皇帝老子多了几分警惕，甚至是恐惧，于是他演得更加沉稳而谨慎。

可是终究这么多年了，如果说叶轻眉于范闲是那个一直隐藏在历史之中相通的灵魂，一个有天然亲近感的存在，渐渐与母亲的形象融为一体，那么皇帝陛下则是用这么多年的相处、恩宠、信任、手段、境界，一步步地靠近了范闲的生活，让他彷徨起来。

不得不承认，皇帝对于范闲，投入了一生极其罕见的信任与宽容。在最开始的夺嫡战中，或许皇帝更大程度上还是在利用他，然而渐渐地，皇帝对范闲的态度转变了，他能在朝堂、民间拥有如此的地位和实力，不得不说，皇帝对他的宠爱已经远远超出了当年对太子或是二皇子的程度。

这对君臣父子常在宫里议事，在御书房内闲叙，范闲有所掩瞒，仍在做戏，可是做戏之余，他能清楚地感觉到皇帝对自己究竟是什么样的态度。所以，在知道了当年太平别院真相后的三年里，他一直在煎熬着，一直在做着某些方面的准备，一直没有办法真的定下心来。

一方面是他知道陛下就像梦中的那座大雪山，根本不可能被人掀翻，另一方面他每每夜深时扪心自问，自己所处的这个夹缝，究竟会透出怎样的光？自己该如何选择？

他想选择一条不流血的第三条道路，所以他一直在努力地为王先驱，为这大庆的朝廷奔波着、忙碌着，违逆本性地操持着。他只盼望着所有事情都能有一个比较平缓而光明的结果。

他想让陈萍萍和父亲能够安然归老。

结果，这一切都成了幻影。

范闲很失望，甚至有些绝望，有些心酸，有些累，他不想再演了。

皇帝静静地看着他，双眼慢慢地眯了起来。只见他眼眸渐渐亮了，又渐渐黯淡了，失望之色浮现，又转为一种平静或者说是冷漠。

"原来……你一直都知道这些。朕一直也有些奇怪，影子跟着你，这种事情应该瞒不过你，你应该早就知道悬空庙发生的事是那条老狗做的。朕也一直在思考，若你真的按着这些卷宗上所记录的演下去，一旦问及陈萍萍因何要背叛朕，朕还真的不知道该如何开口。"

范闲的指尖微微颤抖了一下，很敏锐地察觉到皇帝老子此时的心境已经发生了极大的转变，然而他的表情却没有丝毫改变，抬起头来，直视着对方，沙哑着声音道："我其实一直都知道。"

皇帝眯着眼睛看着他，眸里一道寒光一现即隐。

范闲抿了抿发干的嘴唇，尽可能压下情绪的起伏，缓声道："而且我一直在努力着，努力着不让过往的血吞噬如今已经存在的事实，其实从下这个决心的那一刻开始，我就知道这是一个天真幼稚到了极点的选择。三年前与燕小乙生死一战，我便想明白了，人生一世，总得努力地去做一些什么，就算被人耻笑天真，也得试一下。当然，天真的事情，总是容易失败。不过……任何伟大的事业，在最开始的时候，难道不都是显得格外理想主义、天真得令人难以相信？比如当年陛下和母亲、和他们在澹州的海边所立下的誓言？"

皇帝看着他，眼睛越来越亮，从范闲一开口说知道、说努力，他便清楚地知晓自己最疼爱的这个儿子，这些年里究竟想实现怎样的目标。不知为何，已经习惯了冰冷的皇帝，忽然觉得心里有了那么一丝暖意，然而这丝暖意又很快消失了。

"他都已经走了，都已经不想当年的事情了，你为什么……"范闲木然地看着皇帝，问道，"为什么非得……要他死呢？"

这自然说的是陈萍萍。说这话时，范闲没有呐喊，没有愤怒地指责，话里充满了悲凉与无奈。他木然地看着皇帝的双眼，皇帝也平静地看着他。沉默了很久之后，皇帝笑了起来。

"呵呵……朕非得要他死？朕最愤怒的便是这点。朕给了他活路，他若不从达州回来，朕或许就会当以前的事情未曾发生过，然而……他终究一个人回来了，他……逼着朕杀了他。

"朕立于世间数十年，从未轻信于人，只曾经信过他。朕甚至还想过，或许能视他为友，朕直到最后还给了他机会，可是……他却不给朕任何机会。"

皇帝深深地吸了一口气，平静的语气里充满了令人心悸的冷漠："奴才终究是奴才。"

听到这句话里的"奴才"二字，以及那掩之不住的怨恨与鄙视，范闲的眼前忽然浮现出那个坐在黑色轮椅上的老跛子，他头脑一热，盯着皇帝咬牙问道："世间的错都是旁人的，陛下当然英明神武。只是臣一直不清楚，当年我那位可怜的母亲……究竟是怎样死的？"

皇帝没有丝毫反应，不屑地看着他道："包括那条老狗在内，大庆所有敌人大概都很盼望今天发生在御书房内的这一幕，你没有让他们失望，只是让朕有些失望。"

范闲闭上眼睛，然后睁开，此时已经恢复平静："有很多事情，臣始终想不明白。"

"想不明白的事情，就不要想了。"皇帝的语气淡漠，很明显对范闲今天的表现，尤其是最后那句话很失望，"在朕的面前，你始终是臣，若想得多了，朕自然不会让你再继续想下去。"

这不是威胁，只是很简单的事实陈述，正如长公主当年对范闲的评价一样。范闲此人看似天性凉薄、性情冷酷，实则多情，有太多的命门可以抓。只不过当年京都叛乱时，长公主根本不屑去抓范闲的命门，而今日之京都，皇帝陛下想把范闲捏死，并不是一件困难的事情。

听到这句冷漠刻厉的话语，范闲站直了身体，用一种从来没有在皇帝面前展现过的直硬态度正色道："陛下这些年待臣极好，臣心知肚明……"

今天御书房内，父子二人没有演戏，都在说着自己最想说的话语。尤其是范闲，第一次坚定地站直了身子，缓缓将这些年与陛下之间的相处一件一件地说了出来，说到认真处，御书房里的暖炉似乎都唏嘘起来，香烟扭曲，不忍直视这对父子的决裂。

庆帝对范闲的好，只有范闲自己知道，如果今天站在庆帝面前说这番话的是太子、二皇子，或是李家别的儿子，只怕早已经死了，然而范闲依然活着。也许庆帝本身是个无情无义的人，待范闲也不见得如何情深意厚，可是相对而言，他给范闲的情感是最多的。

皇帝有些疲惫地挥了挥手，道："朕不杀你，不是不忍杀你。当年的事情，朕不想在你这个晚辈面前解释什么。但朕想，那些人或许一直在天上看着朕，而你是朕和你母亲的儿子，或许你就像是他们留在这人间的一双眼睛……朕不杀你，只是想证明给那些人看，朕才是对的，而他们，都是错的。"

范闲深深行礼，道："臣会老老实实留在京都里，看着陛下的雄图伟业。"

他不谢皇帝不杀之恩，因为不需要谢。皇帝既然让他活着，他自然就会好好地活下去，睁着这双眼睛，替叶轻眉，替陈萍萍，替当年的很多人看下去。

"你会老实？朕不信，你自己也不信。不过朕从来不认为你的不老实是个缺点，只是希望你不要不老实到朕也懒得再容忍的程度。那就在京都待着吧，"皇帝看了他一眼，有些疲惫地道，"就在太学里教教书也是好的，监察院和内库的事情你不要再碰了，朕不想再在你身上花太多心思。"

话说到这个份儿上，已经不能再透彻了。皇帝给了范闲最后一次活下去的机会，如果他肯老实的话。范闲心头生出一丝惘然，因为他没有想到，皇帝老子居然最后会做出这样的决断。

皇帝看着范闲复杂的眼神，忽然想起了澹州海边范闲脱口而出的那一声父皇，沉默片刻后道："以后没事还是可以入宫来请安，独处的时候，朕……允许你称朕……父皇。"

此时御书房内别无旁人，一片安静，范闲身子微微一僵，认真地应道："是，陛下。"

第十一章 京都闲人

没有人知道御书房内皇帝和范闲之间说了些什么，但至少范闲走出御书房时完好无损，并没有变成一缕幽魂，这个事实让皇宫里绝大多数人都松了一口气。

陛下没有发旨让范闲官复原位，甚至连一些隐晦的封赏暗示都没有。反而就在范闲刚刚走出御书房的同一时间，早已经预备好的几道旨意发了下去，朝廷由六部三寺联手，继续加强对监察院和内库的清洗，召苏州知州成佳林、胶州通判侯季常、内库转运司苏文茂入京述职的旨意也发了出去，封言冰云为监察院院长的旨意更是抢先一步出了宫。

很明显，内廷早就做好了准备，皇帝陛下把范闲这个儿子看得太通透，即便不肯杀他，却也有足够的法子把范闲困死在京都，让他不敢轻动，不敢太不老实。

至于范闲通过启年小组发往四周的那些信息，最后能否成为与皇帝讨价还价的筹码，则要看谁的政治嗅觉更敏锐，以及谁的行动力更强。而这两点，世上应该没有人能与皇帝陛下相比。

范闲沉着脸往宫外走去，送他出宫的洪竹小心谨慎，惊惧地跟在他身旁。沿路所见太监、宫女各自侧身见礼，偶有些入宫不久的新人反应不过来，便会被有品级的老人们好生一通教训。

众人瞧着洪竹在他身前，想到陛下让小洪公公起复，只怕是为了要碍一碍小范大人的眼。但是出乎意料，范闲没有对洪竹严声厉色，而是平静与他聊天，洪竹也是保持着谦恭的模样，二人看上去倒是和谐得很，众人不由感叹，小范大人和小洪公公果然都不是寻常人，却没有谁想到他们是真的在说话，声音很低，表情很自然，各自将各自的角色扮演得极好，说的却是一些极不寻常的内容。

"陛下这些日子还是挺喜欢那些菜色。"洪竹低着头，顺眉顺眼地道，"太医院验过了，都是些极好的培元固本的食材。"

范闲直视前方，没有看洪竹的脸，轻轻嗯了一声，看不出来表情的变化。三年前叛乱初平，影响渐消，洪竹被提出冷宫，最初便是在御膳房内帮差。他曾经风光过，加上自身机灵，又有范闲暗中帮扶，日子不仅过得不难，还渐渐重新敛了一些权力。

现在洪竹虽跟着戴公公办差，却没有减弱对御膳房的影响力。这时候洪竹对范闲说的话，便是他们二人之间的秘密，更准确地说，是范闲的秘密，因为洪竹自己也不清楚他要做什么。

洪竹并不担心范闲会对陛下下毒，因为在皇宫里这是没有可能的事情，无论是慢性或急性的毒药，自然有专门的人才进行甄别，再加上试菜的环节，下毒的可能性已被消除。而这些被洪竹暗中影响加入食谱的食材，也得到了太医院的大力赞赏，尤其是那一味产自南方的旱芹，更是因为其性凉、味甘辛，颇有清热除烦、治暴热烦渴之效，被太医院努力推荐到陛下的每日饭桌上。

由御书房出宫的道路并不远，范闲先前得了旨意，可以去漱芳宫看看宜贵嫔和三皇子，陛下有此恩旨。或许从今日起，他便会成为一个真正的闲人，再难有入宫的机会。

走到漱芳宫外，范闲听着里面传出来一阵阵年轻女子的笑声，眉头微微皱了起来，心想皇宫怎么忽然变得如此热闹？他问道："国公巷的夫人、小姐们今天这是入宫请安？怎么来了这么多人？"

"是待选的秀女，因为要候着各州郡下个月送上来的人选，所以这十几个秀女要在宫里多待些时间。今儿个怕是贵嫔娘娘召见她们，要讲些规矩吧。"洪竹轻声应道。

范闲一怔，一时间有些回不过神来。这些天他被软禁在范府中，又忙于暗地里的那些规划，根本没有听到京都里关于选秀的风声，竟是直到此时才知道，原来皇帝老子又准备娶老婆了。

就像宜贵嫔和三皇子那样，范闲没有花太多时间，便嗅到了选秀背后所隐藏的深意。他的眉头皱了起来，知道不仅自己在动，皇帝老子也在动，而且对方不动则已，一动便是剑指千秋万年之后，给予自己最强烈的警告，不禁对漱芳宫里那母子二人生出一些歉意。

在这个世上，如那母子二人一般真正信任一位宫外强援的人不多，这种信任极其难得。然而如今却因为自己的缘故，要让他们面临不可预知的风险，范闲心头难安。

看着范闲默立在漱芳宫前，洪竹以为他是想着宫内有秀女，不大适合入内拜见娘娘和三皇子，便轻声问道："是奴才的错，要不大人改日再来？"

范闲笑了笑，道："为什么不进？不合规矩？我可从来不是一个多么守规矩的人，陛下给了旨，我便来看看，若再不来看……谁知道下次再有机会入宫是什么时候？"

说着话的同时，他已迈步向漱芳宫里走去。守在宫门口的两个太监是跟着秀女班来的，并不认识他，但看着一个年轻男子穿着一身素净棉袍就这样往宫里闯，在吓了一跳之后，机灵地猜到不是自己能拦的主儿，索性一个人跟在范闲的后面压着声音请安，另一人则冲进了漱芳宫通知诸人。

一入漱芳宫，范闲便迎来了众人好奇的目光。庆国风气开化，虽然在深宫中，男女大防要守，可这些秀女们也只是压低声音惊呼了几声，并没有真的羞到要去死，或是哭出声来那般夸张。

范闲温和地一笑，朝着正中间的宜贵嫔恭敬地施了一礼，道："今儿小姨这处倒真是热闹。"

　　这个称谓又是极不讲究、极为违礼了,不过今日范闲在御书房内已经与皇帝陛下正式讲开,虽被皇帝死死捏住了七寸,做不出什么事来,但心性方面却是再也不愿隐瞒什么,隐隐然透出了一股什么也不在乎的潇洒劲儿。

　　宜贵嫔是柳氏之妹,当初范闲第一日入宫时,她便极喜爱这个粉雕玉琢一般的小男生。现如今范闲早已成人,他们之间的关系也早已极为密切,往日在私下时宜贵嫔总是要范闲称自己为姨,但没料到今儿宫里如此多的人,范闲也这般叫了出来,她只好微微一笑道:"多大的人了,还这般没大没小。"

　　这话看似不悦,其实只是提醒与询问,范闲看着她摇了摇头,笑了笑,宜贵嫔的眼神里便现出了一丝忧虑,心知御书房里的谈话,虽然没到最坏那步,却也没有什么向好的变化。一思及此,宜贵嫔的心里便像压上了块大石一般,强作笑颜道:"今儿怎么想着入宫来了?"

　　这只不过是一句场面话,范闲略解释了几句。便在这当儿,醒儿搬了个绣墩过来,范闲一看,当初的小宫女如今也成了漱芳宫里资历最深的大宫女了,于是看着她笑了笑,还觅了个空儿说了一句闲话,这才正经对宜贵嫔道:"陛下吩咐我来看看三殿下的功课。"

　　宜贵嫔眉宇间的忧色越来越重,暗自思忖这莫不是来告别的?可是范家小姐在宫里,范府尚有数百人口,范闲难道还真敢走不成?一时间,她有许多话想问范闲,然而此时秀女们都好奇地看着这个年轻人,现下还真无法问出口,心里好生烦躁,恨不得将这些十几岁的小姑娘全数赶出宫去。

　　范闲看到宜贵嫔的脸色,知道她会错了意,笑道:"殿下在哪里?"这便是找借口要离开了,毕竟坐了一屋子皇帝老子将来的小老婆,尽管他想看看选秀的隐意,也不便总在这里待着。

　　"平儿在后面,你自己去吧。"宜贵嫔有些头痛,看着他摇了摇头。

199

醒儿望着范闲笑了笑，领着他往后面走了。洪竹则是一步不离地跟了上去，这一跟，落在外人眼里，便是陛下的意思。

范闲走入殿后，场间的气氛顿时松泛了起来。从他入宫那一刻开始，十几个秀女略略慌乱之后，便强自镇定，务求在娘娘的面前展现出天家气度。可是看着那个年轻人英俊的面容、潇洒的气度，这些只不过十四五岁的小姑娘哪里能完全平静下来。

令她们好奇的是，为什么这样一个平民打扮的年轻人，却能在宫禁森严的皇宫里自在行走。待听到他与宜贵嫔的一番对话，都猜到了此人应该便是小范大人。本来就好看得不似凡人的容颜，顿时在秀女们的眼中更加多了几分光彩，她们都或直接或悄悄地多看了范闲几眼。

此时终于有个胆子极大，而且出自国公巷的秀女憨憨地问道："娘娘，这位便是小范大人？"

得了宜贵嫔点头肯定，秀女们忍不住窃窃私语起来。在宫里闷了几日，忽然遇到了传说中的小范大人，竟是连入宫前家里的训话、这些天宫里教习嬷嬷的叮嘱都抛到了脑后。此时却有几位心比天高的秀女安静地坐在一旁，看出了一些蹊跷，加上这几位秀女一直将御书房里那位范府小姐当作最大的劲敌，所以今日看见范闲，并不如何动容，反而有些隐隐的敌意。

范闲晨间入宫，午后才回府，也没有耽搁什么。回府后直接和婉儿上了马车，去了郊外的田庄。

婉儿看着范闲有些疲惫的脸色，安慰道："话都已经说到这个份儿上了，陛下还是让你去漱芳宫……我看陛下也只是警告了一下你，对老三倒是没有什么意见，你不要太过担心。"

夫妻二人独处时，范闲总是称皇帝陛下为皇帝老子，林婉儿则是称陛下为皇帝舅舅，不算大逆不道，却有些家常的趣味。今日林婉儿却直接称的是陛下，范闲也清楚是为什么。

"也是要警告朝中百官,不要以为今后的庆国就一定是老三的。"范闲摇头道,"陛下年纪虽然大了,但是雄心犹在,就不知道雄风是不是犹存。"

"毕竟是长辈……"林婉儿欲言又止,掀起帘布,让他看些风景清心。

昨天夜里宫里旨意出来,人们本以为陛下与范闲之间的冷战就此了结。没想到,范闲入宫见驾后,并没有起复的消息,连一点相关的旨意也没有,朝野不禁生出很多猜想。令人意外的是,范府马车很顺利地通过了京都城防司的检查,更准确地说,根本没有检查。虽然说天子家没有小孩子生气就离家出走的桥段,可是法场上的那一幕、这些天来的纷争,让很多人都在担心范闲会不会就此离开京都。但很明显的是,皇帝陛下不担心,不然他不会撤走范府外的监视,也不会给范闲这种自由。

"妹妹在宫里,陛下的旨意也发出去了,那些靠着我生活的下属亲人都在这里,我怎么走?把小花和良子接回来,咱们在府里好好过日子吧。"范闲看着京都外红色暮光映照下的秋景轻声道。

范府今日开府,就收到了一个极为不好的消息。

那天林婉儿第一时间内做出决断,让藤子京将小姐和小少爷送出城,是担心后面会有什么事情,准备悄悄地将孩子送回澹州。然而今天田庄才递回来消息,送孩子的车队到了田庄,便没有办法再离开了。不是有军队在那里候着,而是有一个太监已经候在那里,这种情况下,藤子京当然不敢妄动。

"终究还是低估了陛下心思的缜密程度。你决定把孩子们送回澹州的那天,御书房里刚刚出事,陈萍萍刚被送到监察院……那时候陛下身受重伤,居然也没有忘记咱们的孩子。"范闲的唇角泛起一丝冷笑,"真是皇恩浩荡啊,我们这些做臣子的真该谢谢他。"

"是我安排得不周到,当时就不该去田庄等,应该想法子直接送去澹州。"林婉儿的眉间露出了一丝黯淡,她也没有想到皇帝舅舅居然如此冷酷,连两个小孩子都不肯放过。

"你那时候顶多能联系上一处,我的人都撒在京都外面,要往澹州送当时也没法子。"范闲轻轻地揽过林婉儿瘦削的肩膀,安慰道:"这些天你已经够够累了,操的心也够多了,这和你没什么关系……咱们那位陛下啊,连神庙都敢利用,更何况是两个小孩子。"

"你和承平在宫里究竟说了些什么呢?"林婉儿叹了一口气,继续问着先前的问题。选秀的事情她也知道了,聪慧如她,自然猜出了陛下的意思,想知道漱芳宫的反应。

"能说些什么?"范闲有些无谓地淡淡笑道,"洪竹那个小太监一直跟在身边,陛下让他送我出宫,我和承平难道还能把他踢开?"

这句话里有埋伏,他为了洪竹的安全,一直把这个秘密保守得极紧,不管是婉儿还是三皇子都不清楚他与洪竹之间真正的关系。先前在漱芳宫里,三皇子对洪竹着实有些不客气。

"不过也不用太担心,这些年承平毕竟表现得如此之好,陛下哪里舍得因为我的关系,又让天下乱起来。在洪竹面前,我把老三好生地训了一通……反正……今后大概我很难有机会入宫了,赶紧训一训,最好能让承平真的对我生气。"

马车在官道上轻轻地颠着,远处西方空中的那抹斜阳拖着长长的红色尾巴,在近处的山丘上抹了一笔,又抹向了更远处隐隐可见的苍山的头颅。

"这又瞒得过谁去?"林婉儿靠在他的怀里,心情异常沉重,"做戏给洪竹看,难道陛下便信了?"

"不管陛下信不信,日后我不会与承平见面,国公巷那边也要断了来往……你以后最好也少入宫。"范闲轻轻地摸着她的脸蛋儿道,"咱们自己的事,最好别去拖累旁人。"

林婉儿坐直了身子,静静地看着他道:"可你不要忘了大哥还在东夷城,一天不将你们几兄弟全部收拢入宫里,陛下一天不会安心,这选秀的事情不是很清楚吗?"

范闲望着妻子认真地道："我不是骗陛下，而是准备真正割裂，不要牵扯到承平。陈萍萍当年是这么做的，我也想这么做……只不过我这人远见不够，所以做的准备晚了许多。"

林婉儿叹了口气道："按你这么说，陛下还是属意承平继位，那为什么又要选秀？"

"以防万一，这种事情很好想明白。不过十月怀胎，生孩子哪有这么容易的，那些秀女只有十四五岁的年龄，要当小妈也得多熬些年头。"

说到此处，范闲陷入了沉思之中，想到了陛下的雄风问题。

关于霸道功诀的后遗症，他比任何人都清楚，加上在东夷城最后与四顾剑进行的那一番探讨，范闲确认皇帝陛下的体内应该已无正常的经脉，而变得像是一种全无凝滞的通道或容器，如此才能在肉身之内容纳那么多的霸道真气，才能在东山之上一指渡半湖入苦荷体内，生生撑死了一位大宗师。霸道再多，依旧是霸道，只不过有个王道的名字，哪里又能有真正的质变？

陛下的体质便是外冷内燥，因体息而扰性情，大约要多吃几服冷香丸才好。没有冷香丸，那多吃吃芹菜也不错，或大蒜之类……范闲希望大宗师的身体和凡人的身体没有区别。芹菜、大蒜、豆制品，尤其是第一样，有很强的杀精作用，这个知识只有范闲知晓。太医院不清楚，洪竹不明白，就连皇帝都不知道。只要皇帝陛下再无子息，那么三皇子的位置便会稳若东山。

让皇帝陛下再无子息，这听上去或许是个很毒辣的阴谋，然而范闲并不这样认为，因为皇帝老子还有三个儿子，足够了，再多生些，也不过是为庆国的将来折腾出更多麻烦。至少没有让老李家断子绝孙，范闲想到这点，便想到了陈萍萍，忍不住轻声感慨道："尚有献芹心，无因见明主。"

林婉儿没想到他难得愿意作诗，细细一品，却发现这句诗里讲的只是臣子的哀怨，不由怔住了，心想难道他真的可以忘记皇宫前的凌迟、数十年前太平别院的血案?

关于皇帝、叶轻眉、陈萍萍,以及范建那群老家伙的事情,范闲已经对婉儿全盘讲明了,林婉儿这才知道原来在皇宫的阴影里、历史的背后,居然埋藏着那么多绝情绝性的选择与复仇,所以她根本不奢望范闲会真的老老实实留在府里当闲人,直到这时候听见了这两句诗……

正想着,马车已经到了范族田庄,阖族老少已经提前得了消息,规规矩矩等在田庄外。范闲已经不再有任何官职,可依然是范族的主心骨,他必须替父亲照顾好这些族人。

暮光打在田庄的大门口,思思抱着范良,淑宁穿着一件大花的农家衣裳抓着她的腿弯,好奇地打量着马车上走下来的父母,已经是三岁大的孩子了,记人没有什么问题。

范闲从思思手里接过范良抱着,在她的耳边轻声说了几句什么,然后让候着的族人们散了,拉着淑宁的小手,往堂屋里走,问道:"小花最近乖不乖?"

到了堂屋,乖巧的淑宁松开了父亲的手,扑到了林婉儿的怀里。思思忙着去安排今晚休息的事情,范闲一转眼,却看见堂屋里站着一个太监。

范闲对那个太监点了点头,太监的面色很难堪,而且还有一抹恐惧的白。他赶紧上前对着范闲磕了个头,便离开了田庄。太监的背影消失在门口,藤子京才拄着拐走了出来,对着那个背影吐了一口唾沫。

"注意卫生。"范闲笑道。庆历四年藤子京为了保护他而受了重伤,一条大腿被刺客打断,虽然后来在调养下好了许多,但日常还要拄拐。

藤子京看着范闲惭愧道:"属下无能,没办法将少爷小姐送走……"然后又接着道,"本打算把那个小太监杀了,但又怕给少爷您惹出麻烦。"

"别看只是一个什么都不会的小太监,可他代表了陛下,哪里是你能随便杀的。"说这话时,范闲似乎不太在意,然后他又摸了摸淑宁穿着的那件大花衣裳,笑着道,"还真够亮的。"

藤大家媳妇儿端着热茶出来了，有些不好意思地笑了笑，应道："是三嫂子家里小闺女的，本不该给小姐穿着，只是……"

这时，藤子京挠了挠头道："这些天没法子知道府里的消息，族里的长辈们和我们家商量了一下，想着要瞒过那个小太监并不难，就怕路上会不会有朝廷的埋伏，所以打算把小姐和少爷乔装打扮成乡下孩子，如果有事，看能不能偷偷送走。"

范闲微微一怔，猜到族里的人准备做些什么，想到了当年太平别院血案后，若若亲生母亲曾经的付出，将脸一沉道："以后切莫去想这种糊涂事，哪里瞒得过人去？白白害了人家孩子。"

藤子京随口应了声，并没有当回事，范闲叹道："族里的老人可以糊涂，你怎么也这么糊涂？"

好在今日范府已开，没有发生什么事情，此时再去说这些也没有什么必要。想着先前在田庄路口迎接自己的族人，冷漠如他也不禁有些动容，却陷入了更深的烦恼之中。一人行于天下，自可快意恩仇，便将热血洒了、头颅抛了，也不过换来"无悔"二字。陈萍萍能将园里的那些姑娘送到东夷城，可是范闲身周这么多人，他能送走几个？人生一世，要做到无悔，哪里是这般容易的事情。

他们一家并没有在田庄多待，只过了一夜，第二日一家五口便离开了田庄。

正如皇帝在御书房里说的那样，也正如长公主某一日对谋士说的那样，范闲的命门太明显，只要握住这一点，他就算插了翅膀，又能往哪里逃？不逃，只有面对。可是雪山何其高、何其寒。

范闲抱着一双儿女，笑眯眯地坐在马车内，眼睛却不时透过车窗看向苍山。苍山在京都西，离此官道甚远，但高雄伟奇，直插云天，只是初秋天气，山头早已覆上白雪，给这世界平添了一丝凉意。

"还记得那两年在苍山度冬吗？"范闲忽然问道。此言一出，林婉儿和思思的脸上都流露出了幸福和回忆的神情。第一年的时候，思思被范闲刻意留在京都老宅，但第二年还是跟着去了。

对于范府的这些年轻人来说，苍山之雪可以清心，可以洗脸，那是一个与京都完全隔绝的美丽小世界。在那里，范闲可以充分地展露与这个世界不一样的情绪或情感。不论是打麻将还是闲聊，冬雪里的暖炕，总是令人回忆。车里渐渐安静了起来，林婉儿想到了偶尔上山的叶灵儿和柔嘉，这些天京都范府被围，想必叶灵儿在外面也是急死了，柔嘉妹妹只怕更着急靖王爷在宫里的情况。

"靖王爷那边究竟怎么样了？"林婉儿轻声问道。

"陛下气消了，自然会让他回府，连我都没治罪，更何况他。"范闲摇了摇头，想到了弟弟思辙，不知道京都发生了这么多状况，他在北方知道消息后，会不会出什么问题。

淑宁看着苍山雪顶，抿着小嘴，奶声奶气地叫道："好高呀！"

是好高，要上去好难。

范闲微眯着眼睛望着苍山。在那座雪山里有他在南庆最美好的记忆，也有五竹叔带着自己爬山卧雪的时光，他知道要爬到那座雪山的顶峰是多么的困难。他的目力惊人，忽然看见几只苍鹰正盘旋着，向着苍山最高峰努力飞去，指着高山对淑宁说道："但如果真能上去，其实很美。"

春天种下许多玉米，秋天就能收获很多。或许在很多人看来，种瓜得瓜，种豆得豆，由因生果，勤能补拙，付出总有回报，这是天经地义的事情。然而范闲从澹州来到京都后，替朝廷卖命次数不少，替百姓谋福不少，虽不是什么大仁大义的人，但或自动或自觉地还是种下不少福根儿，只可惜到了庆历十年的秋天，什么福报都没有得到。

所有的官职被夺了，所有的权力被收了，所有在意的亲人都成了变相的人质，他自己则成了一个白身，成了一个只能在京都里听听小曲、逛逛抱月楼的富贵闲人。

偏偏没有人替他打抱不平，没有任何人敢替他向陛下去求情，所有的官员市民们，都很平淡地看着这一幕的发生，甚至连看戏的神情都越越来越坦然了。

施恩而不图报，范闲有这种精神层次吗？谁都不知道。但在人们的眼里，小范大人……不，小公爷，不，范闲打从秋天起便开始完美地扮演着一个富贵闲人的角色，成天在京都的街巷里逛着，在抱月楼里泡着，在府里逗弄着孩子，与家里的女人们说说闲话，看看澹泊书局新出的小说。

书局对门的澹泊医馆依然开着，太医院的医正们代替范若若在民间行医——她在宫里对陛下提出的条件。范家小姐一直留在深宫之中，范闲也没法子进宫，只好请妻子多去探看。

这样安安稳稳地过了一个多月，大概是因为在府内当富贵闲人太过无聊的原因，范闲终于从温柔乡里挣扎着起来，开始到太学上课。要知道陛下夺除了范闲所有官职，却留给他一个太学教习的闲职。

古树临道的太学一如往常般清幽，范闲来太学上课，让太学生们激动无比。在清心池前的那片空地上，时常可以见到数百人聚集在一起，津津有味地听着——这是范闲的主张，来听他课的学生太多，太学安排不过来，只好听从了他胡闹的意见，将课堂摆到了天地之间。

上课的内容其实很简单，主要是北齐大儒庄墨韩先生编修的那些经史子集。南庆太学用了数年的时间，在澹泊书局的大力支持下，早已将那一车书梳理清楚，范闲对这些书籍比较熟悉，讲起上面的典故也不会怯场。他的讲课与众不同，每次都先安排几名教习在清心池前侃侃而谈，最后他才亲自上阵，和阶下的学生们辩论一番，由于辩论的内容稍有不敬，所以没有传到太学外面。

这一日秋高气爽，范闲懒洋洋地结束了一天的课程，也懒得理会那个脸红脖子粗的学生不肯罢休的言语攻势，拍了拍双手，走下了石阶："早就和你们说过，经史子集，我只是能背，什么微言大义却是说不清楚的。师出必有名的道理我虽然懂，但世上哪有义战这种东西？不外乎是个借口。"

"我大庆雄师剑指天下，自然是为解万民于倒悬……"那名学生带着十几名交好的同学，跟着范闲的屁股追了上来，十分不服气地继续说道。

今儿的题目讲到了当年大魏朝立国的一段，用比较平实的话语来说，就是双方在分析战争的正义性问题，偏偏这个问题范闲最说不清楚，也认为天底下没有几个人能说清楚。

范闲没有理会那些犹自愤懑不平的学生，上了马车离开太学，来到了热闹的街道。他拉开窗帘望向车外的街景，掩不住眉宇间的那一丝忧郁。

富贵闲人只是表象，只是做给朝廷、宫里看。范闲心里一直有一把火焰，只是这把火焰被他压抑得极好，而且也是被迫压抑着，因为眼下的局势依然没有任何可乘之机。

他再也没有回过监察院，尤其是将启年小组的成员全部放逐出京后，与一处的联系也变得极为困难。但这并不代表他没有别的情报来源，他知道，只用了一个月的时间，皇帝老子在言冰云的协助下，已经成功将监察院的不安定分子都压制下去，只等着有一天，将这里真正清洗干净。

他发现自己仍然低估了皇权在一个封建社会里的控制力和威力，哪怕是陈萍萍和自己苦心经营了数十年的监察院，眼下在皇权的威迫下，也正在往屈服的地步发展。

他与皇帝之间的问题，看似在监察院，看似在内库，看似在京都，实则在天下。庆国朝野，包括胡大学士乃至言冰云都不明白这一点，所以不明白皇帝陛下为什么会如此处置范闲，既除了范闲的所有官职权力，却又让他如此潇洒地在京都里生活，依然保有着暗中的影响力。

如果仅仅是对付范闲一个人，皇帝陛下比他要强太多，根本不用吹灰之力，便能将他打落尘埃再踩上一脚，让他永世不得翻身。问题在于，在京都之外，甚至在庆国国境之外，范闲暗中的影响力却强大到可怕，这种强大的程度即便以皇帝陛下的自信和骄傲，也无法轻视。

所以皇帝陛下让范闲不死不活地待在京都里，然后缓慢而稳稳地一刀一刀削除范闲的影响力，同时试图斩断范闲伸向国境外的那些看不见的手。这是一个量变引发质变的过程，不将范闲的这些影响力消除到庆国可以承担的风险范围内，皇帝不会真的下杀手，因为若如此，东夷和西凉会乱起来。而若皇帝陛下真的能完全控制住这些，范闲是死是活，又算什么要紧事？

马车熟门熟路地到了抱月楼，范闲将双手负在身后走进了楼子，而后直接向后方瘦湖边的庄院走去，而对身后街口的那个人影一眼都没有看——那是一个苦修士，谁都不知道在暗中还有多少苦修士在监视着他。然而问题在于，范闲进抱月楼，他们总不能也跟着。

穿过凉爽的湖面微风，范闲走进专门留给自己的小院，看着面前那个越发妩媚、越发清艳的妓院老板，问道："今儿有什么新曲子听？"

石清儿掩嘴一笑道："现如今少爷不写诗了，哪里有好的曲子能进您的耳？"距离范闲抄楼已经过去了好几年时间，这个女人却没有显出一点老态。

范闲笑了笑没有说什么，其实根本不用内廷的眼线来盯，京都所有人都知道，如今的小范大人平日最大的乐趣便是来找抱月楼里的姑娘。富贵闲人，他真真当得起这个名声，虽然现在全无官职权力在身，可他依然有钱。谁都不知道范府里面究竟藏了多少金银，只说明面上，范府产业中的抱月楼，在监察院这些年的保驾护航下，早已开遍天下，说是一统青楼行业也不算夸张。

抱月楼的东家掌柜，史阐立和桑文如今还在东夷城那边开拓事业，并且已经把手伸进了北齐上京城，名声极大，当然，人们都清楚，他们的背后站着范闲。抱月楼终究是个产业，宫里不想把范府的脸面全部削了，才给范闲留下了这么一处安乐窝，官府自然也不敢做什么手脚。最令他安慰的是，很明显，这个时代的人还是低估了青楼在情报收集方面的作用。

数年前范思辙和三皇子无法无天弄出来的这桩生意，如今已经成了范闲的底牌之一。

"苏文茂被解职，朝廷用的什么借口？"范闲躺在软榻上，惬意地享受着两个姑娘的按摩。

苏文茂是他的嫡系亲信，因有朝廷公职，无法擅离职守，只好眼睁睁等着朝廷下手。就在不久前，旨意到了闽北三大坊，将苏文茂缉拿回京，这本是件极隐秘的事情，但因为有抱月楼，范闲比京都里大部分人都提早知道了此事。因为早就有心理准备，所以他并不吃惊和愤怒，只是有些担心启年小组派往闽北的人，有没有向苏文茂交代清楚。他相信苏文茂这个性情开朗的二号捧哏，不会傻乎乎地和朝廷正面对抗，但他担心时间太急促，苏文茂没有办法把内库里的那些漏洞全部填满。

内库是范闲的第二个根，内库转运司已经全盘被陛下接收，可他不会让这个根直接被宫里斩断，要斩也必须由他自己来斩，而且一刀斩下，必让庆国朝野痛入骨髓。

一念及此，想到东夷城北方被重兵看守的十家村，想到三大坊和皇宫里各备了一份的内库工艺流程以及自己脑中的那一份，范闲神情不变，袖子里的手却缓缓握成了拳头。

西凉路那边，邓子越成功地从朝廷的密网中逃走，不知道眼下躲在什么地方。既然情报里没有邓子越死亡的消息，他便不太担心，只是那边的四处成员如今群龙无首，也不知道能不能抗住监察院京都本院的压力。洪亦青接受的指令是先入草原寻找那人，再回来联络定州青州城内的力量，希望一切都来得及……

"宫典已经到定州了。"石清儿低眉顺眼道。

范闲沉默无语，他确实没有想到皇帝老子的反应如此神速，竟然将禁军大统领直接调往定州镇压。李弘成虽在定州领军数年，但毕竟根基尚浅，宫典又是出身定州军的老人，资历功劳在此，弘成只怕硬抗不住。如果要想办法让弘成能留在定州，必须让西凉抢先乱起来。

他发现所有事态早已脱离了自己的控制，只希望第一批派往草原的人，能够赶紧联系上胡歌，让那些草原上的胡人，能够逆着天时，在初冬时节抢先发动一波攻势。

范闲接着问道："工部的贪贿案查得怎么样了？"

"杨大人……"石清儿不安地看了他一眼，"昨儿已经定了案，午后大理寺便会出明文判纸。"

石清儿当年是二皇子的人，但是这些年对范闲没有二心，因为她想成为第二个桑文，却不想成为第二个袁梦。近日来眼看着范闲的左膀右臂一只只被朝廷鲜血淋漓地撕扯下来，不禁有些惶恐。

范闲看了一眼湖面上的天光，沉默片刻后道："午后啊，那我去接他。"

工部河都司员外郎杨万里贪贿一案，从被人告发到案纸从刑部递入大理寺，拢共只花了十几天的时间，这种办事效率，放在庆国的历史上极其罕见。不知道内情的人，只怕还以为陛下清理吏治的旨意忽然在庆国十年变成了真刀真枪，官场中人看着这一幕大戏，却不免唏嘘，因为他们都知道杨万里是什么样的人。

杨万里是范门四子之一，当年小范大人私下筹的银子，像流水一样经过河运总督衙门输入大堤，全部经的是他的手，若他真要贪银子，怎么也不可能是罪状上所说的几千两雪花银……更何况所有官员都清楚，范闲御下极严，待下极宽，且不提监察院那数倍于朝廷官员的俸禄，便说范门四子每年都暗中受着范府的供养，区区几千两银子算什么？杨万里他怎么可能贪贿？

正是因为清楚这些，所以官员们更清楚，杨万里受审只不过是宫里的意思，在门下中书贺大学士的一手安排下，审案程序进行得极快，今天大理寺便要宣判了。据一些内幕消息，如果不是胡大学士着实怜惜杨万里有才无辜，硬生生插了一手，只怕他的下场会更惨。

范闲独自站在大理寺衙门前，孤零零地等着里面的结果。大理寺衙役们认出他的身份，顿时被吓得不轻，赶快传消息给里面的大人知晓，自己却战战兢兢地挡在他的身前。

离大理寺最近的衙门便是监察院一处，那些一处的小兔崽子们发现院长在这里，都忍不住涌出了拥门口，强抑着兴奋看着这一幕。

一处是范闲的老窝，当年的整风着实整出了一批忠心耿耿的下属，不然当日大闹法场，也不会还有一大批一处的官员护送他出城。如今沐铁已经被踢出了监察院，这些官员依然把范闲当作院长，只是庆律院例森严，他们也没办法做些什么，此时只能看着不远处的范闲，做些精神上的支持。

可能是一处这些官员的出现让范闲的心情好了些，所以他没有发飙，安静地等着杨万里出来。

衙内一阵"威武"声响起，没过多久，前监察院官办讼师、京都名嘴宋世仁从大理寺衙门默默地走了出来，脸上不仅没有什么喜色，还有些阴沉。

范闲被夺了监察院院长一职，宋世仁这个编外人员也不好待在监察院了。他直接找到了范闲，范闲自然将其安置了下来。这时恰逢朝廷开始清理范系人马，为了天朝颜面不能搞特务手段，一切都要尊重庆律，范闲便将他派了出来，替自己这些下属谋求一个相对公平的安排。看着宋世仁的神情，范闲的眼睛微微一眯说道："我现如今不能进衙门，所以才拜托你……案宗咱们都看过，没道理打不赢。"

"明知道是朝廷安排的证人证据，可是谁也没办法。"宋世仁叹了口气，看着范闲道，"当年大人在江南整治明家，不也用的这个法子？"

范闲声音一寒道："没指望替万里脱罪，我所说的打赢是这时候我得看到他人！"

"囚三年。"宋世仁垂头丧气道。如今替小范大人办事便是对抗整个朝廷，这官司怎么打也是输。

"哪里有'囚'这种说法？"范闲怒斥道，"三千两银子，顶多是流三千里,《庆律》上说得清清楚楚。退赃还银能议罪,你这官司怎么打的?"

宋世仁欲言又止,苦笑道:"《庆律》自然是这般写的,本来退赃罚银议罪昨儿已经说好了,可是今天贺大学士来看审,却把这条给抹了,还改'流'为'囚'。"

"贺宗纬?"范闲听到这个熟悉的名字,不怒反笑,从怀里摸出一张银票,"你再进去,把这张银票交给大理寺卿,问问他《庆律》究竟是怎么学的?是不是要我亲自站出来和他打这场官司?如果真是要我亲自来打这场官司,那你先带句话让他琢磨一下。"

宋世仁接过银票,看着上面三万两的数字,一咬牙一跺脚,又往大理寺里走去。他知道今儿范闲弄这一出,实在是被朝廷逼得没有办法,只看大理寺的官员们究竟会怎么想了。

不知道宋世仁进去之后说了些什么,没过多久,一位官员轻轻咳了两声,走到了石阶下,在范闲的耳边说了两句。范闲也没应答,只是摇了摇头,那名官员一脸无奈,又走了回去。

终于,宋世仁扶着杨万里从大理寺衙门里走了出来。范闲眼睛一眯,看出杨万里在牢里受了刑,心里涌起一道阴火,却又深吸了一口气,强行压了下去,立即喊了几个下人将杨万里抬上了马车。

杨万里没有说什么,只是眼里闪过一丝不甘、一丝悲愤。范闲感到一阵寒冷,他知道杨万里在悲愤什么,一个一心只想做些事情的官员,却因为朝廷里、皇宫里的这些破事,便要承受根本就没有的冤屈,丢官不说,受刑不说,关键是名声被污,身为士子,谁能承担?

在众人准备离开的时候,门下中书大学士贺宗纬在几名官员的陪伴下,缓缓地从大理寺衙门里走了出来。

看着范闲,贺宗纬神情平静地道:"范公子好雅致。"

范闲看都没看此人一眼,这个态度把贺宗纬身边的几名官员弄得有些愤怒。眼下京都的局势早已不是当年,贺宗纬正是当红,范闲却已是一介白身,问话不答,可称无礼。贺宗纬却似乎没有任何情绪,问道:"本官很好奇，你先前究竟让宋世仁带了一句什么话，大理寺正卿会忽然改了主意。"

贺宗纬常入宫中，当然知道陛下和这位小范大人之间的裂痕再难弥补，所以现在他看着范闲，并不像当年那般忌惮。今日奉旨前来听审，他在暗中做了手脚，务必要让杨万里再无翻身的余地，却没有料到本来一切如意，最后忽然变了模样。明明范闲已经不复圣眷，而且全无官职在身，贺宗纬苦思不得其解，为什么大理寺里的官员们竟是被他一句话就吓了回来，连陛下的暗示都不听了。

范闲回过头来，冷冷地看了他一眼道："我对那位大人说，不要逼我发飙。"

此言一出，长街变得异常安静。

"你想逼我发飙吗？"范闲看着贺宗纬那张略黑的脸问道。

跟着贺宗纬的那几名官员闻言大怒，纷纷斥责范闲放肆。

范闲看了那几名官员一眼，就像看着几个死人，然后视线再次落在贺宗纬略黑的脸上，微微一笑道："其实我真的很想知道，如果我当街痛揍朝廷命官，朝廷又能拿我怎样？"

此言一出，那几名官员终于想明白了范闲的厉害并不仅仅在于官职和权力，他也不可能是真的富贵闲人，吓得往后躲了一步。贺宗纬却依然平静，温和地笑道："苏州知州成佳林被参狎妓侵陵，被索回京自辩，大概再过些日子又会来大理寺。看来您这位京都的富贵闲人也不可能真的闲下来。"

范闲淡然道："你是陛下的一条狗，所以要到处奔忙，可我不会。"

打人不打脸，偏偏早在多年之前范闲就打过贺宗纬的脸，今天在衙门口冷言骂贺宗纬为狗，等于又打了一次对方的脸。如今的贺宗纬毕竟不是当初的小御史，身为朝中第一等大臣，自有自己的颜面要顾忌，更何况此时还有这么多人在看着。只见他面色愈黑，沉声道："在本官看来，身为人臣，自然是陛下的一只狗。难道小范大人你就不是？"

他自以为这句话应对得体，既存了自己的体面，又将那句话挡了回去，还让范闲不好应对。范闲听着这句话却笑了起来，看着他嘲讽道："如果我是狗的话，陛下又是什么？"

　　说完，范闲转身上了马车，贺宗纬的脸色变得极其难看，知道自己说错话了。那几名官员看着他的眼神也有些怪异，是啊，再如何被贬，可对方……依旧是陛下的骨肉。

第十二章 北方有变

京都里，范闲不能闲，十分困难地迎接着陛下打来的组合拳，看似只顾得住抵挡，根本没有反击的能力。而在他与皇帝老子之间真正的战场上，却上演着一幕幕惊心动魄的大戏。

西凉路定州城内，不知道李弘成和前来接职的宫典正在进行着怎样的纠缠。而在南庆通往东夷城的道路上，燕京大营冬练的三千官兵被生生阻挡在国境线上，局势已经僵持了三天。

"陛下有旨，让我们入东夷城助大殿下平乱，结果大殿下直接一道军令挡了回来，说有他的一万精兵就够了。"燕京大营主帅王志昆望着屋内的亲信们冷笑道，"问题在于，既然那一万精兵在小梁国平乱，谁能阻止咱们的兵直入东夷？"说到这里，他的怒火终于爆发了出来，"一千！一千个人就把你们的胆子吓破了？难道他们还真的敢向朝廷的军队动手？"

一个将领颤着声音道："陈萍萍死了，小范大人被软禁在京都，这些杀神无人能制……"

王志昆的眼角抽搐了一下，却没有再骂什么。这一次军事行动名义上是冬练，实际上是陛下密旨的要求，这是一次试探，这是皇帝陛下对远在东夷城的大皇子的试探。

京都事变后不久，大皇子忽然发来加急军报，称东夷境内义军此起彼伏，战乱频仍，自己一时间根本无法脱身回京，这便提前堵住了京都召他回京的任何渠道。

王志昆很清楚，大皇子这是不准备回京了……正所谓将在外，君令有所不受。很明显，这位手握一万庆军精锐的大皇子，因为陈萍萍之死，已经与陛下离了心。

大皇子态度一出，陛下并未愤怒，而是很平常地发了道旨意往东夷城，称要派燕京军方入东夷城助大皇子平乱。大皇子也如王志昆所料，强横地拒绝了燕京大营出兵的要求，而且……这两天用来拦燕京军的队伍，也确实不是大皇子的人，朝廷竟是连借口都找不到。

"黑骑啊……"王志昆微微皱了皱眉头，很自然地想到了京都里的那位闲人。

"但……陛下对小范大人的态度还是不明确。"一位将领担心道。

此时在屋内的这些将领全是王志昆的嫡系亲信，说话比较没有忌讳。

一千黑骑确实强大，然而他领兵二十年，燕京大营下辖十万精兵，以人数和装备论乃庆国五路边兵之首，怎么也不可能就此畏缩不前。然而眼下京里的气氛很微妙，谁知道宫里那位究竟准备怎样处置范闲，如果只是想冷一冷他，现在燕京方面下手太重，将来就不好圆回来了。

人生留给王志昆奋斗的余地已经很少，在沙场上再立任何功劳，顶多是像叶帅一样回到京都，成为枢密院正使，声名有所进展，实际上却没有任何好处。所以他必须为自己的家族嫡系考虑，为将来考虑。陛下将来总会有去的那一天，如果此次范闲能够从这次风波里熬过来……不，就算熬不过来，可将来等三皇子坐上了龙椅，以他与范闲的情义，难道会放过自己？

"本都督不理会这些黑骑是谁的人，只知道燕京营三千骑入东夷，谁也不能拦阻！后日再将枢密院调令传给对方，若对方还是不肯让路……那只能证明，他们不再是我们大庆的军队。"王志昆的脸色变换数次，最终还是咬牙做出了决断。

燕京将领们各怀心思、忧心忡忡地离开，不清楚后日的军事行动会不会真的与黑骑发生冲突，更不知道东夷城里的那位大殿下，会不会真的领着那一万名精锐东归，与庆国边军正面相抗。总结成一句话就是，这些将领们，忧心于庆国第一次内战，会不会就在自己管辖的地方爆发。

他们没有想到的是，王大都督当天晚上就去了梅府，拜访燕京城文官首领梅执礼。梅执礼是柳国公门生，与范系有着千丝万缕的联系，听到他的诚恳求教之后，只淡然地问了王志昆一句话。

"瞳儿还在京都吧？"

庆历四年梅执礼离开京都府尹的位置，便来到了燕京城，与王志昆军政配合融洽，极少多事。而王大都督也深深了解这位梅大人的眼光与谋略，单说这位大人能从京都府尹的位置上全身而退，就知道此人在官场之中的能耐。二人私交不错，所以梅大人待王家小姐也如晚辈，只称其为"瞳儿"。

王大都督面色不变，因为他知道梅执礼想点明的是什么事情。今年六月间王瞳儿已经入了和亲王府，成为大皇子侧妃，在成亲之前整整被范闲耳提面命教了数月时间。天下人现在都说，除了范门四子，范闲还有三位身份尊贵的学生，一是三皇子，二是叶家小姐叶灵儿，这第三位，便是燕京大都督王府上的这位小姐了。南庆天下，首重"孝"字，次重"师"字……但这又算得了什么？

"大都督误会了。"梅执礼眼观鼻，鼻观心，他逃离京都政治旋涡已有数年，本不打算掺和这件大事，只是由于他出身国公府，与宫里那位宜贵嫔、三皇子之间的瓜葛太过深厚，如今虽然身在燕京，可将来真想逃，恐怕也是极难逃掉，所以今天夜里，他才会在王志昆的面前把这些话讲透。

"小范大人和瞳儿之间的师生关系固然可虑，最关键的还是你要往东夷城发兵，明眼人都看得出来，大殿下已经根本不听京都的旨意了，瞳儿却是王府的侧妃，你有没有想过这个问题？若大殿下真的占东夷自立为王，就算你集燕京十万兵力将东夷打下来，瞳儿在王府里如何自处？"

王志昆替南庆镇守边疆多年，饱受苦寒，到了不惑之年多了个女儿，自是当宝贝一样疼爱，不免娇纵，才养成了王瞳儿那些不良习气，亏得范闲将她的坏脾气强行打压了下来。每每思及此点，王志昆着实有几分感激，今天被梅执礼这样一点，他怔了片刻才道："莫非小范大人早就预估到了如今的局面？所以当初他才会出乎众人意料，以太常寺正卿的身份促成大殿下娶了瞳儿？"

想到此点，他不由心生寒意。燕京大营实力雄厚，刀锋所向之东夷却已经是大皇子和范闲的势力范围，偏偏这两位年轻权贵一者算是他的女婿，一位则算是他女儿的先生，若范闲如此远谋深算……

"当初小范大人究竟是怎样想的，你我如今再行猜忖也没有意思，不过有句话必须提醒大都督……这问题我能想到，宫里那位自然也能想到，可宫里却对燕京一直没有什么处置。"梅执礼淡淡地看了王志昆一眼，"若小范大人当初真是预判到了如今局势，只能说他目光深远。陛下若疑你用心不够，不论换谁来此，都难凝结燕京军心，如此一来，东夷城的安全自然多了几分保障。"

"我对陛下的忠诚，日月可昭，范闲若想利用此点，那是不成的。"王志昆并没有什么怒意。

梅执礼点了点头道："很明显，小范大人的这手安排没有起到作用，陛下终究是位明主，对大都督信任有加……甚至此次枢密院的军令和宫里的密旨，其实都是陛下给大都督您的一次考验。"

王志昆凛然道："受教。"

梅执礼的脸色依然凝重，道："可大都督您真的就不再考虑瞳儿？不再考虑天下间的议论？若能一战而服东夷城，您自然是我大庆的功臣，可一旦内战祸起，战火绵连……各方压力都会堆到你身上。"

"可是我能有什么法子？若真的压兵不动，愧对陛下的信任。"王志昆神情沉重地道，"京都之中的冲突，最终还是要落在沙场上，身为陛下的臣子,有许多事情……不得不做。"

"不得不做,不得……则不做。"梅执礼静静地看着他,"说句不臣之言,这毕竟是天子家事,你我做臣子的当然要忠于陛下。小范大人和陛下很明显并不希望动荡太过,不然陛下也不会一直给小范大人留着口气,小范大人也不会在京都老老实实当这个富贵闲人。那两位都在守着那根底线,大都督后日出兵威逼可,进犯可,可若要真的流血成河,只怕陛下要的也不是这个结果。"

"可对方是黑骑,那群监察院的狼崽子可不会懂得什么叫退让。这个分寸太难把握,既要出兵,又不能真打,既不能误了陛下的大计,又要防止事态扩展太过严重……"说到此节,王大都督深深地叹了口气,他这一辈子都在刀光剑影里度过,却从来没有遇到如今这种麻烦的局面。

"陛下既然有密旨,打是要打的,至少也要真正地对峙起来,将黑骑那方面的气势压下去。"梅执礼微垂眼帘道,"宫里的旨意必须执行,风雨压山般压过去,黑骑能抗几日?他们虽然是一群杀人如麻的冷血骑兵,但毕竟大殿下不是,小范大人也不是。"

"这种局面维持不了几日,终究最后是要撕破脸的。"王志昆看着他提醒道,"陛下的旨意在这里,我不想让陛下他老人家误以为我办事不力。"

"那就要看小范大人的手段了。他花了这么大的气力在瞳儿身上,在你和大皇子的关系上,为的便是想维持平衡。"梅执礼平静地伸出一个手指头,继续道,"想依旧维持下去,需要一个变数,这个变数是什么,我们不知道,但小范大人一定知道,而那就是解决陛下这道旨意的方法。"

王志昆沉默了很长时间,道:"虽然我并不看好他,但希望他真的能做到。"

两日后,燕京城一片肃杀气氛,从各处军营里汇拢而来的边军集合于城前,向着东方开拔,不过行了半日时间,便与前次派出的三千名先锋营士兵会合,来到了牛头山脚下。黑压压的军队集结于此,旌旗迎风飘扬，骑兵轻甲覆身、杀气腾腾，合计已经超过了万人，气势看上去煞是骇人。

一条官道从牛头山脚下经过，穿过那些金黄艳红的深秋山林边缘，向着东海之滨的方向延伸，顺着这条道路行走，大军可以直抵东夷城。然而无论是那三千先锋还是后面的燕京大军，到了此处，便再也前进不得一步，因为山下那条官道的入口处，有整整三排全身黑甲的骑兵正在严阵以待。

只有三排、共计百余人的黑色骑兵，却散发着令人心悸的阴寒味道，拦在了官道正中，而两边的缓坡上，则是两道更加浓郁的黑色墨线，亦是黑骑。

燕京大都督王志昆为了向陛下展露忠诚，这一次的试探可谓是下足了血本，足足派了一万名边军过来，他当然不会亲自带兵，领兵的是他的一位亲信将领，已经得到了密令。

这位将领看着远方官道上的黑色骑兵，心里有些发寒。

庆国军方对监察院黑骑闻名已久，也是妒忌已久，因为对方拥有最好的装备，最好的战马，浑身上下的轻甲全部是内库三大坊打造，完全是用金子堆出来的战斗力。

军方内部一直有黑骑不过千、过千不可敌的传说，这固然是因为在这数十年间的多次合作之中，黑骑展现出了恐怖的战斗力，也是因为庆律和旨意都严格将黑骑数量限制在一千名以下。

当然，也有军方将领并不服气，庆军之精锐名震天下，不论是定州骑兵还是北大营的长箭军都是威名赫赫之辈，怎么甘心让监察院的一支附属骑兵抢去了所有风采。

然而三年前京都叛乱一役，范闲带着五百黑骑潜入京都，在正阳门下一场血腥厮杀，黑骑像来自冥间的杀神一般，在无数双眼睛的注视下，生生搅碎了叛军骑兵大队。

那可是老秦家的精锐，甚至连秦恒都被黑骑枪挑而死！这个铁一般的事实,让庆国军方真正了解了黑骑的厉害,再也没有人敢小瞧对方,甚至在心里产生了某种难以言表的恐惧。

这位燕京将领眯眼看着那些黑骑正前方的孤单一骑,从对方的银面具上,很清楚地知道了对方的身份——监察院六处黑骑统领,银面荆戈!

燕京将领心头微寒,因为他知道对面这个黑骑统领,便是那个一枪挑了秦恒的猛将。

思忖片刻,这位燕京将领带着几名亲兵,一夹马腹,在哒哒哒的马蹄声中,向着黑骑的防御阵线靠了过去。

"荆统领。"燕京将领吩咐属下递过枢密院的调兵军令,沉声道,"还请贵方让路。"

荆戈接过那封枢密院调令,看了两眼后面无表情地道:"本部只受监察院辖制,至今未曾收到院令,恕难从命。"

大皇子领着一万精兵驻扎在离牛头山不远的宋国境内,只是为了应付朝廷的质询,所以他不可能亲自领兵来拦,只好将这个差使交给了黑骑。

荆戈脸上的面具泛着寒冷的银光,望着对面密密麻麻的燕京军队,沉声道:"我奉命驻守东夷,严禁不相干人等入内,若有人敢妄入一步……杀无赦!"

他的这句话说得很清楚、很平静,却有着令人不敢质疑的肯定。

奉命驻守东夷?奉的谁的命?小范大人的?可是如今范闲早已不是监察院的院长,至于什么只听监察院院令调遣更是笑话,若言冰云真的派监察院官员前来调兵,只怕这些黑骑会很干净利落地一刀斩了来人,再将院令烧成一团黑灰。

燕京将领心头一寒怒道:"这是朝廷的旨意,莫非你们要抗旨不成?"

荆戈没有回答这句话,提醒道:"不要想着绕道进东夷,本部不想翻山越岭去缴你们的械。"说完这句话,他一领马缰,回到了黑骑中,横挂在鞍旁的那根铁枪耀着寒芒。

燕京将领深深吸了一口气，强行压下心头的怒火，观察着近在咫尺的黑骑，看了片刻后，他不得不承认，对方的装备远远优于自己，且看那些装备的重量，也可以知道，这些骑兵的单兵素质乃至战马的素质，都远在燕京大营之上……对方虽然只有一千人，若要战胜他们，需要付出多少代价？

燕京大营与黑骑的对峙到了第三天，也正是王大都督计算中的第五天，双方偶尔有些小摩擦，燕京方面的战意与火气已经涌上来了，而黑骑那方依然是冷漠得不似常人，也不怎么激动。

局面剑拔弩张，王大都督也有些熬不下去了，能够等上五天，他已经是给足了范闲和大皇子时间做反应，如果燕京大军依然无法进入东夷，只怕京都里的皇帝陛下会震怒异常。

就在王志昆准备签发军令，强行进入牛头山一线，向黑骑发起冲锋的那一刻，一位将领面色难看地拿着一封战报，快步冲入了都督府内。

王志昆眯眼看着战报上的内容，震惊之余感到无比寒冷，他没有想到，范闲居然真的能在大庆的北方闹出变数来，而且这个变数是自己怎么也想不到的！

他知道自己的军队可以撤回来了，既没有违逆陛下的旨意，也没有让内战爆发在自己管辖的范围内，这本来是件极为圆满的事情，可是不知道为什么，此时他的眼里没有一点快意，只有愤怒。

军报来自沧州北大营，上面写得清清楚楚，本在北齐上京休养的上杉虎，忽然回到了边境线上，率十万雄师直扑南线，已经压到了沧州以北七十里的地方！

时在深秋，风自朔起，冷空气呼啸着沿着天脉由极北之地南下，一路掠过北部荒漠、连绵不知多少里的北海大湖，来到了沧州北方。沧州地处南庆北端，是距离北齐最近的一座城池，纯以地理来看，应在上京城的东南方，然而因为年年寒风顺天脉南下，所以倒比上京城还要更冷些。

四周的秋树早已落光了树叶，城下的田地抢在夏末就收割了唯一的那一季收成，如今变成一茬茬儿的胡楂儿地，又覆上了一层霜，看着煞是可怜。早已经落了好几场雪，屯田远处的山丘上还覆着白雪，一片寂清。就在那些雪原之上，隐隐可以看见许多黑点和在雪风中招摇的北齐军旗。

沧州城上一位将领眯着眼睛看着那边，斥候早已经回报了消息，这次北齐南下的军队遮天蔽地而来，密密麻麻不知数量，只怕已经是汇聚了北齐南军的全部力量。

虽然敌人势大，但沧州城守军并不畏惧，因为这二十年间，双方已经厮杀过无数场，北齐人从来没有占到丝毫便宜，唯一令沧州方面感到忧虑的，便是那个叫作上杉虎的男人。

自二十年前，庆帝不再亲自领兵之后，天下真可以称得上军神的大概也只有这位上杉虎了，这是他在北方与蛮人连年血战得来的荣耀，无人敢质疑。这几年北齐军队明明士气装备都远远不及南庆，依然可以保持一个平衡局势，也都是因为这个叫上杉虎的人。此人用兵如神，善用分割穿插之术，并未真的全力来扰，却能将南庆两路边军都拖在了这边。

这两年双方各自严守边境，没有真正大的军事动作。沧州军觉得自己是在做准备，蓄积粮草军械，等着陛下发出一统天下的旨意，谁能想到，皇帝陛下还在收拾朝政，北齐人却先来了。

按往年惯例，一入秋中，双方便会停止彼此之间的骚扰和试探，上杉虎大将更是会被召回上京城，进行每年的休假，他今年怎么却忽然从上京城内回来了？

大地缓缓震动，远方雪丘之上的那些黑线渐渐向沧州靠拢过来，随着距离越来越近，在沧州城上官兵们的眼中，这无数条密密麻麻的黑线，如乌云一般的军阵，也渐渐被分解成了一个个的军营组合，分解成了一个个具体的人，穿着盔甲，拿着刀枪，脸上满是肃然之意。沧州城上的官兵们甚至觉得自己能够看清楚那些北齐人眉毛上凝着的霜花，以及他们那些握着长枪的苍白的手。

一种紧张而压抑的气氛，迅速地在沧州城上蔓延开来，紧接着伴随着那些校官们低促的呼喝声，拿着旗令的传令官们在城墙的十几座角楼间匆忙地来回。沧州守将放下内库造出来的单筒望远镜，眉头皱得极深，自言自语道："这些北齐人究竟想做什么？"

城头上温度极低，他说出来的话马上变成了雾气，笼罩在他的脸上，就如同沧州城外远方的那些密密麻麻的北齐军马一样，掩住了真相，让无数人感到疑惑。

守将眯着眼睛看着远方声势惊人的北齐军队，想要看穿对方的真实意图。难道对方是真的想要大举南下？他并不相信这一点。因为一代名将上杉虎绝对不会糊涂到了这种地步，他再如何用兵如神，也不可能在这秋末的严寒天气里，劳师动众，直刺南庆，这是一种找死的做法。

攻城？也没有人相信。因为出现在沧州城外的北齐大军虽然声势惊人，估摸着达到了四万人的数量，可是就凭这些野战军，并没有备着充足的攻城器械，他们拿什么把沧州城打下来？

"将军，北齐人已经深入国境了。"一名校官在沧州守将的身边提醒道，他的脸色极其难看，眼睁睁看着北齐军队侵入国境，北大营却没有丝毫反应，这种屈辱，南庆已经很多年没有承受过了。

沧州守将却没有什么反应，他知道这两天的保守应对已经让很多将领感到愤怒，然而他面对的是上杉虎，而且他根本猜不透对方究竟想做什么，自然十分警惕。

北齐军队分成了三路，用极快的速度突破了两国之间的边境，侵凌至南庆北大营的军力控制范围，这是北齐二十年没有搞过的大行动了。偏偏在这之前，不论是监察院四处，还是军方自己的情报系统，都没有嗅到丝毫风声。北齐十万强军强行入境，看似声势浩大，却不可能直突南向，而任何一次军事行动，总有它的目的，那么……上杉虎这次惊天之举的目的究竟是什么？

沧州城内有两万守军，而北大营的强大实力则是分散在以沧州为核心的四处军营之中。四万名北齐军气势汹汹，可是分兵深入南庆国境，难道对方就不担心自己调兵合围？时值深秋，寒深露重，北齐方面孤师远进，后勤方面一定会出现极大的问题，只要沧州城封城不出，吸引上杉虎来攻，北大营四处军营悄行合围，这四万北齐南军除了狼狈退走，还能有什么样的选择？

一点好处都捞不到，却要调动这么多的军力，消耗如此多的粮草和精神，上杉虎他究竟想做什么？沧州守将的眉头皱得极紧，看着在城下远方开始准备驻营扎寨的北齐人，陷入了沉思之中……

已经第五日了，北齐二十年来最大的一次军事行动，意外地遇到了南庆最隐忍的一次应对，沧州守将封城不出，北大营各处军营也只是严阵以待，眼睁睁地看着北齐人踏上自己的国土，却没有做出任何强烈的反应。这太不符合南庆军人的骄傲与铁血，甚至连那些时刻等待着在沙场上与南庆军队进行一番厮杀较量的北齐军队，都感到了诧异，觉得好生蹊跷。

国境线北六十里有一座小城，北齐此次军事行动的大本营便设在此处。城内一间被征用的民房内，火盆里的雪炭正在燃烧着，内里的红透过外面那层银灰渗了出来，让房间里充满了暖暖的春意。

房间里的几位北齐高级将领没有在烤火，他们站在桌边，忧心忡忡地看着桌上被摊平的南方军事地图，偶尔瞥一眼坐在太师椅上的那个人。上杉虎坐在太师椅上，微闭着眼睛，似在沉思又似在沉睡，他忽然睁开双眼，问道："三路入境已有五日，沧州那边有动静没有？"

"沧州城依然锁城不出。"一位将领回答道，"遵大帅军令，大军不曾深入，除了沧州那一路。"

"想不到南方的这些同行比往年更能忍了。"上杉虎面无表情地站了起来，走到长桌旁，指着地图上的某一个点，"不过庆人多骄傲自大，而且此乃正势之战，无法用诈，沧州守将顶多再撑两天，不可能等到他们京都的旨意到达，则必须出战……不然他无法向南庆朝廷交代。"

"若他们依然闭城不出怎么办？"那位将领忧虑道，"这一次我们倾了全力，如果对方再熬两天，北大营的四处军营看透了另两路的虚实，直接合围，我们一个接应不及……只怕损失惨重。"

北齐军方这次突如其来的大行动，不仅南庆将领猜不透虚实，就连这些北齐将领也不知道原因。冒着严寒与如此大的风险，深入庆国国境，虽说这确实很解气，但军人要的是实际的战果，而不是付出数千甚至上万条人命，只是为了去对方的城池耀武炫威走一遭。真正知晓此次出兵内幕的，或许只有上京皇宫里的那位皇帝陛下以及上杉虎大将，可又有谁敢去问他们？

"这些年我们虽然处于守势，但你们不要把庆军想得太过可怕。南庆北大营以沧州为枢，然而已经过去了五天，北大营其余四路却没有前来合援，一方面可以说他们被我们那两路军队牵住了，另一方面也说明，北大营眼下缺少一个主心骨。"上杉虎的脸上浮现出一丝意兴索然的笑意，"南庆装备军力远在我方之上，若……燕小乙还活着，五日之前，他便会下令舍了另两处缺口，合围沧州，生生吞了我这四万大军，然而眼下的北大营，又有谁敢下这个军令？"

"燕小乙死了，来了个史飞，那位史将军虽然不及燕大都督，但也是个厉害角色，偏偏南庆皇帝不放心自己身边的人，把他调到了京都守备师。当年北大营掺和进了谋反，庆帝多有忌惮，眼下这些北大营的将领，哪里还有当年在燕小乙手下的凶悍气焰？这些年南庆看似在积蓄着国力，准备着入侵我大齐，实则却是在自损国力，尤其是在北大营这处……庆帝是个了不起的人物，然而他手底下这些了不起的人物却一个接着一个地死去。"上杉虎叹息了一声，似乎是觉得有些乏味，又道，"既然如此，我这十万大军进去走一遭,谁又能拦得下来?保守,是他们最好的选择,也是他们不得已的选择……只是那位聪明的沧州守将,恐怕也压制不了太久北大营反攻的欲望。

"所以,大战就在两天之后。"上杉虎说完这句话,便出了屋子,留下了面面相觑的将领们。

屋外风雪已起,雪花并不大,零零碎碎令人厌烦。上杉虎微眯着眼睛,看着城内忙碌的军士和后勤官员,脸上浮现出了一种很复杂的表情,想起那日陛下急宣自己入宫,命令自己不惜代价出兵,也要帮助东夷城稳下来。

锋指北大营,却是要吸引燕京城来援,帮助东夷城暂缓压力。他默然心想,即便南方的那位年轻权贵真的与庆帝翻脸,可是北齐要付出这么大的代价,真的划算吗?

不论划不划算,北齐这次军事行动终究是要付出代价的,正如上杉虎分析的那样,到了第六日,南庆终于做出了强悍的反应,北大营两路精兵呈蟹钳之势,向着沧州城扑了过来,另外两座军营则是全军齐出,冒着天上洒落的细雪,向着北齐初入国境的另两路大军冲杀了过去。

只是一日,便有三处烽火燃起,大陆中北部的荒原顿时变成了杀场。骑兵在冲锋,弓弦在弹动,箭矢横飞于天,铁枪穿刺于野,鲜血迸流,火焰处处,尸首仆于污血之中,杀声直冲天上乌云。沉默了数年的这片土地终于热闹了起来,集结了十几万条生命的沙场,就在这一刻拉开了幕布,轰轰烈烈地杀在了一处。然而,这幕布很快便被上杉虎重新拉上了。

沧州守将在亲兵大队的护卫下走出城池,冷眼旁观着下属们打扫战场,看着那些深深插入枯树之中的箭支,听着不时响起的伤员惨号,没有丝毫动容。身为军人,替陛下出征是理所应当之事,只是他的心里总有一抹寒意,怎样也挥之不去,哪怕是这一场惨胜后的喜悦也无法冲淡。

北大营那两路援军经过一夜强行军,终于在沧州城外与守军形成了合围之势，然而并未等休息片刻，他们便赫然发现，北齐军队有离阵的征兆。

庆军怎么可能让敌人来国境之内晃了一晃便这样施施然地离开，一场准备得并不充分的冲锋就这样开始了。也幸亏北大营边兵连年征战，这样匆忙的进攻，竟也保持了相当强悍的冲击力。

然而上杉虎一手调教出来的北齐精锐又岂是善与之辈，一场大战之后，北齐军扔下一千多具尸首，依旧将阵形保持得极为完好，用难以想象的速度脱离了正面战场，没有给庆军任何追击的机会。

这一场战役，不，应该说是莫名其妙的战斗就此结束。南庆握有地利以及本来便有的优势，自然取得了胜利，只不过这场胜利并没有取得预计当中的战果。

北齐人跑得太快了。

看着那些被缴获的辎重与粮草，沧州守将觉得寒意更深，他的眼睛眯了起来，终于明白为什么一开始的时候就没有看到北齐人的攻城器械——就算是做圈套，对方也不至于一个云梯都不带。原来对方从一开始的时候，只是准备打一仗就跑，不要说什么攻城器械，他们甚至连稍微沉重些的辎重都没有带。全军轻装上阵，难怪最后一触即走却不溃，跑得像兔子一样快！

他们为什么要跑？这位沧州最高将领再一次陷入沉思。他知道自己不是上杉虎的对手，可如果能够真正了解上杉虎的想法，做到有的放矢，也不至于像眼前这样打了胜仗，却依然在害怕。

第二日，另外两个战场上也传来了令人震惊的战报，那两路北齐军入境并不深，在沧州城外南庆军方进行合围的同时，北大营其余的军力也一齐杀出……然而那两路北齐军队竟是跑得更快！

所有南庆将领都警惕了起来，他们不知道北齐那位名将到底在打什么算盘，于是强行约束部下，没有让南庆铁骑借着反击的势头杀入北齐国境。

第三日，又传来了一个不好的消息，从沧州城下脱围而走的四万北齐精锐部队，在退回北齐境内的途中，异常奇妙地向东穿插，进入了东夷城宋国境内，占据了宋国边境上的一座州城。

据说宋国州城没有进行丝毫抵抗，东夷城方面也没有任何反应！

这座州城看似不起眼，以往也没有任何势力注意到此处，然而如今上杉虎领兵进驻，地图上多了一个大大的红点，南庆军方睁眼一看，赫然发现这座州城恰好揳在了北大营与燕京城范围的正中，就像一根鱼刺般，令南庆军方极为不舒服！难道……这就是上杉虎的真实意图？

又过了十数日，监察院四处与军方情报系统同时传来情报，北齐十万大军撤入国境后，在原地驻营，与此同时北齐朝廷也开始源源不断地向着南方输送各种补给。

风雨欲来，这明显是一场决定性大战的前兆，再加上上杉虎夺取的那座不起眼的州城，沧州边军警惕万分，来不及等京都的旨意，便准备迎接战争。或许，大战就在明春？

燕京城里王志昆大帅也被迫将注意力从牛头山方向收回，望向横在北方的四万北齐军，心里愤怒到了极点。他怎么也想不到，范闲所利用的变数，竟然是和北齐人勾结！

京都的旨意终于到了，传至燕京城和北大营各位高级将领的手中。皇帝陛下究竟在旨意里说了什么，没有人知道，但自从那道旨意之后，庆国北方两路边军开始休整，开始蛰伏，开始平静。

再紧接着，东夷城城主云之澜通书天下，对北齐人的悍然进犯表达了最强烈的抗议和愤怒，言明东夷城必将站在庆国皇帝陛下的一边，对一切入侵者都将给予最猛烈的毁灭性打击——恐怖的剑庐十三子忽然间销声匿迹，不知道去了哪里，那座州城内上杉虎的防卫力量马上加强了许多。

就在乱局渐起的时候，北齐皇宫里却是一片安宁，理贵妃看着榻上懒洋洋的皇帝陛下，咬唇轻声道："东夷城算是替范闲保下来了，陛下付出了这么多代价，真不知道他该拿什么来谢你。"

"谢朕？"北齐皇帝冷笑一声，轻轻地揉了揉肚子，"那个满肚子坏水，却总以圣人自居的无耻之徒，只怕会在府里大骂朕轻启战端。"

她从榻上爬了起来，司理理给她套上了一件灰黑色的大氅。北齐上承大魏，喜好黑青等肃然中正之色，这座依山而建的千年宫殿如此，她的服饰也基本上是这两种颜色。走到殿门，看着天空飘落的雪花，这位北齐的最高统治者陷入了沉思，赤裸的双足套在温暖的绒鞋之中，不知可曾暖和。

雪花飘过，她微眯着眼睛，目光落在地面上。此殿在皇宫深处，与太后寝宫离得不远，离山后那座小亭也不远，十分幽静，若无御准，任何闲杂人等不得靠近。在这片宫殿服侍的太监、宫女人数极少，都是当年太后一手带起来的奴才，也不用担心北齐最大的秘密会外泄。但她依然穿着男装，双手负于后，直视雪中，根本没有透出一丝柔弱气息。对于她来说，或许女扮男装早已不是一件需要用心去做、需要隐瞒的事情，她早已经把自己看成一个男人、一个皇帝。

"陈萍萍死后，这个天下有资格落子的人就剩下三个人了。如今才明白，国师临去前，为何如此在意陈萍萍的寿数。原来他早已看准了，只有陈萍萍最后主动选择，才能逼范闲和他那个便宜老爹翻脸。只是朕不明白陈萍萍为什么要这样做，什么样的仇恨可以让他做得这样绝？"

北齐皇帝沉默了一会儿，道："想来和当年那个女人有关系吧。"

司理理将手中的小暖炉递了过去，轻声问道："三个人里面也包括范闲？"

她是南庆前朝亲王的孙女，如今是北齐皇宫里唯一得宠的理贵妃，她与北齐皇帝之间的关系比很多人猜测得都更亲密。她们是伴侣，是自小一起长大的伙伴，也是彼此倾吐的对象。先前北齐皇帝说陈萍萍死后，还有资格在天下落子的只有三人，如果这三人里包括范闲……

"范闲当然有资格。"北齐皇帝轻轻地摩挲着微烫的暖炉，"他有个好妈，自己对自己也够狠，才有了如今的势力……眼下庆帝并不想把他逼上绝路，还是想着收服他，因为收服范闲一系，对南庆来说，远比消灭他更有好处。仅此一点，就证明了范闲手中的力量，让庆帝也有所忌惮。"

"天寒地冻的，不要站在殿门口了。"司理理小心翼翼地看着皇帝的脸色，眼角余光很不易察觉地拂过那件大氅包裹着的腹部。

皇帝何等样聪慧敏感的人，马上察觉到了她的视线，脸上顿时浮现出一丝厌恶之意，顿时双颊微紧，似乎是在紧紧地咬着牙齿，压抑着怒气。

看着皇帝这副神情，司理理却忍不住笑出声来："他若知道陛下此时的情况，会如何做？"

"那厮太无情了……骨子里却是个腐儒。"北齐皇帝毫不留情、刻薄地批评着南方的那个男人，"这数月里做的事情何其天真幼稚糊涂！时局已经发展至今，他竟还奢望着在南庆内部解决问题，还想少死些人……他终究是低估了庆帝，就算他那位皇帝老子不是大宗师，又哪里是他的这些小手脚能够撼动地位的。想少死人就改朝换代？真是荒唐到了极点！此次朕若不帮他，东夷城则和燕京大营正面对上，不论双方胜负如何，他如何还能在京都里伪装一个富贵闲人？"

"陛下难道就真的只是想帮他守住东夷城？"司理理眼波微转，轻声问道。

北齐皇帝身子微微一僵，似乎没有想到司理理看出了自己其他的打算，沉默片刻后道："朕岂会因为一个男人就损伤朕大齐……南庆不乱起来，大齐压力太大。再说庆帝本来一直都有北伐之念，如今上杉虎将军横守于南，先行试探，再控住中枢，有了准备，将来总会轻松一些。"

"只是有些担心上杉虎将军。"司理理低眉道，这句话其实轮不到一位后宫的妃子来说，只是她这位理贵妃，在很多时候其实和北齐皇帝的谋臣差不多。

"外敌强势，上杉虎就算记恨朕当年与范闲联手杀死肖恩……"北齐皇帝微微皱眉，"然南庆一日不消北侵之念，这些便要往后放，不能因私仇而忘天下。朕如此，想来他亦是如此。"

"只是小范大人在南方本就处境艰难，一旦被南庆朝廷的人瞧出此次上杉虎将军出兵与东夷城那方面的关系……"司理理眉宇间闪过一丝忧虑，不由自主地替范闲担心起来。

上京城里与范闲有关系的三位女子，海棠朵朵远在草原，北齐皇帝帝王心术、冷酷无情，只怕也不怎么在乎范闲的死活，只有她是真的有些记挂那个时而温柔、时而冷酷的男子。

"这本来就瞒不过多少人，至少那些知晓庆帝与范闲相争内幕的人肯定能猜到。燕京那个王志昆肯定是第一个猜到的……猜到怕什么？即便传出去也不怕。"北齐皇帝微笑道。

司理理听到此节，不由幽幽一叹，道："原来陛下一直没有绝了逼他来上京城的念头……只是若真到了那一步，他还能活着过来吗？"

北齐皇帝平视风雪，缓缓道："若他活着，却不肯来，对朕而言，与死了又有什么差别？"

"朵朵应该不知道这件事情。"司理理静静地看着她。

"小师姑在草原上，西凉路的人又死光了，要联系她不方便。"北齐皇帝沉默片刻，右手忽而抬起，微微一颤，似乎是想抚上自己的腹部，可是这个动作终究没有做出来。

第十三章 冬至，定西凉

庆历十年，东夷城名义上归顺了南庆，天下大势发生了不可逆转的变化，然而秋初京都一场雨，便将这局势重新拉了回来。不论身处旋涡正中的范闲当初是否真的有此深谋远虑，但至少眼下的东夷城已经处于他和大殿下的控制之下。四顾剑的遗命在这一刻真正发挥了最强大的效用。剑庐十三子，除云之澜出任东夷城主，其余的十二人以及其余高手都集合在范闲麾下。再加上南庆大皇子率领的一万精兵、陈萍萍留给范闲的四千黑骑，东夷城实际上再次成为一个单独的势力。

四顾剑死后的东夷城依然保持了独立，想必这位大宗师死后的魂灵会欣慰才是。

当然，能够达成眼下这种局面的关键，除了东夷城自身实力，最关键的还是庆历十年深秋，北齐军方忽然发动的这一场攻势。这一次的入境攻势让北齐朝廷损失了不少力量和粮草，最终只让上杉虎妙手偶得了那个犄角处的州城，看上去有些得不偿失。紧接着北齐全境发动，做出了全面南下的模样，逼得南庆全力备战，一场大战似乎在明年春天就要爆发。

这至少给了东夷城，给了范闲半年的缓冲时间。

不论那位女扮男装的北齐皇帝在司理理面前如何掩饰自己的内心想法，口中只将北齐朝廷和子民们的利益摆在最前头，但她无法说服自己。

她做的这一切，很大程度上还是因为南庆的那个男人，那个与她博弈数年、配合数年、斗争数年，最终一朝殿前欢，成为她的第一也是唯一的那个男人。

战争的消息传到京都时，已入初冬，今年京都的天气有些反常，秋雨更加绵密，似乎将天空中的水分都挤落了下来。入冬之后，天空万里无云，只是一味地萧瑟而高寒，却没有雪。

没有监察院，抱月楼的情报无法让范闲掌握那场战争的真实内幕，但这并不妨碍他猜到真相。与战豆豆预料的不一样，他终究不是一位真的圣人，只是一个普通人，明知道北方的女皇帝是在帮助自己，很难再去愤怒什么，只是有些阴郁而已。

阴郁的原因很复杂，他发现自己其实根本没有办法影响北齐的想法，就算捏住了对方最大的把柄，可是对方终究是一位君王，另外一个原因，则是此事之后宫里的态度。

北齐入侵，再退，不收，备战，这连环四击都是在替东夷城分担压力，但凡眼尖的大人物们都能看明白这一点，也就清楚了范闲在此中所扮演的角色。大人物们震惊于范闲的影响力，居然能够让北齐人出兵相助，连柳国公都难得上府，语重心长地与范闲谈了整整一夜。他是柳氏的亲生父亲，算起来也是范闲的祖辈，虽然很少出府，但在关键时刻从来都是站在范闲一边，所以范闲只能听着。

连柳国公这种不问世事的人物都震惊了，宫里为什么还会如此平静？范闲相信，皇帝陛下肯定不是因为震惊而无言，要知道陛下本来就需要一场战争，哪里会害怕北齐。

寒气渐凝，京都的初雪终于飘了下来。恰逢冬至，京都各处民宅里的大锅开始煮饺子，各处坊市里杀羊的生意好到了极点，每条街巷里似乎都升腾着羊肉汤的美味。

在京都里低调多日的和亲王府今天正门大开，迎接贵宾。王府外负责护卫的禁军，用警惕的目光注视着各处的动静。大皇子抗旨不回京，这件事情并没有宣扬开去，只有几位大学士知晓。此事可称大逆不道，不过为了朝廷和李氏皇族的颜面压着，但对王府的看管则是紧了很多。

范闲牵着淑宁的小手，满脸含笑地走进了亲王府，与王妃并排向着那座湖心亭走去。林婉儿一入府便被叶灵儿拉走了，这对手帕交也不知道要去说些什么事情。范闲夫妻、叶灵儿、柔嘉郡主，加上王妃和侧妃王瞳儿，除了深宫里的三皇子，李氏皇族的年轻一辈都聚集到了王府。

"小范大人还真是每有惊人之举。"和亲王妃粉脸无威，只是一味地恬淡。她如今也等于是人质，常年阖府门不出，今日难得冬至，却将这几位京都里处境最微妙的年轻人都请了过来。

"大公主说笑了。"范闲和声应道，"若说的是沧州城外的事情，我想您应该比我更清楚，您那位……弟弟，可不是我能使动的角色。"

王妃用一种复杂的神情看着他，幽幽道："正因为知道皇弟他的性子，所以我才不明白，你是怎么能够说动他出兵助你。"

"这件事情不用再提。"范闲笑着回道，"王妃如今一个人在京都，若有不便，请对我言。"

王妃微笑着行了一礼，她当年曾经犯过一次错误，此后再也不能犯。因为自己的夫君与面前的这位年轻人已经牢牢地绑在了一起，绑在了东夷城中，再也无法切割。

"燕京大营剑指东夷，王瞳儿如何？"范闲见身旁的淑宁有些走不动了，将她抱了起来。小女孩听不懂长辈们在说什么，好奇地睁着一双大眼睛，在范闲的脸和王妃的脸上转来转去。

"瞳儿性情骄纵了些，却是个天真烂漫的好孩子，只是略嫌沉闷，有时候我让她去叶府逛逛，她就高兴得没法……对了，她曾经想过上范府去看看，不过你也知道，总是不大方便。"

"当初想过，王妃在府里，王家小姐应该没有什么问题。"

"这还不是你当初整出来的事。对了，玛索索姑娘还是没个名分，年纪终是大了……"这时王妃的眉间闪过一丝黯然。如今大皇子远在东夷，遥遥与朝廷分庭抗礼,她在京都的人质生活自然紧张,府里偏偏还有一个小孩子似的侧妃、一个天性直爽却不解世事的胡女,让她感到实在辛苦。

范闲叹道:"现如今哪里顾得上这些,当初虽是我这个太常寺正卿弄出来的幺蛾子,但你我心知肚明,终不过是陛下的意思。"

话到此处,再说也无味,恰好二人也已经走到了亭子里。亭畔一溜儿全部是玻璃窗,透光不透风,生着几处暖炉,气息如春,令人惬意。范闲看着亭角凑在一起说话的那四位姑娘,心生感慨。

有一年冬至,范闲以郡主驸马的身份被召入宫中,在太后如冰般的目光下,极无兴致地吃了一顿羊肉汤。还是在那一年,大皇子开府请客,正是在这亭中,除了太子,皇族所有的年轻人都到了。

如今太后死了,二皇子死了,太子死了,该死的人、不该死的人都死了,就剩下被锁于京都的范闲、被隔于东夷的大皇子、被幽于宫中的三皇子,再加上这几位姑娘。

所有子辈都站在对立面,难道他就好过吗?范闲不由自主地想到了宫里的皇帝陛下。

火锅送了进来,范闲坐在柔嘉身旁,嘘寒问暖,替她涮着碗里的羊肉。虽然宫里有风声,靖王爷大概几天后就会被放回府,可是想到一个姑娘在王府里孤独熬了数月,他不禁怜惜起来。

没有仆妇在亭中,大家说起话来随意许多,便是那位有些拘谨、有些陌生、眼里泛着好奇神情的王曈儿也没有被冷落的感觉。吃了几盘肉菜,范闲起身去亭角拾银炭,却发现叶灵儿跟了过来,不由无奈地摇头,低声道:"我知道你心疼王曈儿,但我也没办法。"

王曈儿将来会是什么样的结局,是不是像叶灵儿一样变成年轻的寡妇?谁也不知道。叶灵儿早已不是当年那个纵马行于京都街巷的少女了,她问道:"难道你就这样和陛下一直闹下去?"

范闲沉默片刻后道:"你问死我了……不过陛下眼里只怕根本没有我。

再过几天，或许西边就有消息传过来，你帮我打听一下，枢密院暗底下有没有什么动静。"

"政事方面父亲可不会让我插手，我又不是孙轚儿。"叶灵儿白了他一眼，旋即面色微黯道，"我不知道你在做什么，只是想劝你一句，别像他当年那样。"

这句话里的他自然说的是二皇子。

范闲轻轻地拍了拍她的肩，道："放心吧，我不是他。"

"我怕你比他走得更远。家里总有议论会钻进我的耳朵里……虽然我并不想听这些，但总能听到一些。北边那件事，父亲很生气。"叶灵儿看着范闲认真地道，"毕竟，你我是庆人。"

范闲点了点头，没有说什么。

启年小组成员在东夷城与沐风儿碰头后，让小梁国的动乱重新兴了起来，从而让大皇子有借口留在东夷城。可北齐的反应完全出乎范闲的意料，因为从时间上算，王启年刚到上京城不久，自己让他带过去的口信里也没有让北齐出兵的意思，只是请那位小皇帝看在两人的情分上，帮东夷城一帮——帮忙有很多种方式，如今北齐这种做法毫无疑问最光明正大，也让他的处境最尴尬。他从沉思中摆脱出来，一面夹着银炭，一面轻声地与叶灵儿说着闲话，想从叶府里的只言片语中了解枢密院方面到底有没有什么动静。因为宫里那位皇帝陛下对北面战事的反应太淡漠，淡漠到范闲嗅到了一丝危险的味道，然而却不知道这危险究竟会落在何处。

冬至之后过了几日，范府又摆了一次家宴，这次家宴与和亲王府那次不同，除了府里的主人，请的客人只有范门四子。

杨万里从工部员外郎的位置上被打入大狱，在狱中受了重刑。那日大理寺宣判后，被范闲接回府里养伤，到如今还有些行动不便，脸上怨恨的表情却早已风轻云淡。

范门四子里爬得最快的是成佳林，已经做到了苏州知州。如今被范闲牵连，宫里给他安了狎妓侵陵两桩大罪，实在是有些过重，被强行索拿回京。这一个月里，范闲为了他前后奔走，熬神费力，终于保住了他一条性命，结果却是丢官了事，眼看着再无前途。

花厅里摆着两桌，女眷们在屏风后面的那一桌上，外面这桌只坐了范闲与杨、成二人。此时大家都没有动箸。花厅外，雪花在花园里清清扬扬地飘洒着，等着那些应该来的人。

没等多久，一个人顶着风雪，在仆人的带领下进入了花厅。此人正是这些年离开南庆，秉承着范闲的意志一统天下青楼的史阐立。史阐立入厅，不及掸去身上的雪花，先对主位上的范闲深深一礼，又隔着屏风向内里那桌拜了一拜，这才转过身来，上前抱了抱两位许久不见的友人。

如今史阐立和桑文共同主持抱月楼，手握天下大部分的情报，自然知道这两位友人数月里的凄惨遭逢，一切尽在不言中，这一抱便已述尽了离情与安慰。

"你身子不便，就不要起来了。"史阐立很自觉地坐到了成佳林下方，隔着位置对作势欲起身说话的杨万里说道。他如今已是天下数得着的富商，早些年一心苦读圣贤书养成的习惯还是没有改变，总认为自己这个商人身份应该坐在最下面。

杨万里与成佳林互视一眼，苦笑连连，也懒得理会这个迂腐的家伙，转头说着些闲话。他们没有去谈这几个月里自己悲惨的遭遇，也没有对朝廷大肆批评，不想再让范闲因为这些事情而焦心。

又等了一阵，却始终没有人再来，众人脸色便开始变得有些尴尬和难看起来。成佳林看着范闲透出冷意的脸色，喃喃道："或许是雪大，在路上耽搁了。"

杨万里紧紧地抿着唇，叹了一口气，端起面前的酒杯一饮而尽。史阐立看了一眼范闲，小心地道："据我这边得的消息，季常应该七天前就归京了，朝廷……没有给他定罪，只是晾着他。"

范闲挑了挑眉头，笑道："时近年末，官员同僚们多有往来宴请，一时排不过时间来也是正常。"

话虽如此说着，他的心情却渐渐冷了下去。侯季常回京数日，却没有来范府拜见，宫里似乎对他也没有什么治罪的意思，这一切已经很明显了。

放眼历史，背师求荣的事情并不少见，只是摊到自己的身上，范闲还是有些不好受，目光缓缓地从桌上三人的脸上拂过。史阐立本来还在宋国国都，此次是冒险回京来见自己。杨万里自不用说，就说已经做到了苏州知州的成佳林，范闲一直以为他性情偏柔弱了些，不大敢信任，没想到此人宁肯被夺官职，却也不肯背离自己，而侯季常……却出乎意料地没有来。

"听闻今日贺宗纬府中也在设宴。"史阐立的脸色有些难看，"当年您入京之前，他们二人并称京都才子之首，也曾有些私交。"

杨万里沉怒道："好一个季常，弃暗投明的事情做得倒快，改日见面，定要好好地赞叹一声。"

这话自然是反讽，成佳林苦笑半晌后幽幽道："想当年在同福客栈，季常兄对我等说，小范大人便是行路的时候，也要注意不让伞上的雨水滴入摊贩的油锅之中，这等爱民之人，正是我等应该追随的榜样，却料不到如今他……哎……"

一声叹息罢了，范闲反而笑了，招呼三人开始吃菜，道："人各有志，再说如今我又无法在朝中做事，季常想为百姓做事，和贺大学士走近一些，也是正常。"

话说得平静，谁也无法瞧出他心里的那缕阴寒。他本来最看好侯季常，只是世事每多奇妙，不知道是范闲的安排出了漏洞，还是运气的问题，范门四子里，杨万里修大堤有功，声震天下；成佳林年纪轻轻便做了苏州知州，也是当日陛下亲召入宫的新政七君子之一；史阐立虽然没有进官场，但抱月楼东家的身份也算不凡；偏偏只有侯季常，仍然偏居胶州，无法一展胸中抱负。如今范闲失势，他心有不甘之余，大概便生出了些别的想法。

关于这一点，范闲并不是不理解，他只是不高兴。

贺宗纬今天也开宴，他更不高兴。

酒过三巡，几人闲聊着这些年来各自做的事情。杨万里讲着那些白花花的银子是怎样变成了大江两旁的巨石和土方。成佳林讲着他在知州任上怎样保境安民，怎样通过小范大人的帮助，将那些盐商、皇商收拾得服服帖帖，怎样替师母筹措银子给杭州会，帮助了多少贫苦的百姓。史阐立则含笑讲着在天下的见闻，以及那些青楼凄苦女子稍微好过些的日子，还讲了一件趣闻，据说抱月楼的某些后阁里如今供奉着小范大人的神像……此言一出，除史阐立本人之外的其他人都把酒喷了出来。

三人虽都是在闲聊自己的事情，其实都和范闲有关，讲的都是他做的一些利国利民的好事。范闲不是圣人，听着这些自然也高兴了些。他含笑望着眼前这三人，道："万里这些天一直住在府里，反正他在京都里也没有正经家宅，佳林你家眷还在苏州，干脆也搬府里来。"

门师一开口，三人同时安静下来，放下了手中的筷子。

"苏州家里的事情，我有安排，你不要担心。"范闲望着成佳林温和地道，"把这段日子熬过去就好。今儿喊你们来，就怕你们对朝廷心有怨憎，对我心有怨憎，反而害了自己。"停顿了一下，他又轻声道："当然，如今看来，季常那边是用不着我去管了。

"你们清楚，我对你们向来没有别的要求，不过是那八个字，朝廷即便想从你们身上抓到我的罪状也没有可能。季常那边他有自己的考虑，但想来也不会无中生有地出卖我。"范闲的表情平静了下来，"太平时节我需要你们出力，而如今天下并不太平，所以需要你们隐忍。我知道你们想帮我，私下还去找了一些交好的同僚。以后不要这样做了，我的事情不是朝堂能解决的。"

杨、成、史三人认真地应下。当年他们外放时，范闲给他们留了八个字，直到今天也没有忘记。

那八个字就是——好好做人，好好做官。

"如今既然做不得官，那便老老实实做人。"范闲的眉宇间有些隐痛，陛下将自己身边所有的人都打落尘埃，让自己左顾右盼、焦头烂额，这一手着实是太过狠毒。

宴后，杨万里与成佳林自去后园寓所休息，范闲把史阐立留了下来。他千里召史阐立回京，自然不是为了只吃一顿饭这般简单。书房里只剩下他们两个人，史阐立再也不用掩饰什么，愤怒地把侯季常骂了一通。范闲淡然道："季常如今才学会、才敢钻营，哪里知道自己犯了个大错。"

史阐立心头一寒，他知道门师太多秘密，知道门师不是一个简单的权臣而已，力量更在权位、官位之外，侯季常的背叛实际上是得罪了一位黑暗中的君王。

"不要担心我会杀他，我没有那个闲心。"范闲微垂眼帘道，"我让你查的事情查得怎么样了？"

"东夷城和北齐都没有异样，和表面上的战火毫不冲突。"史阐立先补了一句，然后认真地回答范闲的问话，"您要查的宫典出京一事，确实有些蹊跷。枢密院在两个月前，向南诏方面发出一封调令，密级极高，楼里也只是探到了风声。如今没有院里的配合，很多消息都只能触到表面。"

"南诏？那里有什么问题？"范闲皱着眉头问道。

"叶帅的公子就在南诏前线，南诏如今并无战事，依朝廷惯例，主将应带兵回京述功。按时间推断，这时候应该已经到了京都陛见，然后分还各大营。然而那一路边军始终未到。"

"你的意思是说……他们有可能去了西边？"范闲的心头一震，忽然想到一个极为可怕的可能，不可置信地道，"这么大的军力调动，怎么可能瞒过天下人？"

"若一开始的时候，我们把注意力放在南边，哪怕是渭州南线，有关妩媚她们的帮忙，或许就能查出动静。"史阐立自责道，"只是抱月楼这几个月一直注意着京都、东夷、北齐三地，对那边的情报梳理不够仔细。"

"不关你的事情，是我点的重心。"范闲头痛似的揉了揉太阳穴，自言自语道，"叶灵儿他哥哥……这厮长年不在京都，我都忘了还有这么一个人。按时间算来，如果南诏边军真的回拨，过京都而不入，若真的是往西去……岂不是已经到了定州？"

他深深地吸了口气，眼眸里充满了不安与疲惫，知道自己犯了一个大错，只不过这几个月自己一直被软禁在京都，监察院又在言冰云的看管下，只靠抱月楼确实无法准确地掌握庆国的军力调动。

"宫典去定州召世子归京……带走了一万京都守备师和两千禁军。"史阐立提醒道，"这是先前就查出来的举动。"

"这我知道。"范闲的心里生出一股挫败的情绪，手掌轻轻地拍打着书桌，"但是没有想到，陛下手笔这么大，居然远从南方调兵过去，横穿千里，大军换防，难道他就不怕天下大乱？"

史阐立强自冷静分析道："南诏新主年幼，国内权臣多心向大庆，留一路半边军足矣。燕京城和北大营应付北齐和东夷城，看上去因为当年叛乱影响，北大营无主帅有些影响，实际上也没有什么危险……所以对陛下来说，只要能够平定西凉，天下再无乱因，他便可以全力准备北伐。"

"平定西凉，是要对付草原上的那些人……"范闲叹了口气，知道自己还是被皇帝老子算死了，终究没能翻过对方的掌心，一股难以言喻的疲惫和失望涌上心头。

为什么陛下对北方的战事如此漠然，丝毫不因为北齐与范闲之间可能的勾结而愤怒而警惕，原来他早就已经理清了自己可能做出的举动，将所有的精神、所有的力量都集中到了西方，根本没有跟着范闲的布局而起舞，反而是趁势而为，将拳头狠狠地砸向了定州城。

"必须马上通知世子。"史阐立道。

范闲疲惫地坐在椅子上，无奈地道："来不及了。"

风自北方来，穿过北海时携带的些微湿意，早就在草原东北方的那些荒漠戈壁中挥发干净。冬天的草原一味干冷，秋草早已不见，剩下的只有一望无垠、硬得让马蹄都感到不适的沙土。

往年冬天，不愿意去南方度冬的耐寒鸟自天上俯瞰，或许能在某些湖泊的旁边找到一些诱人的青绿，然而今天连这些可怜的栖息地都找不到了。因为这里全是一片血红，冻得发干的草根是血红的，圆圆的砾石是血红的，一捏便碎的沙土是血红的，连那些钻出洞穴的田鼠身上似乎也是血红的。

这里是红山口，由草原进入大庆疆土必经的一处地方，山石尽是一片红色。然而今天的红并不是上天赐予的异色，而是被草原上的胡人以及大庆将士的鲜血染红的。

到处都是尸体，到处都是鲜血，先前将田鼠惊出洞穴、将大鸟惊飞上天的震天厮杀声已经渐渐停歇，只有某些荒丘旁还在进行着残酷的战斗。一些垂死挣扎的胡族勇士聚成了几个小圆，在人数十倍于自己的庆国将士围攻中，抛洒着最后的鲜血。

一年前，定州大将军、靖王世子李弘成便是在红山口接应自草原里逃出的黑骑以及范闲。当时他便奢望着能够在这里打一次漂漂亮亮的伏击战，然而胡人并不是蠢货，从来没有给庆军这种机会。

往年如此天寒地冻的时节，西胡无数部落都会跟随着王帐躲避寒冷的空气，向着草原更深处进发，一直进发到那处无法攀登的高山下方，熬过苦寒后，第二年的初春才会重新布满整片草原。

西胡极少会选择在深冬向西凉路发动进攻，往年除了那些在草原内部厮杀中失势的部族，会失心疯般地越境抢掠庆国屯田军民的过冬粮食，从来没有什么大的军事行动。但今年不知道怎么回事，继承了左贤王大部分牛羊勇士的胡歌大人，忽然率领部落向东迁移，并且勇敢或者说鲁莽地向庆国发起了进攻。更令西胡人百思不得其解的是，英勇无比的单于在王帐沉思一日一夜后，对胡歌的行为表示了赞赏，并且冒着严寒出动了最精锐的草原铁骑，试图穿越红山口，绕过青州直袭西凉内腹。

可谁能想到，红山口附近的荒野里居然埋伏了足足两万庆国铁骑、七万定州军！

庆国似乎料定了西胡今年会冒着严寒来进攻！

胡人的进攻全无道理，庆军的埋伏更是毫无道理，这些没有道理的事情凑到了一处，便成就了这一场被载入史书的青州大捷，这一场数万人牺牲了生命的修罗场。

一个荒丘已被尸首填满，西胡某部已战至最后一人，被团团围住。庆军校官从先前的战斗中知道此人定是草原上有数的高手，不再催下属们上前，而是缓缓地举起右手，冷漠地准备发箭。

"降还是不降？"凛然的声音回荡在草原凛洌的空气中。浑身是伤的胡歌沉重地呼吸着，双眼里满是猩红，他瞪着那些庆国冷酷的军人们，忽而大叫一声，一刀捅入了自己的胸膛，深至没柄。

胡歌死了，眼睛依然睁着，怨毒地看着天空。他就算死了，也要变成怨魂，去问一问京都里那个造成这血海惨状的年轻人，为什么？这一切是为什么？

寒冷的天空中，一只苍鹰正在飞舞，它并不惧怕下方那些人类的箭羽，无畏地向下滑掠，滑过绵连数里的战场，清楚地看到了那些死在刀枪弩箭下的胡人的尸体。在红山口设伏的庆军开始打扫战场，整理编队，与草原主力一场大战，纵使是最精锐的定州大军依然付出了极为惨烈的代价。

苍鹰忽然发现从东北的什图海草甸方向，悄无声息袭来了一支庆国的轻骑部队，人数至少在四千人以上。此刻他们顺着沙丘与草甸天然起伏的下缘，默默地向着草原深处进发。

一声怪鸣，它感受到了那支轻骑兵的肃杀与恐怖，往更高的冷云中飞去。不知道飞了多久，终于破开了冷云，向着湖泊旁的一座小丘低掠而去。

小丘四周散布着数千名西胡将士，夹杂着一部分北方雪原迁过来的北方勇士，应该是先前从红山口大战中艰辛逃出的队伍，士气十分低落，而且有很多人已经受伤了。

单于速必达的嘴唇有些干枯，身上却没有什么血渍，他冷漠地看着远方红山口的方向，知道那里的定州军在收整，无法在短时间内赶过来，想必那些庆人也不敢深入草原进行追击。然后他回头看了一眼身周的王庭勇士们，看着这些儿郎们身上的伤，眼眸寒冷了起来。

草原冬日极少用兵，这是西胡和庆国都已经习惯了的事情，最大的原因便是天寒地冻粮草无措，胡人来如风去如电的手段难以施展。而今年冬天，单于却听从了胡歌的建议，筹集手中最精锐的骑士，向西凉路发动进攻，看上去委实是一件不智的选择，眼下凄凉局面更是证实了这一点。

然而单于速必达是何许人？日渐衰落的单于王庭这些年能在左右贤王的夹缝中生存壮大，极为明智地接纳了北方冰雪蛮骑，开阔心胸，吸收中原人进入自己的庭帐……若不是在这个年代，东方有那样几位惊才绝艳的人物，他必将成长成为草原上的明主，继而剑指中原。他怎么可能会犯这种低级的错误？单于的目光穿掠山丘，落在了顶端那个骑马的胡女身上，神情变得极为复杂。

今次选择在寒冬冒险进攻西凉，是因为他知道南庆朝廷现在内乱，那位皇帝陛下和他最宠爱的权臣之间在进行冷战。而胡歌在草原上崛起，暗中倚靠的是什么，单于已经调查到了一些风声，所以也猜到了胡歌在冬天进犯西凉路自然与范闲有关，于是他动心了。

上次范闲入草原，清洗了西凉路里的大部分密谍与草原的眼线，王庭实力受损严重，最后还在单于的眼皮子下面带着几百黑骑施施然逃了，这让单于感到无比屈辱。尤其是每次看着松芝仙令的时候，这种屈辱更加难以承受。今年冬天胡歌对西凉路的伪攻，对单于来说是一个机会，与松芝仙令一番长谈之后,他没有听从她要求自己谨慎的建议,而想借此良机,将计就计,借着范闲想用外兵助定州大将军地位的势头,拢齐草原上的力量,以决绝之势进攻西凉!

这本是一个妙策,想必定州里那位大将军李弘成也得了范闲的消息,只会以为胡歌是假意进犯,自不会料到他会真的大举进攻,攻其不备。可谁能料到,红山口竟集结了超过十万的庆国精锐!这是一次最无耻的伏击,王庭及右贤王部死伤惨重,至少两万余名草原青壮丧生于红土之上!

单于望向红山口的方向,眼神略有些茫然,那个胆敢背叛草原、与监察院勾结的胡歌,应该已经死了吧。这真是一个愚蠢的人,和监察院打交道的人又有几个能顺顺当当地活下去?

他来到了松芝仙令的身边,道:"你说过,他只是借我草原之兵来帮助李弘成稳定地位。"

海棠朵朵没有转身,皮袄在寒风中瑟瑟颤抖:"身为单于,这般冒险的赌博本就不应该做,我从来没有真的相信过他……不过我想这一次和他无关,他也只不过是个被人算死了的棋子。"

两个人同时沉默了起来,能将范闲的应对、王庭将计就计的策略全部算得清清楚楚,早有谋划,从而成就草原三十年未有的一次惨败,如此高瞻远瞩、眼观天下的人物,庆国只能有一个。

在那位庆国皇帝陛下的面前,似乎一切的阴谋诡计,都不过是他眼里的小把戏。

苍鹰终于降落了下来,落到了单于伸出的手臂上,天寒地冻,这畜生在冷云里飞了片刻,便被冻得瑟瑟发抖,身体上的毛羽颜色显得格外黯淡。

"东北方有数千轻骑正掩了过来……庆人此次所谋极大,不知是哪位将领,竟然在这场大战之后,还另遣强军深入草原,如此寒冷的天气,难道这些庆人还敢奢望将王庭一网打尽?"

单于震惊于庆军的强悍，以及毁灭一切的决心，此时身边虽然还有数千草原儿郎，然而刚刚经历一场大战，正是疲乏低沉之际，再和那蓄势已久的四千轻骑正面冲锋，胜负不问而知。

他暗骂了一声庆人卑鄙，竟是不给自己丝毫休息的机会。但身为王者，哪里敢放任愤怒的情绪冲毁理智，他第一时间向山坡下方的部属们发出了警告，湖泊四周的王庭勇士们顿时行动了起来。

"跟本王走？"单于扭转马首，回头看了一眼海棠朵朵。

"我去南庆。"海棠朵朵一直看着红山口，声音里带着自责与反省。

她能够看到无数的怨魂正在那处升腾而起，因为胡歌对某人的信任，因为自己对某人的信任，因为单于对自己的信任，草原数万将士陷入了庆国铁骑的包围，死伤惨重，断肢离首若腐朽沼泽里的枯木一样铺陈于地面。一幕幕地狱般的沙场景象，纵使是她也不禁心神摇晃。在那一刻，这位天一道的现任掌门才发现，原来在千军万马之中，一个人的力量其实真的很渺小，什么也改变不了。

"我去要一个说法，如果不能，我总得给你，以及这些死去的人们一个说法。"她说完这句话，轻夹马腹，化作一道轻烟驰下山丘，向着与日头相反的方向疾行而去。

与北方那场莫名其妙的战事相比，发生在庆国西凉路的这场与胡人间的战争，在历史上的影响无疑更加深远和重要。这场战争的发端，其实只是庆国京都某间一百多两银子买的小院里，范闲让启年小组发出的那一道道命令。正是因为有这些命令，胡歌带领着左贤王的旧属假意向西凉路发动攻势，而单于速必达鹰隼般的双眼却瞧出了胡歌与范闲之间的关系，借势而发，不料……

所有一切都让庆帝算中。

红山口的那一张大网不知道收割了多少胡人的性命，经此一役，左贤王部全丧，王庭及右贤王部损伤惨重、威信全失，草原各部开始蠢蠢欲动。单于在那位叫松芝仙令的王女和北齐天一道帮助下初始萌芽的建国雄心就此破碎，数十年内草原必将一片混乱，再也无法出现一统的契机。

此一役影响深远，史称青州大捷。

这场战事对草原部落造成如此沉重的打击，除了红山口一役的战果，还有一个极其重要的原因，那就是当日被苍鹰发现的四千轻骑兵。

战争刚刚开始的时候，一支四千人的南庆轻骑兵便诡异地脱离了红山口战场，潜入草原，随后向败溃的王庭残兵发起了追击，死死咬着对方，不给对方回到王庭的机会。

走过冬天，走过春天，走过风雪与长草，这次匪夷所思的追击行动一共持续了五个月，双方都付出极惨烈的代价。直到王庭残兵终于与海棠朵朵留下的七千蛮骑会合，这支轻骑兵才撤出了草原。

五个月里，这支四千人的轻骑兵一路烧杀劫掠，不知毁了多少胡人部落，用铁血般的手段和纪律，维持着在草原中的艰难追击，待第二年春天他们退回青州城时，仅仅剩了八百人。

这支铁骑的统帅其实正是这次青州大捷的指挥官。本应在营中指点江山的高级将领，却悍勇无畏地进入草原追击，单于速必达败在此人手上，一点也不冤枉。

这位青年将领叫叶完，南庆枢密院正使叶重长子，二王妃叶灵儿之兄。正是那个十七岁时离开定州军，赴南诏前线，已经渐渐被京都人遗忘，也被范闲遗忘的人物。

当叶完坐镇青州，指挥部署红山口一役，杀得胡人呼天喊地之际，庆国西凉路名义上的最高军事长官、大将军李弘成，却被软禁在定州的大将军府里。

与他同在府中的，还有离开禁军统领位置前来定州接任的宫典。青州方面的军报不断送到了大将军府中，宫典与李弘成分坐两方，默默地看着这些军情报告,一言不发。

如果一切如范闲安排,当胡歌率众假意来袭,李弘成大可以趁此战机,将自己留任的时间再拖个一年半年,只是他根本没有这个机会。令范闲心悸的那半路南诏边军,没有如他想象中拥入定州城,在苍山北便停驻了下来,然后一部入了定州城,人数不多,但足以控制住大将军府。

此次定州军权的交接,其实并不是军队的交接,只是将领的交接。

叶家在此经营数十年,除了大皇子当年西征在此地留下了一些影响力,叶家便等于是定州军的皇帝。如今皇帝陛下将叶家长子调回定州,定州军自然一呼即应。

叶完入了定州,在宫典的配合下,轻而易举便将军权从李弘成的手里夺了过来。

李弘成忽然道:"行军打仗,我不如叶完。"

宫典抬起头来,看了他一眼,半晌后沙哑着声音应道:"叶完自幼在定州军内长大,三岁起便在马上习武、操持战阵,只是少年气盛,不忿其父强压其功,所以弃了定州城,投了南诏。"

"难怪在京中很少听到此人的消息。"李弘成挑眉应道。

宫典叹了口气,道:"叶帅当年压着他的功劳,不让他提升,也是想着他年纪太小,军功太盛,怕会引人忌惮,毕竟当年秦老爷子长子便是横死营中。"

李弘成佩服道:"叶帅深知和光同尘之术,难怪能将这么出色的儿子藏了这么久。"

"我定州军此生所念,便是平定西胡。"宫典亦是出身自定州军的将领,正色道,"不论天下对我定州军有何评价,但为了陛下和庆国的利益,我们什么都愿意做。"

李弘成苦笑一声,知道这句话说的是当年叶灵儿嫁给二皇子,结果定州军在京都叛乱中临阵倒戈,给了二皇子最沉重的一击。

"我不知道范闲私底下对你说过些什么,但如果此次引外贼进犯,只是想保你这个大将军的位置……"宫典的双眼眯了起来,"我会对你们很失望。"

李弘成抬起眼,望着宫典平静地道:"你以为我是什么人?范闲又是什么人?我既然敢让胡歌来,自然是有我的手段,就算叶完不来,难道你以为我就会让胡人占半点便宜?"

"终究没有发生,还有回转的余地。但我想,陛下对小范大人一定是失望到了极点……"宫典顿了顿,又道,"世子回京都后,烦请带句话给小范大人,男儿生于天地间,怎可拿将士们的鲜血当筹码?"

李弘成似笑非笑地望着宫典,道:"若他真是一个一将功成万骨枯的角色,若他真的不将庆国将士们的性命当作一回事,如今这大庆……只怕早已变成千疮百孔的一件破衣衫,陛下再如何雄才伟略,却哪里拦得住他从内部将这衣衫撕破?你低估了他的能力,你也小瞧了他的品性。"

红山口一役,虽是伏击之战,然而面对如狼似虎的数万草原骑兵,庆国皇帝陛下为此费了极大的心力。一道密旨除了李弘成的军权,另一道密旨赋予了叶府长子叶完全权指挥的权力,正所谓用人不疑,疑人不用,他对那位青年将领的信心或者说赌博,最后果然取得了全盘胜利。

定州军全员出击,再加上青州一属,最后才获得了如此战果,如今的定州城内,则是由宫典亲自带来的禁军以及叶完留下的少部分南诏边军在维持着秩序和治安。

李弘成回到了府中,在书房里看着地图发呆,忽然对一直陪在身后的那个门客道:"我马上就要回京都了,只能送你出定州,至于以后怎样逃走,就要看你自己的本事。"

"子越替大人谢过将军大恩。"

这个门客竟是范闲亲信邓子越,全权负责监察院四处驻西凉事宜,也是如今朝廷最想缉拿的人物。谁也没有想到,此人竟是如此大胆,居然就躲在了大将军府里。

邓子越最后又解释了一句："此次青州大捷，除了陛下圣目如炬，小叶将军用兵如神，监察院也全数启动，就连言冰云都一直在定州城内。小范大人的谋划，全数落在了陛下的计算中，事到临头，我总不可能背弃大庆的利益，去通知那些胡人……相信小范大人应该也是如此想法。"

李弘成沉默片刻后道："我忽然觉得宫典的话有道理，范闲再怎么折腾，终究不是陛下的对手，他又舍不得让大庆百姓陷入悲惨境地之中，既然如此，何苦来哉？"

庆历十年深冬，青州大捷，大将军李弘成功在天下，奉召归京，而立之年便出任枢密院副使，荣耀无比。然而很多人都看出其中蹊跷，在军方第一人叶重的压制下，枢密院副使只是个闲职罢了，李弘成再也无法像在定州城中那般，拥有属于自己的军队。更多人还记了起来，前一个如此年轻便登上枢密院副使职位的是秦恒，而那位的下场并不如何光彩。

李弘成回京之后，自然在第一时间进宫见驾。御书房内皇帝陛下并未向他发泄一丝怒气，只是平静地谈论着西凉风光。而他却是紧张得不行，待看到陛下身旁的范若若，心情更是低落到了谷底。出了皇宫，前去枢密院交接了差使，李弘成回到王府，见到被软禁在皇宫多日，刚被放出来的靖王爷，还有自己那柔弱可怜的妹妹，一家三口相坐无言。老王爷在李弘成的肩膀上拍了拍，开解道："好在没出什么乱子，你能坚持到今天才回京都，也算是给那边一个交代了。"

话虽如此，当天夜里李弘成还是亲自去了一趟范府。他知道范闲对自己的期望有多大，也知道定州军对范闲的大局有多重要，总要亲自给范闲一个交代。

两个友人在范府书房里的对话没有人知晓，想来也不过是表达着对彼此的歉意。宫里对这一次谈话似乎也并不怎么感兴趣，因为没有人阻止世子弘成进府。

"我也没有想过事情会发展成这种模样。"范闲站起身来，与他拥抱，将他送出书房。

李弘成转过身来，忧虑地看了他一眼："邓子越应该逃走了，不过你启年小组的人，只怕在西凉路死了好几个。毕竟这是你们院内的事情，我不知道内情，希望你能控制住自己的情绪。"

"我不知道背叛者是谁，也许只是三次接头中的一次被院里的人查到了风声，毕竟……这次是言冰云亲自坐镇，面对着这个人，我也没有太多的自信。"范闲的情绪看着还好，只是有些疲惫，"不过放心吧，对报仇这种事情，我一向兴趣不是太大，我只是感到有些慌乱。"

"如果连你都感觉到慌乱，那我劝你最近还是老实一些。"李弘成摇了摇头，拒绝了范闲送他出府的诚意，像父亲安慰自己一样用力地拍了拍他的肩膀，一撩衣襟，往府外走去。

看着李弘成的身影消失在冬园之中，范闲沉默许久才回过头来，重新坐到书房中的太师椅上。弘成先前转述了宫典对他的评价，挟蛮自重？如果真要深究的话，范闲在东夷城、在西凉的布置，还确实有这种倾向，而这在道德层面上毫无疑问是站不住脚的。

男儿郎当快意恩仇，岂可用将士的鲜血性命为筹码！然而谁又能真的明白范闲的所思所想，他正是不想让天下太多的无辜者因为自己与皇帝陛下之间的战争而丧命，才会选择了眼下这种布置。

青州大捷是皇帝陛下深谋远虑的一次完美体现。不论是胡歌的佯攻，还是单于的反应，这一切都是监察院或者说范闲花了很大精力才打下的基础，却被皇帝陛下无情又不动声色地利用了。

范闲对草原上的胡人没有亲近感觉，西凉路屯田上的死尸和被焚烧后的房屋，只会让他对青州大捷拍手称赞。可问题在于，这一次大捷很轻松地撕毁了范闲在西凉路的所有布置，他对皇帝陛下的手段和能力深感寒意又深感佩服，心头竟是生出了一种难以抵抗的怯弱念头，疲惫地说了句话。

"你都听见了,这件事情与我无关。"

回到中原,重新穿上了那件花布棉袄的海棠朵朵出现在他的身后。她看着太师椅里的年轻人,心想你年纪并不大,如今看上去为什么竟有些老气沉沉?

第十四章　江南乱

"可是因为你让洪亦青带给我的话，草原上死了很多人。"海棠轻声说道。

范闲冷笑道："我只是让王庭同意胡歌出兵，可没想到那位单于居然想趁机占个大便宜。"

海棠没有向他解释自己曾经试图压制单于的野心，继续道："可最终依然是你们南庆占了大便宜。"

范闲沉默半晌后，回道："消息是如何走漏的不用再去管，我往西凉路派了两个人，洪亦青那边一直还没有办法收拢原四处的人手，很明显是子越在交接的时候被院里盯上了……"

说到此处，他忽然想到情报上提到的那位叶家少将军，据闻他如今领着四千轻骑兵杀入草原去追王庭残部，不禁有些佩服此人的勇气，也不知道这四千轻骑还有没有活着回来的可能。

"那些从北方迁到草原上的蛮骑……如今还听不听你的指令？"他抬头看了一眼海棠，"你毕竟是雪原王女，在草原上又受单于尊敬，地位崇高，想必能有些力量。"

海棠明亮若北海的眸子泛过一股怒意，道："这时节，你还担心那四千轻骑的死活？真不愧是南庆王朝的权臣……你怎么不想想草原上那些青壮全损、无抵抗之力的部族！"

"我是庆人，然后我是中原人，最后我才是人。如你所言，速必达此次野心太大，带走了各部族大量青壮。草原上的力量已然空虚，青州大捷后，四千轻骑杀入草原，只要留在草原西方的那些雪原蛮骑与他们保持距离，说不定他们还真的可能回来。西胡已经完了，如果时机恰当，你的那些族人，说不定可以借势而起。"他诱惑着海棠，"你必须接受这个现实，然后利用这个现实。"

"我和你不一样，有很多事情明知道是符合利益的，但是与我心中准则不一，我就无法去做。"继而海棠又问道："倒是你此时的话真让我有些吃惊，你居然担心叶完，你什么时候变成圣人了？"

"我不是圣人，只不过人生到了某种阶段，当权力欲这种最高级的欲望都已经得到满足之后，我便会比较偏重精神方面的考虑……而且我不喜欢被人看成一个只知道利用将士们鲜血的败类。"

"你终究还是一个虚伪又自私的人。"海棠沉默了一会儿，将怀中那柄小刀放到了他的面前。

"若这算虚伪与自私，我想全天下的百姓都会很感谢我的虚荣……"范闲看着那柄小刀，也沉默了一会儿，忽然又道："我知道你们家皇帝陛下是个女儿身，就算是我要挟你吧。"

海棠身子微微一震，看着他许久没有说话。

范闲再次沉默了一段时间，才有些难过地道："其实很多时候我是需要有人帮助给意见的，原来是言冰云和王启年充当这种角色，如今言冰云做他的纯臣去了，老王头被我安排走了……我不是神仙，面对着他根本没有一点信心，又无人帮助自己，着实有些无奈。"

"这是在我面前扮可怜？"海棠反讽出口，接着又微微一怔，叹道，"你想问些什么呢？"

范闲请她在旁边坐下，然后喝了口冷茶润了润嗓子，正色道："我亲妹妹在皇宫里，我一家大小在京都里，那些依附我、信任我的忠诚下属们在这个国家的阴影里，我有力量却难以动摇这个朝廷的基石。其实我也不想动摇这个基石，从而让上面的苔藓蚂蚁、晒太阳的兔子全部摔死，而我的对手却拥有强大的力量、冷漠的理性、超凡的谋划能力，还拥有这片土地上绝大多数人的效忠……虽然初秋那场雨后，他渐渐从神坛上走了下来，开始变得像个凡人，留下了些许情绪上的空门，可我依然相信，他的血足够冷，他的心足够强，一旦我真的出手，我想保护的这些人便会不复存在。"

"我以前很怕死，现如今却不怎么怕死。"范闲说了一长段话后，继续认真地做着总结，"可是我却很怕自己爱的人、自己应该保护的人死，这个问题，你能不能帮我解决？"

海棠听后，毫不犹豫地直接回道："不能。"

范闲摊开了双手，长长地叹了一口气："看来这个世界上没有人能帮我解决这个问题。"

"你说他走下神坛是什么意思？"海棠明显对这件事情很感兴趣，不知道范闲这个判断从何而来。

范闲将右手轻轻地放在自己心脏的位置上，似笑非笑地道："毕竟父子连心，有些小地方的改变，你们察觉不到，但我能察觉到……他让我留在府里做这些手脚，然后一件一件地击碎给我看。如此虽然展现了一位君王的强大，但你不觉得这样很麻烦？他有太多的方法可以提前结束这些，然而他没有这样做，说明他是在和我赌气，和陈萍萍赌气，和我的母亲赌气。一个本来无经无脉、无情无义之人，如今却学会了赌气，你不觉得他越来越像正常人了？想必这也是老跛子赴死所想造成的后果吧。"

"可你依然没有办法改变这个趋势。你这几个月里一直枯坐京都，却把乱因扔到了天下各方，想必这也是陈萍萍复仇的布置，先整得天下飘摇，趁乱逼宫，然后再雷霆一击……"说着，她抬起头来盯着范闲满是血丝的双眼，"可惜你没有如他设想的那般获得庆帝的信任，这是你那点可怜的虚荣心在作祟，同时你也没有办法真的对这天下动狠手，这是你那点可怜的虚伪在作祟。你的性情看似阴厉，实际上终究不是大开大合的枭雄，有很多事情你是做不来的。既然如此，你现在所做的这一切，除了天真幼稚，再也没有旁的词语可以形容，因为你依然没有正面对抗他的信心。"

"谁又能有这个信心呢？这几个月我只是在敲边鼓，试图警告他，试图维持这个时刻可能碎灭的局面，尽可能地维护我身边的这些人……如果不是陛下念及我没有破罐子破摔，没有让半个庆国陷入动乱，你以为杨万里、成佳林，还有一处里的那些人会活下来？"范闲看着海棠认真地道，"我必须证明自己的力量，才能保住这些人的性命，至于最后与陛下面对面地较量，我确实没有信心，所以我一直在等一个人回来。"

"瞎大师？"海棠直接说出了这个似乎带有魔力的名字。

范闲认真地点了点头，很用力，好像还是那个澹州的孩子。

海棠看着他的神态，忽然心生怜悯：“如果瞎大师一直不回来，你在这京都里煎熬着，有什么意义呢？很多事情总是要自己做的，不论你有没有这个信心，既然你不能对你母亲和陈萍萍的死无动于衷，那么你就永远不可能再去扮演他的好臣子、好儿子。"

范闲觉得这些话很刺耳，举起手阻止了海棠的话，低沉着声音道："你没有亲自体会过他的强大，所以你可以轻松地说出'自信'这两个字来。"

"可是你还能等多久？西凉之后，接着便是江南，便是东夷城……不，说不定他根本不会理会东夷城，而是直接北进。一旦时局发展到那天，你所有的力量都被拔除得一干二净，除了像个闲人一样窝在京都，看着他一步一步走向巅峰，看着他对你家长辈的灵魂冷笑，你还能做什么？"

"他动不了江南。那个地方他若动，我就必须要动，而我一动，整个庆国都会痛。"

海棠朵朵回道："我相信，庆帝这种人，为了心中的执念，不会在意任何损失。"

这时候，一个声音从书房的阴影里响了起来，冰冷至极。"皇帝这个杂碎，本来就不是人，哪里知道痛这种感觉。"说话的是影子，这几个月里一直像个影子一样飘浮在京都里的影子。

紧接着另一道直接而稳定的声音响了起来，似乎也是想说服范闲："关于自信这种事情我不大懂，不过如果真的是要出剑……我会告诉自己，我必须自信。"说这句话的是王十三郎，这位剑心坚定的剑庐关门弟子，纵使面对的是庆帝这位深不可测的大宗师，依然是这般的平静、这般的执着。

正如范闲以前分析的那样，皇帝陛下或者说庆国，眼下最大的命门便在于尖端的个人武力方面极有缺失，那些曾经强大的人物都在庆国的内耗里一个个死去。若洪老公公、秦家父子、燕小乙这些高手依然活着，那么如今的庆国真可称得上铁打一般的营盘。可如今天下九品强者竟有一大半都站在范闲的阵营里，这股实力，纵使是庆帝也不敢小视。

范闲沉默许久，没有直接回答书房里这三位绝顶强者的劝说，皱了皱眉头，道："我不想你们都死在他的手里……而且，这终究是我的事情。"

庆历十年深冬里的范闲，就像一只被困在暴风雪里的野兽，焦躁、阴郁、不安。他眼睁睁地看着强大的皇帝陛下将自己的左膀右臂一刀刀地割了下来，却无法做些什么。

他终于第一次变得没有自信，不知道如何才能击败这样强大的人物。所以他在等，却不知道等的那个人会不会回来。而在这等待的时间里，为了保护身边人的安全，他在努力地做着一些什么。

然而京都出乎他意料的平静，贺大学士府中那位范无救，曾经的二皇子谋士在一次突袭中受伤，自此不知所终，贺宗纬却没有受到此事的牵连。范闲略感失望，也终于明白胡大学士这只老狐狸不是这么好利用的。更令他感到挫败的是，江南终于传来了消息，不好的消息。

这个时代的信息传递总是那样慢，慢到令人愤怒，范闲在腊月里收到的消息，实际上已经是一个月前的事情：内库转运司接到了宫里的密旨，按照计划开始来年春天开库招标的准备工作，只是招标流程发生了惊人的变化——变准备银竞价招标为朝廷评估报表招标。这一个变化，直接将内库招商的权力由朝廷和商人们协商变成了朝廷单方面的安排，换句话说，明年内库开标，朝廷想要哪家中标，便是哪家中标。如此一来，夏栖飞主持的明家，就算有招商钱庄和太平钱庄两大钱庄的暗中支持，也不见得能继续以往的辉煌，这毫无疑问是对范系的一次沉重打击。

内库招标的规矩从当年三大坊建成之后便固定下来，谁都不敢改动。今年的变化毫无疑问是一次耻辱性的倒退，谁都知道皇帝陛下的这道旨意，会对整个江南的商业活动产生难以评估的恶劣影响。

江南居，大不易，江南雪，深几许？一场并不大的雪给万千百姓平添了无数凉意，所有巨商大贾们都感受到了来自京都的压力、杀气，岭南熊家、泉州孙家一直与范系交好，但在朝廷的压力下他们动也不敢动。那些一直在朝廷权贵们庇护下窃取天下财富的盐商们，则开始蠢蠢欲动起来——众所周知，那几家盐商曾经有好几个子弟因为当年春闱一案，死在了小范大人的手里。

尤其是范闲在江南的代言人，如今明家的当家主人夏栖飞更是感到了迫在眉睫的危险。当然，以明家在江南的影响力，朝廷下手时会有所忌惮，至少不会直接把明家逼死。只是趋势已定，时局再这样发展下去，用不了几年，明家便会渐渐边缘化，被那些盐商逐步取代。夏栖飞身后有数万人的生死，他不得不警惕持重，而江南总督大人薛清与他一夜长谈，更是让他压力无比巨大。

夏栖飞接到启年小组的通知后，没有在第一时间潜入京都与范闲碰面，并不是他已经开始摇摆，而是因为他知道范闲让自己入京，只是想评估一下自己的忠诚。但眼下的局面没有给他展现忠诚的时间，江南的局面太危险，所以他只是给范闲去了一封亲笔书信，表达自己会一如既往。

换作别的商人，在朝廷与已经失势的范闲之间选择，并不困难。商人逐利，必然主动或被迫地投向更强大的一方，这是商人的天然属性，他就算弃范闲而去，想来也不会让太多人意外和不耻。

然而夏栖飞不是一个普通意义上的商人，这也正是当年范闲挑选他作为自己江南代言人的原因。这位明家私生子与范闲拥有极为相似的人生轨迹，自幼漂泊江湖，在商人的天然属性之外，更多了几分江湖之人的义气。他清楚，如果没有小范大人，自己永远不可能回到明家，更遑论重掌明家、替母亲报仇。就此大恩大德，他一时不敢或忘，当然不愿意背叛范闲。

明家经营江南无数年，便是当年范闲下江南也举步维艰。如今在夏栖飞的带领下发起抵抗，抵抗江南总督衙门给的压力，抵抗那道来自京都的密旨，一时间整个江南都乱了起来。

便在此时，当年与范闲配合默契，却不怎么显山显水的江南总督薛清站了出来，这位极品封疆大吏，冷漠地开始了对明家的打压，并且出人意料地再次将明家四爷扶上了台面。

这本就是当年范闲用过的招数，如今薛清照葫芦画瓢，却是取得了非常好的效果。明家本就分成几个派系，老明家的人手头拿的股子数量不多，但毕竟是内部人士，如今双方分歧被摆上台面，又有朝廷偏帮，夏栖飞的处境便极为困难了。然而夏栖飞还在坚持，在招商钱庄的支持下，化金钱为力量，不惜一切代价阻挠朝廷旨意落实。其实他很清楚，大势不可阻，小范大人应该是在京都等待着什么，自己这些人所需要做的，就是尽力保存他的力量，从而让他在京都的等待能继续下去。可问题在于，究竟要等多久？自己这些人如此拼命地煎熬，又要熬多久才到头？

没有熬多久，庆国朝廷很快便对江南士绅商人的不配合失去了耐心，就在内库转运司召开冬末茶会后的第三天，在茶会上严词反对内库招标新规的明家主人夏栖飞在苏州城外遇刺！

行刺夏栖飞的是一批黑衣人，人数竟是超过了五百，谁也不知道这么多刀法狠厉、颇有军事色彩的凶徒如何通过了南庆内部严苛的关防，来到苏州城外。更不知道为何夏栖飞遇刺的时候，苏州府和江南总督府的反应那般慢？也不知道江南路数万州军，为什么在事后一个凶徒都没有抓到？

五百个黑衣凶徒像潮水一样吞没了夏栖飞的车队，夏栖飞手底有无数愿意为他拼命的好汉，然而在这样一场怎样也预想不到的突袭面前，终究还是死伤惨重，被攻破了防御圈。江南水寨新任供奉力战而死，回苏州帮助处理事务的关妩媚也死在这一次刺杀之中。夏栖飞本来绝无可能幸免，关键时刻，一位不起眼的明家家丁忽然出手，靠着手里的一柄寒剑，杀出重围，将夏栖飞背回了明家！

明园就此封园，三日不开。

当州军赶到现场时，除了明家那些倒卧于地的家丁、护卫的尸体，什么都没有发现，那些黑衣凶徒竟是连一具尸首都没有留下。

当夜，江南总督府里，薛清与两位师爷看着手中的情报开始沉思。朝廷不顾天下震惊，也要悍然出手，已然是孤注一掷。看来皇帝陛下已经失去了耐心，不想与范闲再玩那些虚头巴脑的手段。然而没想到夏栖飞居然活了下来，如今明园已经封了，朝廷总不可能明火执仗地屠了明园。

那个背着夏栖飞飘然远离的剑手引起了薛清的注意，面对数百名庆国精锐军士，居然还能杀出重围，拥有这样能力的武者一定是位九品强者。天下的九品强者总共没有多少，一直潜伏在夏栖飞的身边，在最后挽狂澜于既倒者，也只可能是范闲派过来的剑庐弟子。

江南的事情并没有就此收手，对夏栖飞的行刺只是个引子。明家闭园后，江南水寨沙州总舵开始调拨好手，准备驰援苏州，然而行至半途，便被朝廷的州军拦截缴械。驻守沙州的江南水师，则趁着水寨空虚的机会，开始了冷酷的清洗。江南水寨被一把大火烧了，不知道死了多少人，火势整整烧了三天三夜还未停歇，直欲将那湖水烧干，把苇根烧成祭奠用的长香……

朝廷清剿江南水寨有无数理由，谁也无法说些什么，只是那些水寨汉子死的死伤的伤，被俘的人极为硬颈，竟没有一个人肯开口，于是想将明家与江南水匪扯上关系的试图没有成功。

之后夏栖飞终于开始了自己的反击。明园封园第三日，明家四少爷死于井中，据传是心生愧疚，投井自杀。紧接着，明家老一派的人开始逐渐凋零，死了太多亲人兄弟的夏栖飞手段变得极其冷血而直接，在他的铁血手段下，在东夷城强者的帮助下，他终于勉强稳定住了明家。

朝廷用这种手段对付明家，影响太过恶劣，极容易造成江南民心动荡，也会让其余的商人对朝廷产生不信任。而且不要忘记，夏栖飞如今也有官府身份，他的监察院江南监司身份并没有被撤掉，所以总督府方面当然不肯承认这件事情与朝廷有关。在明家愤怒的指责下，在京都监察院本部或有或无的质询中，以江南总督衙门为首，几大州的官府开始联合起来，努力开展对夏栖飞遇刺的调查。当然，谁都能想得到，这个调查永远是没有任何结果的。

很奇妙的是，无论是官府还是明家，都没有人提起那个消亡在火海里的江南水寨，似乎那个曾经在江南风光无比的江湖势力从来没有存在过。

与沧州城外那场莫名其妙的战役、红山口那一场决定历史走向的大捷比较起来，江南处的动乱与杀戮并不如何刺眼，死的人并没有那两处多，影响看上去也没有那两处大，京都百姓也只是隐约知道江南有个很有钱的家族最近似乎过得并不是很如意。然而江南的较量其实才是真正的较量，因为那里承担着庆国极大份额的赋税，以及三分之一百姓的安居乐业。

范闲当年下江南整风，也极为小心地将风波控制在一定的范围内，虽然惹出了江南士子上街，但毕竟没有让江南乱起来，这一次江南却是真的乱了。如果不是夏栖飞侥幸活了下来，并且用更狠厉的手段来安抚自己悲伤的心，或许江南已经全数落入朝廷的把控之中。关于这一点，只能说范闲这一生的运气确实不错，他选择的那些亲信下属，对他的信任回馈了完全超额的回报。

皇帝陛下与范闲之间的冷战在沧州、西凉与江南变成了热战，而除了这三个地方，颍州城外也发生了一件事情，只是没有引起太多人的注意。被朝廷剥夺了官职、押回京都受审的监察院官员兼内库转运司主官苏文茂，途经颍州，当囚车队伍刚刚走出颍州城的时候，遇到了一批山贼的袭击，负责押送犯官的刑部官员死伤无数，苏文茂被生生砍断了一只臂膀，最后生死未知，下落不明。

"当年颍州的山贼，其实就是关妩媚吧……那一年我坐船下江南，最开始打交道的就是她，然后通过她的关系，才找到了明七少，也就是夏栖飞。"范闲对林婉儿说道。

庆历十年腊月二十八，江南的情报终于通过抱月楼的途径传到了范府，范闲看着手中的情报沉默半晌后，幽幽地道："江南水寨早就被暗中招安，杭州会的重心一直在颍州，那年大江决堤之后的惨景再不可能重演，如今的颍州知州是我亲自挑的良吏，怎么可能又整出这么多山贼来。"

当年范闲下江南路过颍州，发现此地民生艰难，后来内库重新焕发青春，朝廷国库充实，内库丰盈，林婉儿主持的杭州会开始向大江两岸的贫苦州郡投放银两，有范闲和晨郡主的名声压阵，又有监察院盯着，根本没有什么官员敢从中捞银子，这些年江南的民生比当年要好太多。

林婉儿心疼地看了他一眼，范闲笑了笑，笑容却有些凄凉，回头看了林婉儿一眼，道："你我两口子折腾了这么多年，却怎么也及不上陛下不讲道理地瞎砍瞎杀一通。剑庐派了六个人下江南，我留了三个在内库，因为那里是重中之重，还有三个负责夏栖飞和苏文茂的安全，我不想让这些跟着我的人都死了。就这样，还是出了这么大的问题，希望文茂能活下来。"

他低头沉思片刻，然后缓缓抬起头来，眼眸里似乎开始燃烧起一股火焰，这股火焰像极了湖泊里烧了三天三夜的火，似乎有无数的冤魂在这把火里挣扎、悲鸣、哭喊、惨号。

京都局势也极难，言冰云还在定州处理青州大战的事宜，回来还要些时日。监察院先后两任院长一死一废，言冰云却无法获得监察院完全的服从，群龙正是无首时，都察院抓住机会，凭借着陛下的纵容、门下中书的配合，御史们在贺宗纬的率领下，对监察院发起了最残酷的清洗。

首当其冲的是一处，短短三天时间，便有三十几名监察院官员被缉拿入狱，被捉进了大理寺中。那些看似温和的文官难得有机会对监察院动手，自然不会客气，各式刑具开始发挥作用。

范闲知道自己错了，皇帝陛下就像是那座大东山一样，就算自己于天下间再营造出多少风雨来，只要这座山不倒，庆国的朝廷便不会乱。而今天宫里传出来的那个非常隐秘的消息，就像压在他心上的最后一根稻草，逼得他必须马上做出选择。传说一位被选入宫里的秀女怀上了龙种——听到这个消息，他禁不住冷笑了起来，看来食芹杀精这种原理，对大宗师这个怪物确实没有太大作用。

"夏栖飞很难，我再不出手，他连自保都不能，更遑论替我撑腰。"范闲微眯双眼道，"我的力量消损得越多，陛下的手段便越狠，这是相辅相成的。一开始他会慢慢地来，我反击的力量越来越小，他的顾忌也就越来越少，手段便会越来越疯狂……直到最后把我变成一个孤家寡人。"

"朝廷在江南的举措……其实很不明智。"林婉儿轻声道，"明眼人都知道明家的困局是怎么回事，朝廷这次做得太明显，而且用的手段太血腥，只怕江南的商人们从此以后便会离心。"

"不只不明智，更可以称得上愚蠢。不过很明显，陛下不在乎这些，他只在乎用最短的时间彻底地击垮我，击碎我任何的侥幸。"范闲的表情很木然，"不知道为什么，好像他也有些着急了。"

林婉儿看着他，心头微微颤动，虽然夫妻二人并未明言什么，然而只需要一个眼神，她便知道他的心里在想些什么。她怔怔地望着范闲，颤着声音道："可是你能有什么法子呢？"

范闲沉默很久，然后轻轻地揽过林婉儿的身子，像抱着孩子一样温柔地抱着她，轻声道："虽然我一败再败，看似毫无还手之力，其实却证明了我很想知道的一些事情。"

"陛下终究是老了，他不再像当年那般有耐心，沉稳冷漠到可怕的程度，不给人任何机会。"范闲低着头在妻子的耳边道，"陛下更像一个普通人了，这……或许就是我的机会。"

时转势移，范闲没有时间再等那位蒙着块黑布的亲人从冰雪天地里回来。如果他真的这样继续等下去，就算皇帝陛下一直忍着不杀他，就算他等到了五竹叔的归来，可那个时候，他所在意的人只怕全部都要死光了，就像江南水寨里的那些人、关妩媚、苏文茂，还有监察院里的那些官员。

他必须反击，他还有不为人知的手段，只是他清楚，关于内库的反击一旦真的展开，他与皇宫那位之间再也没有任何回转的余地，整个庆国都将因此陷入动乱之中。而他若败了，只怕要死无数的人。自那场秋雨之后，他便不在意自己的生死了，却仍然在意旁人的生死。他没有信心可以击败皇帝老子，所以当他勇敢地以生命为代价站出来时，必须替自己在意的亲人友人们保留后路。

为了这个后路，腊月二十八之后的范府安静了很久，气氛压抑了很久，就连两位小祖宗似乎也发现了父亲的异样情绪，不再敢大声地叫嚷什么。

过了一个极为无味的年节，随意吃了些饺子，范闲便将自己关在了书房里。这一关便是七天，一直到了初七，他才从书房里走了出来，可能是因为今日太学开课。

阖府上下都等候在书房外，林婉儿担心地看着他，思思端了碗参汤送到了他的手里。范闲端过参汤一饮而尽,笑道:"咱澹州四大丫鬟,还是你的汤熬得最好。"

思思心里咯噔一声,忽然觉得有些不祥之兆,却是紧紧咬着嘴唇,没有出声。她相信自己看着长大的少爷不是凡尘中人,无论面临着怎样的困局,都会轻松地解决,就像这二十几年一样。

林婉儿替他整理好衣衫,将他送到了府门口,一路上袖中的双手都在微微颤抖。清晨的日光突破了封锁京都许久的寒云,冷冽地洒了下来。她看着范闲好看的脸,忽然发现他鬓角一根白发在晨光中反耀着光芒,不由心头一绞,痛得厉害,尽量平静地问道:"想了七日,可想明白什么?"

范闲恢复了初进京都时的怠懒与无奈,挑眉笑道:"想了七天,希望能想明白怎样成功击败一个大宗师,或者说杀死一个大宗师,你说,我是不是太痴心妄想了些?"

林婉儿掩唇笑道:"着实痴心妄想。"

"年前请戴公公递进宫里的话有回音了,陛下让我下午入宫。"范闲怜惜地看了一眼妻子,"陛下向来疼你,加上年纪大了,想来不会为难你……回澹州吧,陛下总要给奶奶一些面子。"

林婉儿依旧掩着唇,笑道:"我可懒得走,就在家里等你。倒是你,可真想出什么法子来了?"

范闲耸耸肩,像个地痞无赖般道:"哪有什么法子?陛下浑身上下都没有空门……啊,想起来了,一个姓熊的人说过,既然浑身上下都没有空门,那他这个人就是空门。"

"又在讲笑。"林婉儿掩唇笑着,越笑越控制不住,眼泪快要流出来了。

"本来就是在讲笑。"范闲低头在婉儿的额头上轻轻地吻了一下,头也不回地上了马车。

看着马车向着东川路太学的方向驶去,林婉儿脸上的笑容顿时化作凄凉,她放下了掩在唇上的袖子,白色的衣袖上有两点血渍。这七日她过得很辛苦,旧疾复发,十分难过。

267

"孔曰成仁，孟曰取义，唯其义尽，所以仁至。读圣贤书，所学何事？庶几无愧，自古志士，欲信大义于天下者，不以成败利钝动其心……"

冷静到甚至有些凛冽的声音在太学那个小湖前面响起，逾百名太学生安静地听着，很多人感觉到了今天小范大人情绪有些问题。因为今天他似乎很喜欢开玩笑，偏偏那些玩笑并不如何好笑。

胡大学士在一棵大树下安静地看着这一幕，自以为知道范闲的心事，所以安慰。今天是初七，太学开门第一课，而下午的时候，陛下便会召范闲入宫。朝堂上的上层人物都知道，此次入宫是范闲所请，所以胡大学士很自然地认为，在陛下连番打击下，范闲认输了。一想到今后的庆国君臣同心、父子齐心，胡大学士便感到无比安慰，甚至都没有注意去听范闲今天讲课的具体内容。

"孔不是扮王力宏的九孔，不是摇扇子的孔明，更不可能是打眼的意思。孟……嗯，我不大喜欢这个人，因为这厮太喜欢辩论了，和我有些相似。"

范闲对学生笑着讲道，也不在乎这些太学生能不能听懂。这个世界确实有经史子集，却没有孔子孟子以至许多子，仁义之说有，却很少像孔夫子讲得那般明白的。

"舍生取义这种事情，偶尔还是要做一做的，但……我可不是这种人，我向来怕死。"

此话一出，所有的太学生都笑了起来，觉得小范大人今天乱七八糟的讲课里，终于出现了一个听得懂的笑话。

"但！"

范闲的表情忽然冷漠了起来，待四周安静之后，一字一句道："人之异于禽兽者几希，唯重义者耳？不见得……人之本能，趋生避死，然而人之可敬，在于某时能慷慨赴死。因何赴死？自然是这世间自有比生死更加重要的东西。"

"这依然与我无关。"他笑了起来，然而四周一片安静，太学生终于察觉出了异样，怔怔地看着站在池畔的他，没有一个人笑出声来。

"我一向以为世间没有任何事情比自己的生死更重要，但后来发现，人的渴望是一种很了不起的事情，人有选择权是一件不起的事情。"范闲沉默片刻后又道，"既然总是要死的，那咱们就得选择一个让自己死得比较尽兴的方式。无悔这种词儿俗了些，但终究还是很实在的话语。

"人的一生应当怎样度过？"

范闲环顾四周，问出这个问题，自然没有人回答。一阵沉默之后，他的声音回荡在安静的太学里。

"我想了一辈子但都没有想明白这个问题。抄很多书，挣很多钱，娶很多老婆，生很多孩子……呃，似乎都做到了。然后我又想了很久很久，大概得出一个结论，那就是，想怎么过就怎么过吧，只要过得心安理得。

"这，大抵便是我今天想要说的。"

说完这番话，范闲便离开了太学，坐上了那辆孤零零的黑色马车，留下一地不知所以、莫名其妙、面面相觑的太学青年学子，还有那位终于听明白了范闲在说些什么，从而面色剧变的胡大学士。

胡大学士惶恐地离开了太学，向皇宫的方向赶了过去。这时候天色尚早，范闲要下午才能入宫，他希望自己还来得及向陛下说些什么、劝些什么，阻止一些什么的发生。

第十五章 殿前欢尽须断肠

范闲在太学里这番东拉西扯的讲话，在最短的时间内散播了出去，不需要有心人的推波助澜，因为整个京都一直在等待着这位京都闲人的反应。与世人的匆忙紧张不同，范闲却很平静，离入宫的时间还早，他来到了新风馆，开始享用冬日里难得的、或许是最后的美餐——那几笼热气腾腾的接堂包子，桌子旁边坐着长着一张包子脸的大宝。

一双长长的筷子插入接堂包子的龙眼处，往两边扒开，露出里面鲜美诱人的油汤。范闲取了个调羹舀出汤来，盛入大宝面前的瓷碗中，又将肉馅夹了出来，放在大宝的炸酱面上。

"小闲闲，吃。"大宝低着头向食物发动着进攻，嘴里含糊不清却异常坚决地说着，听语气是真担心范闲把东西都给自己，而他却吃不饱。

范闲笑了笑，双手将接堂包子细软嫩白的包子皮撕开，浸进海带汤里泡了泡，随意吃了几口。自打接任监察院一处职司之后，他就很喜欢在新风馆吃包子，而每次来吃包子的时候，基本都会带着大宝。他知道大宝只喜欢吃肉馅，对包子皮却没有什么爱好，哥俩分工配合起来，倒也合适。

看了一眼快乐的、吃得满头大汗的大宝，不知为何，范闲的心酸楚了起来，不知道今后还有没有这样的机会和大舅哥一起混日子。他喜欢和大宝待在一起，因为只有面对着大宝，他才可以真正放松，将自己所有的秘密、自己对这个世界的看法全部讲给他听，而不用担心对方出卖自己。

今天之后，恐怕很难再和大宝一起吃包子了，也很难再和大宝一起躺在船头，对着满天的繁星，谈论着庆国这个世界的星空与那个世界的星空竟是那般的相似……范闲有些食不知味，扯过桌旁的手巾将手上的油渍擦去，微微转头，隔着新风馆二楼的栏杆，看着对面街上的那两个衙门。

庆国大理寺以及监察院第一分理处，都在新风馆的对门。

今儿个初七，正是年关后朝廷官员当值的第一天。这一天里，除了各部司间互相走动、互祝福词、互赠红包之外，其实并没有什么太紧要的政事需要操持。由主官到最下层的书吏，个个捧着茶壶、嗑着瓜子、唠着闲话，悠闲得很，这是整个天下官场上的惯习，毕竟是新年气象。

当值时很闲散，也没有什么事做，放班自然更早。时刻未到，天上那轮躲在寒云之后的太阳还没有移到偏南方的中天，街对面的大理寺衙门里便走出来许多官员。这些官员与守在衙门的其他各部官员会合，如鸟兽一般散于大街上，不知道去哪里享受京都美食。这当值的头一天，中午吃吃酒也不是什么罪过，甚至有可能一场醉后，午后便直接回府休息。

与大理寺不一样，门脸寒酸许多、阴森许多的监察院第一分理处依旧紧闭着大门，没有入内办事的官员，更没有嘻嘻哈哈四处走动的闲人，一股令人垂头丧气的压抑气氛从那个院子里散发出来。范闲静静地看着那座熟悉的院子，那座他曾经一手遮天的院子，心知肚明这是为什么。

如今监察院在朝廷里的地位一降千里，尤其是前一个月，很多监察院官员因一些莫须有的罪名被逮入刑部及大理寺。明明知道这是都察院的清洗，监察院却像是失去了当年的魔力，再也无法凝结起真实的力量，给予其最强有力的反击。

此消彼长，以贺宗纬为首的御史系统，隐隐压过了胡大学士，开始率领整个文官体系向监察院发起了进攻，不知道有多少监察院的官员在大狱里遭到了残酷的刑罚。

如今的庆国，早已不是有老跛子的那个庆国了。

楼梯上传来一阵稳重的脚步声和自持的笑声，七八名官员走了上来，看服饰都是有品级的大员。这些官员没有上三楼的雅间，而是在东家的带领下来到了栏杆边，准备布起屏风，临栏而坐。

以往新风馆并不出名，虽然就在大理寺和监察院一处的对面，可官员们总嫌此地档次太低，哪怕雅间里没有姑娘服侍，也宁肯跑得更远一些。直到后来范闲经常来此凭栏大嚼肉包，硬生生地将新风馆的名气抬了起来，风雅之事从此便多了这一种。

今儿来新风馆的官员大部分是大理寺的官员，主客则是刚刚从胶州调任回京的侯季常。大理寺的官员们清楚，这位曾经的范门四子之一，如今已经放下身段，投到了当年与他齐名的贺大学士门下，才有了直调大理寺的美事——世事变幻，实在令人唏嘘。

对侯季常背叛范闲，官员们暗地里不免有些鄙视，只是面上没有人肯流露出来。今儿是侯季常初入大理寺，自然拱着他来新风馆请客，为了给贺大学士面子，大理寺副卿都亲自来陪。

屏风未至，众人看到了栏杆那头的一桌，一个护卫模样的人明显已经吃完，正警惕地注视着四周。面对官员们的那个胖子正在低头猛嚼，那个背对着官员的人穿着平民服饰，静静地望着街上。

看到那个背影，侯季常的身体在这一刻僵硬了，露在官服外面的双手难以自抑地颤抖起来，就像是楼外的寒风在这一瞬间侵蚀了他的每一寸肌肤。

其余的大理寺官员没有认出那个人的身份，看着侯季常瞬间变得惨白的脸，不免惊愕，他们顺着侯季常的目光再次望去，看了又看，终于明白了他的惊恐何来。

一阵尴尬的沉默之后，大理寺副卿轻轻地拍了拍侯季常的肩膀，安抚道："坐吧。"

侯季常神魂不宁地坐了下来，许久后自愧地叹息了一声。换在以前任何时刻，这一桌子官员必然要去那桌上毕恭毕敬地行礼请安，可是如今的范闲没了任何官职，成了地地道道的白身，只不过是个平民罢了。大理寺官员都是贺宗纬的嫡系，自然是不能走的，哪有官员让百姓的道理，哪有如今正在风头上的贺派让着一条落水狗的道理？

这些官员虽然不至于愚蠢地去讽刺什么，但想来也会有几分得意。这些天大理寺审监察院旧案，正在风光之时，此处又是京都繁华要地，陛下死死捏着小范大人的七寸，只要自己这些人不去主动招惹对方，想来对方也不会吃多了没事干来自取其辱。

今天不知道为什么，屏风一直没上，酒菜却先上来了，大理寺官员们虽有些不高兴，这种场合也不好吵嚷什么。大理寺卿瞥了一眼那个胖子，唇角微翘，释出一丝鄙夷的笑容，眼眸里嘲讽之意十足。范闲喜欢和他那个傻大舅子一起玩，这是京都人都知道的，也是官员们极为瞧不起的一件事情。虽然这位副卿大人没有也不敢出言向那方讽斥，脸上的表情却表露了一切。

"今天一是欢迎侯大人入寺，从今日起，大人你我便是同僚……"他端起手中酒杯。

侯季常勉强地笑了笑，也将酒杯端了起来，心里却着实慌乱。因为他了解范闲的性情，今天对方忽然出现在大理寺对面，出现在新风馆中，难道就真的只是喜欢这馆子里的包子？

大理寺副卿察觉到他的异样，有些不喜地皱了皱眉。前任副卿因为牵连进老秦家京都谋叛事被革职后，他在这个位置上做得顺风顺水，如今连监察院也要看自己的脸色，他实在不觉得自己有什么要害怕的。不错,人人都知道小范大人厉害,可是难道他还能不讲理,来破口大骂?

"第二便是欢迎郭大人终于从江南回来,重入都察院任左都御史。"

此言一出,席上顿时热闹起来,都察院左都御史是个相当要害的职司。那位郭大人自矜地笑了笑,端起杯中水酒浮敬一番,然而当目光落在栏杆那头时,就如侯季常一般,脸色变得相当不自然。

郭御史姓郭名铮,正是当年在京都府里整治范闲的那位,也是在江南内库招标时与范闲争锋的那位,如今多少年过去了,天下人只怕早已淡忘了这件事情,但郭铮相信,对方肯定不会忘记。

酒未过三巡,那三人已经吃完了。范闲牵着大宝的手向着楼梯处走去,藤子京默默地跟在后面。三人要下楼,必将要经过官员们集聚的这一桌,不期然地,一桌子的官员同时安静下来,带着一丝紧张,等待着这位小爷赶紧走掉。

偏偏范闲没有走,他很自然地来到了这一桌的旁边,微笑地看着诸位官员。大理寺副卿一看势头不对,尴尬地笑着站了起来,拱手行礼道:"原来是小范大人,下官……"

"下官"二字一出,他才发现不对劲,对方如今已经是白身,自己身为堂堂大理寺副卿,怎么可能说出"下官"来,不由住了嘴,将心一横,勉强笑道:"要不要一起坐坐?"

侯季常早已经惶恐地站了起来,低着头对范闲施了一礼,此时冷汗已浸透了他的后背。范闲看也不看他一眼,就像此人根本不存在一般。这种无视,让在场的所有人都感到了寒意。

范闲没有看侯季常,而是看着身边新任的左都御史大夫郭铮,轻声道:"三年前就很好奇,我把你流放到江南去,整得你日夜不安。后来京都叛乱事发,你明明是信阳的人,怎么陛下却没有处置你的旨意?后来我才想明白,原来你见势头不对,抛弃了我那位可怜的岳母,借着都察院里的那点儿旧情,抱住了贺宗纬这条大腿。贺宗纬那厮是三姓家奴,你这墙头草自然也跟他学了个十足。"

如今的贺宗纬是何等样身份，所有官员都坐不住了，霍然起身。不待众人说话，范闲笑着摇了摇头："我错了，贺宗纬不是三姓家奴，他服侍的几任主子都姓李，应该说他是李家忠犬才对。"

大理寺副卿再也无法忍耐，寒着脸说了几句什么。范闲却是似若未闻，只是看着浑身颤抖的郭铮问道："你能调回京都，想必是在江南立了大功，那我在江南那些下属的死是不是和你有关系？"

郭铮将心一横，寒声道："本官奉旨办差，莫非小范大人有意见？"

"很好，终于有些骨气了，这才是御史大夫应该有的样子。"范闲拍掌而笑，然而笑容渐敛，转而淡然道，"让你知晓，我知道你今天进京，所以专程在这里等你。"

此言一出，新风馆里的气氛顿时变得异常紧张，安静得令人心悸，仿佛暴风雨前。

范闲在这里专门等着郭铮，这是什么意思？直到此时依然没有人相信范闲敢冒天下之大不韪，做出大逆不道之事，可是看着他那张无比漠然的脸，所有人都感到了寒冷和恐惧。

跟随这些官员进入新风馆的护卫并不多，毕竟谁也想不到在大理寺的对街，居然会发生这么大的事情。感觉到楼上气氛有异，几名护卫冲了上来，紧张地注视着这一幕。

范闲笑了笑。

大理寺副卿尴尬地陪着笑了笑。

郭铮十分难看地笑了笑。

然后一盘菜直接盖在了郭铮的脸上，菜汁和碎瓷齐飞，同时在这位御史大夫的脸上迸裂开来，化作无数道射线，喷洒出去！

与之同时喷洒出去的，还有郭铮脸上喷出来的鲜血！

范闲收回了手，然后再次伸手，一把摁在了郭铮的后脑勺上，直接把他摁进了硬梨花木桌面中。

如此硬的桌面，竟生生压进去一个血肉组成的头颅！

咔嚓一声，硬梨花木桌面现出几条细微的纹路。

郭铮的颈椎全断，血水从他的面骨和硬梨花木桌面的缝隙里渗了出来，像黑水一样。

哼都没有来得及哼一声，刚刚在江南替朝廷立下大功，回到京都接任都察院左都御史的郭铮大人，就这样被范闲一掌拍进了桌面，变成了一个死人。

一阵死一般的沉寂，在场的所有人都傻傻地看着桌面上那个深深陷进去的头颅和那满桌与菜汁混在一起的血水，说不出话来，根本无法相信自己眼前发生的这一幕，都认为这只是幻觉。

当街杀人？杀的还是朝廷命官！在众多官员面前杀了一位左都御史！

这是庆国京都从来没有发生过的事情，也是所有人都无法想象的情景。在场的人根本无法做出任何反应，只是傻傻地站在原地，看着桌上的那个死人，就像是在看一出十分荒谬的戏剧。

终于有位官员反应了过来，他惊恐地尖叫一声，然后双眼一翻白，昏了过去。

护卫们冲了过来，向范闲攻去，然而只听到啪啪数声闷响，新风馆的二楼木板上便又多了几个昏过去的身体，范闲依然静立桌畔，就像根本没有出过手一般。

大理寺副卿伸出指头，颤抖地指着范闲，就像看见一个来自幽冥的恶魔忽然行走于阳光之下，根本说不出话来，咽喉里只是发着可怜的呜呜声。

范闲的双眼毫无表情，冷漠地看着他问道："听闻这一个月里，大理寺在你的授意下，对我的属下用刑不少，我有三个属下在狱中被你折磨而死，这可是真的？"

大理寺副卿忽然大叫一声，像兔子一样地反身就跑，看势头，这位大人准备翻过栏杆，哪怕摔成重伤，也要从这新风馆里跑出去。然而范闲既然已经开始动手，怎么可能让他跑掉，只听一阵风声拂过新风馆的楼阁，再听到啪的一声脆响，嘭的一声闷响。

大理寺副卿的颈椎就此断裂，头颅也被惨惨地拍进了硬梨花木的桌面中。

血水顺着桌面开始向地下流淌，朝廷大员的两只头颅就这样揳进了桌面，再也难以脱离。两人的尸体半跪于地，穿着厚靴的脚尖还在抽搐，场景看上去十分恐怖。

当街立杀两人，新风馆内一片鬼哭神嚎，范闲却是面色不变，转过身去。这时新风馆的一个伙计不知何时神不知鬼不觉地来到了众人身后，递过去一条热腾腾的毛巾。范闲接过毛巾仔细地擦了擦手，又厌恶地将毛巾扔到了地上。然后他牵起大宝的手往楼下走去，又转身对那个伙计道："可以开始了。"

从头到尾，他都没有看侯季常一眼。满脸惨白的侯季常颤着嘴唇，将目光从楼梯处收了回来，落在那两具尸体上。看着桌面上那些不知道是脑浆还是菜豆花的液体在血水中流淌着，他无比恐惧，忍不住弯下身体，呕吐起来。

"送舅爷回府。"在新风馆楼下，范闲将大宝扶上了马车，对藤子京说了一句，便目送着黑色的马车向着南城行去，他则向着皇城方向行去。

范闲不担心那辆马车的安全，因为沿途有六处剑手保护。正如在新风馆上说的那样，杀人，是为了给部属报仇。虽然现在他已经不是监察院的院长，然而只要他愿意，他就永远是监察院的院长。

影子回到京都，重新整合了一直藏在黑暗里的六处刺客，而海棠以及王十三郎的到来，让皇宫再也没有任何办法去阻止范闲重新联络监察院里忠于自己的属下。

今天晨间，范闲以监察院院长的名义，向监察院设在各处的钉子和刺客发布了最后一道指令。他不知道有多少密探和官员会跟随自己，但他相信，总有一些人不会让自己失望。

距离入宫的时间还有一会儿，范闲一个人孤零零地向着远方的那座皇宫行进，沿途看着京都的街景，贪婪地呼吸着京都的空气，似乎想将这一切都铭记在自己的记忆之中。

就在他离开新风馆之后不久，一直闭门不开的监察院一处忽然全员尽出，一百余名身着黑色官服的监察院官员，杀气腾腾地闯进了他们的老邻居、如今最可恶的新敌人的据点——大理寺。

不得不说，范闲挑选的初七，确实是一个最好的日子，此时未至正午，而大理寺里的官员却早已经与各部官员潇洒风流快活去了。大理寺衙门在如狼似虎的监察院官员面前根本没有任何反抗之力，一处官员很轻松地便把那些被朝廷押入大牢的同僚们救了出来。

走过长街，转过沙河街，范闲在摊贩的手上买了一串糖葫芦，津津有味地吃着，随手扔了一片金叶子——他很感谢京都的糖葫芦，当年正是靠着那个孩子手上的糖葫芦，他才没有迷路。

户部尚书正在一石居里请客，他请了刑部侍郎还有几位友人，都是贺系的中坚人物。他轻捋短须，微感得意，经历了三年的辛苦折腾，他终于将前任尚书范建留在部里的老人清除干净，成了真正的户部尚书。为了抵抗来自范府的压力，他主动且谦卑地站到了贺大学士的身边，但他并不觉得屈辱，因为贺宗纬是门下中书的大学士，站在大学士身边，就等于站在皇帝陛下身前，何其荣光啊！

本来今天这次宴请应该在晚上才显得比较正式，然而门客打听清楚，年前朝会后，贺大学士也有交代，初七这日宫里有事要做，他无法亲自前来赴宴，所以才将时间挪到了中午。虽然略感失望，户部尚书亦觉得松了一口气，贺大学士不到，自己便是这一桌中位分最高的那人，何其荣光啊！

尤其是想到刚刚秉承贺大学士的意志，户部强行插手，将京都府玩得欲仙欲死，逼得那位硬骨头的孙敬修不得不黯然辞官，最终还交不出议罪银，被索入大牢之中。你拿什么和本官斗？不就是仗着生了个好女儿。待你那女儿被卖入教坊之后，本官也要暗地里去让你那女儿欲仙欲死。

酒意上头，就在户部尚书大人围绕着"欲仙欲死"这四个字绕圈的时候，他没有注意到在暖阁里服侍众人的那个女子眸中闪过一丝狡黠阴毒，就像桌上放的那些五粮液里的毒一样。

庆历十一年正月初七，一石居大火，暖阁尽成颓垣残壁。

户部尚书、刑部侍郎等几位贺派中坚官员丧生火场，因酒殉职。

大火起时，范闲已经啃完了糖葫芦，提着一把新买的黑布伞，走到了美丽的天河大街上。

他看了一眼监察院正门口那块正在被拆除的黑石碑，以及那块石碑上越来越少的金字，摇了摇头。就在这个时候，忽然间一阵朔风吹过，雪花开始飘了下来。

雪花落在了贺宅冷清的门口，贺大学士清正廉明，最恨有人送礼，所以养了两只恶犬。很多人都知道，这一招是当年澄海子爵府，也就是言若海大人的首创，知情的人不免暗中嘲笑贺大学士拾人牙慧。然而不论如何，这两条恶犬还是替他挣了不少清名。

两条狗被缓缓落下的雪花惹恼了性子，拼命地对着老天吠叫起来。冻犬吠雪，哪有丝毫作用，雪依旧是这样缓慢而坚定地下着。片刻后，两声悲鸣，两条恶犬倒毙于地，十几个穿着百姓衣裳的刺客，悄无声息地控制了清静的贺府周边，然后悄悄地摸进了府中。

范闲看了看天，打开了黑布伞，蒙住了自己的双眼，也蒙住了这天。

雪花积在黑布伞上，融化得有些快，无法积聚起来，让他有些不喜。

就这样走着走着，便走到了皇城前，他没有去正门处等待通传，而是绕着皇城根，在禁军们警惕的目光之中，走到了门下中书那一溜儿不起眼的平房外。

皇城根脚下这溜儿平房看着不起眼，却是门下中书的议事要地。从后廊穿过庭院，便可以直接入宫，最为要害，禁军和侍卫们的看防极其森严，便是当年叛军围宫，也没有想过从这里打开缺口。

初七这天，范闲就像遛弯一样，遛到了皇宫下面这溜儿平房。虽说年节刚过，但门下中书依然繁忙，各部来议事的官员也有一些，但不管是那些官员，还是禁军侍卫，都没有注意到他的到来。

他的身世较绝大多数人都不一样，入宫就像回家一样轻松自在。今天他来得一样自然，太顺理成章，禁军侍卫一时间竟没有反应过来，就让他直接到了门下中书的大房里。

范闲掸了掸自己身上和头上的雪花，将流着雪水的黑布伞小心翼翼地放在门口，对门内那些目瞪口呆的官员们笑着说道："好久不见。"

大房里有两处热炕，胡乱盖着几层布褥，堆满了各地来的奏章以及陛下拟好的旨意，几位当差的大学士和一些书吏官员正在忙碌，直到范闲放下了那把流着雪水的黑伞。

坐在暖炕上认真审看着各式奏章的贺大学士，缓缓抬起头，看了一眼门口这位不请自来的贵客，眉头皱了起来。其余人怔怔地看着范闲，不知道他为什么今天会突然出现在了这里。

当范闲行走在京都街巷中时，京都里各所酒楼、各处衙门里已经发生了很多大事，然而监察院各处把时间掐得极准，当范闲走入门下中书大房时，消息还没有传到宫里。

第一个反应过来的是离门口最近、贪那明亮天光的潘龄大学士，这位已然老迈的大学士睁着那双有些老花的眼睛，看着范闲好奇地问道："你怎么来了？"

自幼范闲便是学潘大学士的字，也靠潘大学士编的报纸挣了人生第一笔银子，虽说在京都里没有打过几次交道，然他对老人家向来尊敬，于是笑着应道："陛下召我午后入宫，刚走到皇城洞口，忽然就下了雪，想着老站在雪里也没个意思，便来这里看看诸位大人。"

此言一出，大屋内所有人才想起来，陛下确实有旨意召范闲晌后入宫，所以放下心来，各自温和地笑着上前见礼。门下中书与各部不一样，最讲究的便是和光同尘，威而不怒，尤其他们是最接近陛下的官员，自然清楚范闲在朝廷里的真正地位，谁也不敢怠慢。

贺宗纬最后一个站起身来，走了过来，平静的表情中带着一丝自持。他一出面，大屋内顿时安静，便是连潘龄大学士也咳了两身，佝着身子离开。

谁都知道贺大学士眼下正领着陛下的旨意，冷酷地打击小范大人残留下来的势力。众人更知道，这些年小范大人和贺大学士从来没有和谐相处过，眼下时局早已发生变化，贺大学士红到发紫，在门下中书的地位竟隐隐要压过胡大学士一头，面对如今的范闲他会说些什么、做些什么呢？

"许久不见。"贺宗纬看着范闲神情温和地道，"时辰还没到，先坐下喝杯热茶，暖暖身子，免得待会儿在御书房里又要枯站半天。"

这话说得很温和、很诚恳，那种发自语句深处的关心之意，令人动容，给人的感觉是，这两位南庆朝廷最出名的年轻权贵之间似乎从来不存在任何问题。但门下中书里的这些大人何其敏感，自然听出了别的意思——这是胜利者对失败者的宽容，这是居高临下的一种关心。

范闲的唇角微微抽动一下，似笑非笑地看着面前这位皮肤略显黝黑的大学士，道："是啊，我的时辰还未到，但你的时辰已经到了。"

这句话没有谁能听明白，便是贺宗纬自己也没有听出这句话里的阴寒意味。他微微一怔，皱着眉头看着范闲，想再说几句什么话，却听到屋外传来一阵嘈杂声，还夹杂着几声惊呼。

"如此慌乱，成何体统！"贺宗纬面色一沉，看着冲入门来的那位官员怒斥道。

"大人！大理寺程副卿及都察院新任左都御史郭铮，当街被杀！"那位官员惊恐地喊道。

听到这个消息,整个大屋内顿时变得像炸开一样,顿时惊呼之声大作。门下中书替陛下管理大庆朝野,见闻不可谓不广,但什么时候听说过如此等级的朝廷命官当街遇刺的事情!

贺宗纬身子一僵,大理寺副卿和御史郭铮都是他的亲信,尤其是郭铮,此人向来视范系为敌,在江南替他办了不少大事,替陛下立下大功,才被他觅机调回了京都,然而刚回京都……就死了?

他猛地抬起头来,盯着范闲那张俊秀的面容,双眼一眯,寒光大作。

没等贺宗纬开口说话,范闲轻垂眼帘,在一片惊叹中轻声道:"户部尚书也死了,还死了两位侍郎,这里是我拟的名单,你看一下有没有什么遗漏?"

说完这句话,他从怀中取出一张薄薄的纸条递了过去。贺宗纬的手难以自禁地颤抖了起来,接过纸条粗略一扫,便看见了十几位官员的姓名职位,全部都是他的亲信官员!

门下中书的大屋顿时安静了下来,安静得连一根针落到地上都能听到。

范闲随意地一抹鬓角,将指间拈着的那根细针插回发中,神情平静地道:"我不想滥杀无辜,所以请你确认一下,如果这些都是你的人,那我就放心了。"

那张写满了姓名的纸条飘落到了地面上,到这个时候,谁都知道大理寺副卿与郭铮之死跟范闲有关,只是……难道他说的都是真的?纸条上的那些朝廷官员今天全部都死了?

贺宗纬了解范闲这个人,他知道范闲说的不是假话,纸上的那些姓名想必此刻都已经化成一缕怨魂。他死死地盯着范闲,不知道范闲为什么要这样做,难道他不知道这样做是死路一条?在这一刻,他竟莫名地生出了一些骄傲,自己居然把范闲逼到了鱼死网破这条道路上。

"为什么……来人啊!抓住这个凶徒!""为什么"三字沉痛出口,

谁都以为贺宗纬要怒斥范闲非人的恶行，但没有料到，话到半途，他便高声呼喊了起来，然后向诸位大人身后躲去。

直到此时，依然没有人相信范闲敢在皇城根下，在庄严的庆国中枢暴起杀人。但贺宗纬果然最了解范闲，知道这个年轻权贵一旦发起疯来，什么都敢做。对方已经在京都里大杀四方，自然存着以死搏命的念头。在入宫之前专程来门下中书放伞，自然不仅仅是要用这些死人的姓名来奚落打击自己，而是要……来杀自己！所以他不顾重臣的体面，一面惊恐地呼喊着禁军护卫，一面拼命逃遁。

范闲没有追他，只是用一种垂怜和耻笑的眼神看着他。

贺宗纬呼喊之前，就已经有禁军和大内侍卫注意到了此间的动静，十几名侍卫和三名禁军将领冲入了门下中书的大屋，拔出腰畔的佩刀，警惕地将范闲围了起来。

范闲再厉害，也不可能瞬间便杀出重围。看着这一幕，所有人都稍稍放心了些，人群后的贺宗纬脸色也稍微好看了些，苍白之色不见，反多了两丝红润，他厉声喝道："速速将这凶徒拿下！"

人的名，树的影，就算今日京都里的那些血案是范闲弄出来的，可是在没有查清之前，谁敢上前拿下范闲？尤其是在范闲没有先出手的情况下，那几位禁军将领和内廷的侍卫怎么敢贸然扑上？

皇城前一阵慌乱，调兵之声四起，瞬息时间，不知道多少禁军围了过来，将这间大屋团团围住，将范闲和实际控制庆国的这些官员围在了屋内。此时范闲纵是插上了一双翅膀，只怕也飞不出去。然而他似乎也不想逃，只是静静地看着人群之后的贺宗纬，半晌后很随意地向前踏了一步。这一步不知道吓破了多少官员的胆魄，大屋内一阵惊呼，而那十几名围着范闲的侍卫则是逼上了去。

"或许如很多人所言，其实你是一位能吏明吏，将来极有可能成为一代名臣，载入青史。"范闲停下脚步，隔着众人，看着不远处的贺宗纬微笑道，"但我不会给你继续活下去的这个机会。"

他笑得很温和，在所有人眼中，这个笑容却很阴森、很恐怖，杀意十足，只是他似乎没有出手的意思，围着他的这些禁军和侍卫也不敢轻动。

"说来也奇怪，不知道为什么我就这么厌憎你，毫无来由……可能你的功利之心太重，时刻想踩着别人爬上去，而这种做派却是我最不喜欢的。当然，即便当初我不喜欢你，顶多也就是打你两拳作罢，只是没料到后来你竟将自己的一生投入对抗我的事业之中，这，就是找死了。"

贺宗纬的眼眸里闪过一道厉芒，准备开口训斥几句什么，不料腹中却突然一阵绞痛，这股痛楚是那样的真切、那样的惨烈，让他的面色顿时变得异常苍白，说不出一句话。

"你是一个热衷名利、不惜一切代价向上爬的小人。你可以瞒得过陛下，瞒得过朝廷百官，甚至瞒得过天下万民，可怎么瞒得过我？"范闲盯着他的眼睛缓声道，"你看似干净的手上到底染了多少人的血，你这身官服上到底隐有多少人的冤魂，你清楚，我清楚。

"我今日杀你，杀你贺系官员，乃是替天行道，替陛下清君侧。"范闲说着连他自己都不信的话，讽刺地看着贺宗纬苍白的脸，欺负他此时一句话都说不出来。

"我开始的时候不明白，你为什么会不惜一切代价向上爬，要踩着我部属的尸体上位，后来才终于想清楚，不是因为都察院与监察院之间的天然敌对关系，也不是因为我不肯将妹妹嫁给你，更不是陛下对你有什么交代。这一切，只是因为你嫉妒我。你文不如我，武不如我，名声不如我，权势不如我，你再怎么努力，再多养几只大黑狗，这一生也永远不可能赶上我。

"你肯定不服，不服我怎么有个好父亲，有个好母亲……然而天命所在，你有什么好不服的？"

几滴黄豆大的汗珠从贺宗纬苍白的额头滴落下来，他瞪着那双怨毒的眼，看着范闲，想要怒斥几句腹稿已经打好、掷地有声的话，却是无力开口，甚至无力站稳，只好颓然地瘫坐在了炕边。

"这便是牢骚太盛啊……"范闲感慨道，"牢骚太盛防断肠，今天我便送你一个断肠的下场。"

"送你一个断肠的下场"！

此言一出，气氛大为紧张，所有官员四散躲避，躲避紧接着可能出现的范闲狂风暴雨一般的出手。禁军则不断地从屋外拥了进来，排成无数列，拦在了贺宗纬的身前，紧张地盯着范闲。便在剑拔弩张、一触即发之时，门下中书靠着宫墙的庭院处，传来一声凄厉惶急的喊叫声。

"不要！"

胡大学士从皇宫里冲了进来。上午在太学听到范闲那番讲话之后，大学士便知道今天京都要出大事，他在第一时间内赶到皇宫。然而由于中间耽搁了一阵时间，只来得及向陛下略说了几句，便听到有太监禀报，京都各处有朝廷官员离奇死亡，紧接着又有快报，说范闲已经杀到了门下中书！

没有人敢拦胡大学士，在这样紧张的时刻，也没有人会关心他的到来，有几名门下中书的官员看着胡大学士冲到了范闲的身边，担心他被这个疯人所伤，担心地惊声叫了起来。胡大学士哪里理会这些叫声，从后面一把抱住了范闲，拼了老命把范闲往后面拖，惶急地大声喊着："你疯了！"

今天发生了这么多事，在所有人看来，范闲显然是疯了，不然他怎会做出如此多十恶不赦、大逆不道的事情。这不算谋逆，还能算什么？胡大学士也知道仅仅是京都里那些官员被刺，已经足够激怒陛下，将范闲打下万劫不复的地狱，但他依然拼命抱着范闲，不让他继续动手。

在门下中书杀了当朝大学士，等于血溅殿前！

此时的场面很滑稽、很好笑，然而没有人笑，皇城根下一片安静，所有人惊恐地看着胡大学士用老弱的身体拼命地抱着范闲，然而他怎么拖得动、抱得住？

范闲忽然觉得冰冷的心里终于生出了一丝暖意，他笑了笑，低头道："放手吧，已经晚了。"

胡大学士身体一僵，颤抖着松开了手，有些不敢置信地看了范闲一眼。

贺宗纬没有听清这句话，在炕边怨毒地看着范闲。刚才范闲说的那些话，那些关于不服、嫉妒之类的话，就像小刀子一样刺进他的耳朵里，不停回响，让他羞恼至极。他知道贺派官员今天肯定死光了，而且范闲一定还有后手，但却不知道为什么在这么多官员面前，对方会说这么多无用的话。只要活着，有陛下的恩宠，将来总可以重新扶植起属于自己的力量……只是，为什么那些小刀子从耳朵进去之后，却开始在腹部乱窜？像是割肠子一样，让自己痛不欲生？

他忽然干呕了两声，吐出了一摊黑血！

血水溅湿了前方不少官员的官服，黑乎乎的极为难看。屋内一阵惊呼，有几位官员赶紧上前扶着贺宗纬，拼命地叫着请御医……

贺宗纬的眼瞳开始涣散，听力也在消退，听不清楚身旁的同僚们在喊些什么，只感到腹内难忍的痛楚，小刀子已将自己满是热血的肠子割成了一截又一截。

很痛，肝肠寸断般痛，贺宗纬知道自己不行了。他不知道范闲是什么时候让自己中的毒，也没有注意到自己右手小指头上的那个小针眼。他只是觉得不甘心，明明自己对这天下、对这朝廷也有一腔热血，愿洒碧血谋清名，为什么最后吐出来的却是一摊黑血？

他艰难地搜寻到了范闲冷漠的脸，眼神绝望不甘至极。身为官员，替陛下做事，替朝廷做事，何错之有？即便是杀了一些人，背叛了一些人，可千年以来，官场上的人不都是这样做的吗？难道你范闲就没有让无辜的人因你而死？你是不用背叛谁，那是因为你天生就是主子，我们这些人却天生是奴才。你凭什么用那些莫名其妙的理由杀我？你不过是个不识大体、只凭喜恶做事的纨绔罢了！

然而，这些质问终究是没能说出口。

不停涌出的黑血淹没了他的声音，也阻止了他的呼吸。

就在御医赶过来之前，当朝大学士兼执笔御史大夫、这三年里庆国朝廷的第一红人贺宗纬，于皇城脚下、门下中书衙堂内，当众呕血断肠而死。